奥斯卡
经典文库

[001]

Tarzan of the Apes

人猿泰山

(美)埃德加·巴勒斯●著
陈四百、张珊●译
何亮●丛书主编

首都师范大学出版社
CAPITAL NORMAL UNIVERSITY PRESS

图书在版编目(CIP)数据

人猿泰山/(美)巴勒斯著;陈四百,张珊译.—北京:首都师范大学出版社,2014.6(2016.3重印)

(奥斯卡经典文库)

ISBN 978-7-5656-1945-8

Ⅰ.①人… Ⅱ.①巴… ②陈… ③张… Ⅲ.①长篇小说—美国—现代 Ⅳ.①I712.45

中国版本图书馆CIP数据核字(2014)第140272号

RENYUAN TAISHAN

人猿泰山

(美)埃德加·巴勒斯 著

陈四百 张 珊 译

责任编辑 刘志勇

首都师范大学出版社出版发行

地 址 北京西三环北路105号

邮 编 100048

电 话 68418523(总编室) 68982468(发行部)

印 刷 北京集惠印刷有限责任公司

经 销 全国新华书店

版 次 2014年7月第1版

印 次 2016年3月第2次印刷

开 本 880mm×1230mm 1/32

印 张 9.125 插页 8

字 数 215千

定 价 29.00元

1959年约瑟夫.M.纽曼（Joseph M. Newman）导演 图1

1959年约瑟夫.M.纽曼（Joseph M. Newman）导演 图2

1932年W.S.范戴克（W.S. Van Dyke）导演 图1

1932年W.S.范戴克（W.S. Van Dyke）导演 图2

目　录

总　序

不是每个人都拥有将文字转换成影像的能力，曾有人将剧作者分成两类：一种是“通过他的文字，读剧本的人看到戏在演。”还有一种是“自己写时头脑里不演，别人读时也看不到戏——那样的剧本实是字冢。”为什么会这样，有一类人在忙于经营文字的表面，而另一类人深谙禅宗里的一句偈“指月亮的手不是月亮”。他们尽量在通过文字（指月亮的手），让你看到戏（月亮）。

小说对文字的经营，更多的是让你在阅读时，内视里不断地上演着你想象中的那故事的场景和人物，并不断地唤起你对故事情节进程的判断，这种想象着的判断被印证或被否定是小说吸引你的一个重要原因，也是作者能够邀你进入到他的文字中与你博弈的门径。当读者的判断踩空了时，他会期待着你有什么高明的华彩乐段来说服他，打动他，让他兴奋，赞美。现实主义的小说是这样，先锋的小说也是这样，准确的新鲜感，什么时候都是迷人的。

有一种说法是天下的故事已经讲完了，现代人要做的是改变讲故事的方式，而方式是常换常新的。我曾经在北欧的某个剧场看过一版把国家变成公司，穿着现代西服演的《哈姆莱特》，也看过骑摩托车版的电影《罗密欧与朱丽叶》，当然还有变成《狮子王》的动画片。总之，除了不断地改变方式外，文学经典的另一个特征，是它像一个肥沃的营养基地一样，永远在滋养着戏剧，影视，舞蹈，甚至是音乐。

我没有做过统计，是不是20世纪以传世的文学作品改编成电影的比例比当下要多，如果这样的比较不好得出有意义的结论的话，我想换一种说法——是不是更具文学性的影片会穿越时间，走得更远，占领的时间更长。你可能会反问，真是电影的文学性决定了它的经典性吗？我认为是这样。当商业片越来越与这个炫彩的时代相契合时，“剧场效果”这个词对电影来说，变得至关重要。曾有一段时期认为所谓的剧场效果就是“声光电”的科技组合，其实你看看更多的卖座影片，就会发现没那么简单。我们发现了如果两百个人在剧场同时大笑时，也是剧场效果（他一个人在家看时可能不会那么被感染）；精彩的表演和台词也是剧场效果；最终“剧场效果”一定会归到“文学性”上来，因为最终你会发现最大的剧场效果是人心，是那种心心相印，然而这却是那些失去“文学性”的电影无法达到的境界。

《奥斯卡经典文库》将改编成电影的原著，如此大量地集中展示给读者，同时请一些业内人士做有效的解读，这不仅是一个大工程，也是一件有意义的事。从文字到影像；从借助个人想象的阅读，到具体化的明确的立体呈现；从繁复的枝蔓的叙说，到“滴水映太阳”的以小见大；各种各样的改编方式，在进行一些细致的分析后，不仅会得到改编写作的收益，对剧本原创也是极有帮助的，是件好事。

——资深编剧　邹静之

主编的话

能参与《奥斯卡经典文库》丛书的编辑工作，我感到特别的荣幸和高兴。说实话，这套丛书的编辑过程不仅给我，也给我们整个编辑团队带来了莫大的兴奋感。

兴奋之一：这是国内首次以大型丛书的形式出版经典电影的文学原著，这无疑是奉献给广大读者的一场阅读盛宴，我们相信无论何种口味的读者，都会从这套丛书里找到自己的最爱，甚至找到陪伴自己一生的精神伴侣。

兴奋之二：我们选择的书目全部是奥斯卡奖得奖或者提名的电影原著。奥斯卡本身就是全球最值得大众信赖的品牌之一，在奥斯卡异常严格的选拔标准下，这一批电影原著小说的艺术质量，还有部分原著是第一次出中文版本，我们之前也并未读过，但读过之后，深为震撼——世界一流的小说确实能带给人直击心灵而又妙不可言的独特感受。

兴奋之三：这套丛书让我们重新认识了文学原著和电影作品之间的互动关系。有的作品我们只看过小说，没有看过电影；而有的作品我们只看过电影，没有看过小说（后一种情况更多一些）。于是在编辑的过程中，我们重新补课，将同一故事的两种艺术形式尽量都补看完整。补完课才发现，文学与电影之间的关系真是太有趣了——电影或者因为时长所限、或者因为视听特性的发扬、或者因为求新求变，通常都要对原来的文学作品做出取舍和改动，电影编剧和导演如何取舍如何改动，背后其实都隐藏着电影创作者的深入思考。而很多文学名著又被不同的电影创作者多次改编，这些不同的电影版本所体现出来的电影创作者的不同趣味、不同表达以及独特个性，每每让我们生发出一种“又发现了一片新大陆”的感觉。我们作为读者和观众，往往会为哪一个电影版本改得更好而争论得面红耳赤——而对于那些两种艺术形式都没看过的朋友来说，我个人的建议，最好先读小说，充分展开自己的想象世界之后，再去看电影，收获绝对不一样。

兴奋之四：比起编剧和导演对文学作品的改编，演员、明星们对文学人物的演绎无疑更能引起大家的好奇和关注，在看完小说之后，带着悠闲而挑剔的眼光，再去评论、比较电影里的明星的表现，甚至去评论、比较不同版本的明星的表现，这给我们带来了数不清的快乐时光。

因为部分原著小说和电影也是我们第一次接触，以上所呈现的，都是我们在编辑过程中非常真实的感受。我们也非常期望我们的工作能带给广大读者同样的兴奋和快乐。《奥斯卡经典文库》为您精心挑选的这些非常优秀的原著小说，完全值得您腾出一点业余时间，全身心投入其中，跟随着那些精彩的文学人物走进各种各样的命运险境，去迎接那些意想不到的感动和震撼。

——北影老师　何亮

导读：一部人类文明的发展史

美国作家埃德加·赖斯·巴勒斯（Edgar Rice Burroughs，1875～1950）在美国文学史上的地位虽然不高，但是他的《人猿泰山》长篇系列小说却称得上是经典之作，自问世以来，一直经久不衰，深受广大读者喜爱。多年来，经过改编的作品通过各种形式搬上银幕，无论是真人版电影或是迪士尼动画，都有着大批的拥趸，我们完全可以想象，泰山就像孙悟空在中国一样受到全世界人们的追捧。除写《人猿泰山》系列之外，巴勒斯还著有《火星》等系列科幻小说。人猿泰山与猿猴的丛林传奇一直是脍炙人口、历久弥新的电影题材。而我们从书中读到的那个物欲横流的都市丛林、所谓“文明”人类的阴狠狡诈、对照泰山与动物的信赖互助，不啻为对现代文明的一大讽刺。

在本书中，作者巴勒斯透露出一种浪漫主义情怀，除了对人类社会的弊端感到深恶痛绝；另一方面，他也指出了非洲原始丛林对泰山人性发展的限制，这足以证明他对人类文明的肯定。作者的文风介于乐观与悲观之间，故事情节兼有科幻、冒险成分，凝结了多少作者的智慧与想象，值得细细品味。

其实，在我很小的时候就知道泰山了，甚至可以用英文拼出他的名字，也许只是几个字母，但他的相貌，他的动作，深深刻在了脑海中。午夜梦回之际，当我再次翻开这本书，竟然爱不释手地读了进去，不知不觉，天已经蒙蒙亮了。而我，已经酣睡在那片原始丛林，那是原汁原味的泰山的世界，森林之王的居所。

“一位英国勋爵和一位英国夫人的儿子，开始吮吸巨猿卡拉的奶头……”泰山的传奇人生从此展开。回头想想，他和母猿卡拉的这种关系，应该是天作之合吧！人与动物真有那么一条鸿沟吗？

在母爱的驱使下，卡拉收养了这个后来被称作“泰山”（在猿语里意为：皮肤很白）的婴孩，将他带回了森林中的家。从小泰山就一直被家庭中的猿猴伙伴们嘲笑为丑八怪，为了取得大家的认同，他内心里一直以成为一头杰出的巨猿为目标，他勇敢地去做大家不敢做的事情，他是森林中的游侠。泰山萌生过这样的想法，跟这群野蛮、古怪的家伙开个玩笑，让他们再一次感觉到他的存在。

你如何一口气读完泰山的人生？不可能的！那是神话，是传奇。不过，也说不定，或许，一切都来源于真实！记得曾经有人说过，人猿泰山与大马之间好像存在某种联系。所以，在此后几天，我对东马来西亚原始森林中出没的“大脚兽”产生了兴趣，看过风靡全球的电影现代版“人猿泰山”，身形高大的人猿从未存在，而大马人坚信我们这个地球只有一个地方例外，那就是他们自己的国家。另外还有一种说法，“人猿泰山”的缩小版其实就是某热带雨林的红毛猩猩。据说，它们基因的百分之九十八点五与人类一致呢！而且这种活物还是亚洲人的祖先，如果诸君不要“数典忘祖”的话。呵呵！

算了，还是看书吧，毕竟泰山的故事远比红毛猩猩的世界惊险有趣得多！我们的男主角并不知道世上有神，但是他对“仙女”珍妮的崇拜绝不亚于任何凡人对神的崇拜。为了消磨时间，泰山给珍妮写了一封信，而此后，他进入了女人的世界，也开始他迈出森林的第一步。一个打着赤膊高大敏锐的年轻印度人的形象，你可以想象吗？泰山与珍妮的爱情也充满波折，盛怒之下，他险些要了珍妮未婚夫的性命。而相对于所谓的文明人，他的很多行为还是充满理性的。那么，一个生活在动物家族的人猿竟然能控制和压抑自己的情绪，还能自学多国语言，这些是出于本性、本能，抑或是来自勋贵家族的血统？我以为，一切归功于师法自然，这是他在艰难的生存环境中学来的生存法则，他明白任何圈子都有一定的规矩，鲁蛮行事就要承担相应的后果。泰山悟到了。

曾经的猿王，身手矫健，可以攀着树藤来去自如，你在之前在影片甚至电动游戏中感受他，操纵过他吗？还记得吧，泰山还有一班猿猴好友与他四处游玩，生活再惬意不过了。当然，他也无时无刻不经历着人生的砥砺，那是我们难以想象的生存极艰，不仅是恶劣的自然环境，更多的还有来自我们人类的侵袭。人猿泰山同样拥有机敏的头脑，他完全可以经受各方面的挑战。“我叫人猿泰山。”泰山终于明白他是人类的一员，而森林是他的家，他应该留在森林中还是回到人类社会？这是逃避，还是人类在本能地寻找着自己的归属？随着对珍妮的爱与日俱增，并且野蛮的人类无数次对巨猿家庭进行着侵害，陷入进退两难境地的泰山必须做出选择……一切的一切，即便是游戏高手，最难操控的也仅仅是他的动作，而森林之王的内心世界到底是怎样，他如何生存于喧嚣都市，周旋于“半人半兽”的现代人……这些，只能在阅读中为您揭晓答案。

作为一个酷爱阅读的编剧，看到有所感触的内容我习惯用红笔标注下来：

这样的生存之道有些奇怪，但泰山既不会愁眉苦脸，亦没有嗜血成性。捕猎能带给他快乐，在猎杀动物时，他那英俊的脸上总会浮现出迷人的笑容。

难怪“泰山系列”影视作品经久不息，作为穿越世纪的佳作名篇，举凡看到这些梦幻般的章节和描写，我就越发理解艺术家们迫不及待纷纷要将这个故事搬上银幕的冲动。

——拉片室特邀讲师 北京人文大学讲师 赵军

第一章 起航出海

这个故事是我从陌生人那儿听来的。要不是那一瓶陈年老酒，他是不会和我，也不会和任何人说起这事的。正是那一瓶酒，在他身上产生了神奇的变化，引得他起了头，而我后来那种半信半疑的态度，又激励着他讲完了整个故事。

等到我这位贪杯的主角发觉他给我讲了这么多，而我仍然表示疑惑，他便感觉自尊心受辱了，趁着酒兴，出示了一堆证据：有当时英国殖民地方官的记录档案，也有先人们的日记，因年代久远，都散发出一阵阵霉味儿。不可思议的是，这些记录居然与“奇人”那绘声绘色的描述大体吻合！

我不敢说它百分之百真实，因为我从未亲眼目睹；但我真诚地相信，这是一个非同寻常、原汁原味的故事。所以，我一定要讲给你们听，只不过，主角们都用了假名儿。

一个故人遗留的泛黄日记本，殖民部的几页记录档案，以及那位沉迷享乐的朋友的叙述，就是我这个故事的所有来源。

从档案和日记中，我们得知：一位风华正茂的英国贵族——就叫他约翰·克莱顿（John Clayton）吧，或者格雷斯托克勋爵（Lord Greystoke）——被派往英属非洲西海岸的殖民地，调查一些特殊而棘手的问题。当时，另一个欧洲国家正在当地招兵买马，用以对付居住在刚果河和阿鲁维密河的原始部落，目的是为了巧取横夺，搜刮橡胶和象牙。

英属殖民地的土著怨声载道，说他们许许多多的年轻小伙，都被花言巧语骗走，之后几乎就再没人回过家。

驻扎在非洲的英国人就说得更具体了。他们说这些可怜的黑人，从兵役期满后，那些白人军官利用他们的无知，跟他们说服役还要延长几年，实际上他们已经变相地沦为了奴隶。

所以，英殖民办给约翰·克莱顿（John Clayton）在西非安排了一个新职位，但他的秘密职责就是调查这一事件，主要就欧洲列强友邦的军官对英属黑人居民的不公平待遇进行全面彻查。不过，他来到这里的原因并不重要，这是题外话。实际上，他也没做调查，因为，他根本没有到达目的地。

克莱顿是那种典型的英国人，就是那种以在战场上百战百胜、建功立业为最高荣耀的人，无论是从思想还是道德来说，他都强健阳刚。

他比一般人要高，有一双灰色的眼睛，五官端正，面庞坚毅，由于长期的军队训练生活，仪态非常健美。由于政治上的野心，他一直在寻求从军队调往殖民办的机会，所以，我们发现，虽然他还年轻，但还在为女王服务期间，便得到信任，被委以重任。

接到任命后，他得意之余又不免忧心。这次提拔显然是对他的嘉奖，不枉他平时煞费苦心和灵活周到的服务，同时这也是他晋升为显赫位置的台阶。但是，他同高贵的爱丽丝·鲁瑟福德（Alice Rutherford）刚结婚三个月，正是想到了要把这位年轻漂亮的姑娘带到荒凉又酷热的非洲，他才忧心忡忡。

因为她的缘故，他本想拒绝任命的，但她不肯这么做，反而坚决要求他接受任命，并且要带上她。关于这件事，两家的亲戚朋友兄弟姐妹，都各抒己见，但到底说了些什么，就无可考证了。

我们所知道的，就是1888年5月，一个晴朗的上午，格雷斯托克勋爵，同夫人爱丽丝启程了，从多佛港出发前往非洲。一个月后，他们到达了弗里敦，然后改乘一艘名叫富瓦尔达的帆船，这艘船本来应该把他们送到最终的目的地。

但从这以后，格雷斯托克勋爵，还有他的妻子爱丽丝，就从人们的视野中消失了，再无消息。

他们从弗里敦港起航两个月后，共有六艘军舰去往大西洋搜寻他们的帆船，很快，在圣赫尔那海岸，发现了帆船残骸。自此人们确信，富瓦尔达号已经遇难，无人生还。于是，刚刚开始的搜寻便告结束，虽然有些人还是不甘心，多年来依旧怀抱希望。

富瓦尔达号是一艘载重约一百吨的三桅船，这种帆船在南大西洋的海岸贸易中比比皆是。船员通常都是一群逃犯，来自各个国家各个种族的谋杀犯和凶杀犯。富瓦尔达号上的船员也不例外，管理者都是些黑不溜秋的恶霸，与船员相互看不顺眼。领头的船长，虽然是一个全能水手，但对待下属，也是心狠手辣。他只有，或只使用两样东西来对付他们：缆栓和手枪。当然，他收留的这帮恶棍，也只认这两样东西。

所以，从离开弗里敦港的第二天早晨起，约翰·克莱顿和他年轻的妻子就开始见证富瓦尔达号甲板上的一幕好戏，这其中的情节，他们以前只在海上故事书中见过，要不是亲眼所见，根本无法相信。

就是在第二天早晨，一个尚未出生之人的人生链条的第一个环节，就已经注定成形了。这一传奇人生，迄今为止，在历史上还没有能与之媲美的。

话说那天，两个水手正在冲洗甲板，大副当班。船长和约翰夫妇站在一边聊天。洗甲板的水手是边洗边往后退的，在一边说话的几个人，正好背对着他们。

水手离他们越来越近，有一个正好退到了船长身后，本来他是可以从船长身边退过去的，不过要是这样，这个传奇故事就不会发生了。说时迟那时快，船长恰恰就在那个时候转了身，正与约翰夫妇告别，所以，他就绊到了身后的水手身上，四肢着地，摔了个猪啃泥，水桶打翻，脏水泼了一身。这一幕不免有点滑稽可笑，于是，船长瞬间恼羞成怒，脸红脖子粗地大骂起来，站起身后便给了水手一拳，水手倒在了甲板上。

那个水手，又瘦又老，所以船长这一拳显得非常残暴，让人目不忍睹。但另外一个水手，既不老也不瘦，倒是虎背熊腰，人高马大，黑色须发粗粝，看起来相当凶狠，肩膀宽脖子粗的，犹如一头公牛。一见同伴被打倒，他便弓低身子，一声低吼，猛地朝船长扑了过去，一拳便把船长打得双膝下跪。

这一拳让船长的脸由红转白，这简直就是公然反叛。这种反叛在他残暴的海上生涯中，遇到过，也镇压过。没等站起身来，他便从口袋里拔出了他的左轮手枪，对准眼前大山一般的血肉之躯开了火。但是，约翰·克莱顿也眼疾手快，一见反光的手枪出现，他便撞击了一下船长的胳膊，结果，本是射向水手心脏的子弹，打在了他的小腿上。

克莱顿和船长争论了起来，前者表述得很清楚，他讨厌这种对船员的暴行，只要他们夫妇还待在这艘船上，就不想再看到类似的事情发生。

船长怒气冲冲地本想进一步回击，但转念一想，作罢了，黑着脸转了身，大踏步向船尾走去。他不想同一位英国官员对着干，因为他对女王指挥下的那支威震四方的海军，深感畏惧，只能又气又恨。

两个水手站了起来，老的扶起了受伤的同伴。这个大个子，人称黑迈（Black Michael）。他谨慎地试了试受伤的腿，感觉还能站得起来，便转身朝克莱顿生硬地道了句谢。尽管态度不友好，但语气倒挺真诚。不过，道谢的话一说完，他便掉头一瘸一拐地走了，意思很明显，不想进一步交谈。

此后几天，他们都没有见到船长。船长到了不得不跟他们说话的时候，也只是咕哝几句了事。

在不幸发生之前，他们一直在船长室用餐。船长也尽职尽责，小心翼翼，知道自己没有资格跟他们一同进餐。

船上其他的管理者都是些粗人，没什么文化，比起受他们欺压的恶棍船员，也强不了多少。对船上两位衣着光鲜的英国贵族，他们唯恐避之不及，所以，克莱顿夫妇倒也无人打扰，总是两人独处。不过这也正合他们的意，唯一不好的，就是他们似乎与船上的生活相隔绝了，无法知晓每天发生的事情，而实际上船上已经风云突变，很快血腥暴雨就要到来。

整个船上的氛围都有点捉摸不定，表面上看来，克莱顿夫妇觉得没什么不同，但实际上一股暗流正将它们引向一道未知的深渊，危险正在靠近。这一点他们已经有所察觉，但都没有向对方言及。

黑迈受伤的第二天，克莱顿走上甲板时，恰巧看到四个船员抬着一个瘫软的同伴走下船舱，而大副手里拎着一个缆栓，站在那里，瞪着这几个闷声不响的水手。

克莱顿什么也没问，无须问。第二天，当一艘庞大的英国军舰出现在海平面时，他差不多已经暗下决心，要和爱丽丝改乘军舰了。因为他越来越担心，继续待在这阴沉迟缓的富瓦尔达号上，恐怕有害无益。

到中午时分，他们已经可以听到英国军舰上的人声了，可是，就在克莱顿决定要求船长送他们上军舰的时候，他突然意识到这个请求有多么可笑。他有什么理由要求女王陛下的军舰指挥官将他送回他刚刚离开的地方呢？

难道他跟他们说，仅仅是因为有两个不肯服软的水手被他们的长官施暴了？他们对此会有什么反应呢？除了暗自发笑，还一定会认为他离开那艘船的原因就是太怯懦！

最后，约翰·克莱顿，即格雷斯托克勋爵，并没有要求改乘那艘英国军舰。当天下午晚些时候，他只能眼看着那艘军舰“远影碧空尽”，而与此同时，他听到了一些不利的消息，更加证实了他最担心的事。他追悔莫及，痛恨自己那无谓的虚荣心，本来在几个小时前，他可以为自己年轻的妻子寻求一个安全庇护所的，“安全”已经送到了面前，但现在一去不复返了。

下午三点左右，几天前被船长打倒的那个老水手出现在甲板上，当时克莱顿和妻子站在船侧，眺望远去的军舰。老水手一边擦黄铜栏杆，一边向克莱顿靠近，到了克莱顿身边，他压低声音说：

“欠债要还了，先生，就在这条船上。记住我说的，先生。欠债要还了。”

“你这是什么意思？我的朋友？”克莱顿问。

“呀，你没看到船上发生的事吗？你没听说，畜生不如的恶鬼船长一伙人，把船员们打得脑袋都开花了吗？”

“昨天是两个破了头，今天又是三个。黑迈的伤已经复原了，他可不会忍受这种欺负，不会的，记住我说的，先生。”

“你的意思是，老兄，船员们正在谋反？”克莱顿问。

“反！”老头大声说，“反！他们是要杀人，先生，记住我说的，先生。”

“什么时间？”

“快了，先生，就快了。不过我也不知道具体什么时候，我已经说得太多了。那天你有种，我想要是不先告诉你，有点不仗义。但你现在不能走漏风声，到时候听见枪响，就待在船舱底下别动。

“就这样吧，记住千万别走漏风声，否则他们就会在你肋骨间来一枪。记住我说的话，先生。”接着，老头儿继续擦他的栏杆，离开了克莱顿夫妇站着的地方。

“前景真是可观啊，爱丽丝。”克莱顿说。

“你得立即去通告船长，约翰。这样也许还可以避免这场灾难。”

“理应如此，但如果完全照我本人的动机来讲，我就只能守口如瓶了。现在不管他们做什么，都会因为我曾经站在黑迈的一边放过我们，但要是他们发现我出卖了他们，那就不会对我们客气了，爱丽丝。”

“但你只有一个责任，约翰，那就是保护法定的权益，如果你不去警告船长，那就等于你成了同谋，跟他们成了一伙人，亲手实施了这场阴谋。”

“你不明白，亲爱的。”克莱顿回答说，“我只担心你，保护你才是我的第一职责，船长是自作自受，我为什么要担着妻子经受无法想象的恐惧和危险的这种风险去救他呢？而且，很可能徒劳无功，他的凶案和愚蠢才导致了这一切。亲爱的，你根本想不出来，要是这帮歹徒控制了富瓦尔达会发生什么事情。”

“责任就是责任，约翰，诡辩也改变不了事实。在一个显而易见的责任面前，如果因为我，你逃避了，那我就是最可怜的英国勋爵夫人。我已经意识到将要面临的危险了，但我能和你一起面对。”

“那就如你所愿吧，爱丽丝。”他微笑着回答，“也许我们是杞人忧天了。现在船上的氛围我是不喜欢，但毕竟也没坏到那种程度，也许那位该进博物馆的老水手所说的那番话，完全是他自己邪恶内心的臆想，根本不是真的。”

“海上的叛乱在一百年前也许很普遍，但在1888年这样的盛世，恐怕就不会那么容易发生了。”

“可船长已经回船长室了，让我去通风报信，也太为难了，我连和这个畜生讲话的心情都没有。”

嘴里咕哝着，他慢吞吞向楼梯口走去，船长刚从那儿下去。一小会儿后，他敲响了房门。

“进来。”粗暴的船长低吼一声。

克莱顿进去后，关上身后的门。

“怎么了？”

“我来是想告诉你今天听到的一些情况，我觉得，这有可能没什么，但你还是有准备的好。长话短说，船员们正在谋反。”

“扯淡！”船长大喊，“要是你再干涉这条船上的规矩，插足跟你没关系的事情，我倒要警告你，后果自负！我可不管你是英国勋爵还是什么的，我才是这条船的船长，从现在开始，你少管闲事！”

船长已经气得暴跳如雷，脸色酱紫，最后几句话是扯着嗓子喊出来的。而且，为了强调，他一拳砸在了桌子上，另一只拳头则在克莱顿面前乱舞。

克莱顿纹丝不动，站在那儿，直盯盯地看着眼前这个发狂的人。

“贝林思（Billings）船长，”良久后，他终于慢吞吞地说，“请恕我直言，你就是一头蠢驴。”

说完他便转身走了，扔下船长，像以前一样扬长而去。这惯常的做法，对于像贝林思这样阶层的人来说，比痛骂他一顿还要恼人。

所以，如果克莱顿当时能安抚他一下，船长很容易就能意识到自己的鲁莽言行，并为此后悔，但是现在，克莱顿对他一如既往的轻视，他已经愤怒得无法自拔。因而，他们最后一次为共同利益而合作的机会已经丧失了。

“好了，爱丽丝，”克莱顿说，他已经回到妻子身边，“我本来就该省省口水，这一趟真是去得不值当，那家伙像只疯狗一样跳起来朝我叫。”

“让他和这条破船去死吧，关我屁事，等我们安全离开后，我只为我俩的幸福费力气。现在，最紧要的是先回房间查看一下我的枪还在不在，真不该把那几支长枪以及弹药和别的东西打包在一起，现在还在船舱下面呢。”

回到房间，他们的东西已经被翻得一团糟。箱子和提包的衣服被扔得到处都是，连床单都被撕碎了。

“显然，有人比我们更着急来查看，”克莱顿说，“爱丽丝，我们清点一下，看丢了什么。”

仔细检查后，他们发现，除了克莱顿那两只左轮枪以及一些备用子弹外，其他什么都没丢。

“这些正是我希望他们别拿的东西，”克莱顿说，“可实际上他们只想要枪，这才是最危险的事情。”

“我们该怎么办？约翰？”妻子问，“也许你是对的，我们最好的选择是保持中立。如果船上的管理者能平息这场叛乱，我们就没什么可怕的了，要是这些叛乱者胜利了，那我们唯一的希望就只能说是，我们并没有阻止或对抗他们了。”

“你说得对，爱丽丝。我们就做个中间派吧。”

他们开始整理房间时，不约而同地注意到，一方纸角从门缝下面伸了进来，克莱顿正打算去捡时，发现纸条正往里送，他这才意识到，有人在门外往里推。

他悄无声息又敏捷地走向门口，抓住门把手正想打开门，妻子拉住了他的手腕。

“不要，约翰，”她轻声说，“他们不想让人看见，所以，我们还是不要去看。别忘了，我们是中间派。”

克莱顿笑了，放下了门把上的手。他们就站在那里，看着那张白纸一点点被塞了进来，直至躺到了门内的地板上。这时，克莱顿才捡了起来。一张不太干净的白纸，草草折成了四方形。打开来，上面是潦草得几乎难以辨认的字迹，很明显，这人不太经常写字。

总的来说，纸上就是警告克莱顿夫妇，不要报告丢枪的事，也不要把老水手告诉他的事说出去，否则，小命不保。

“但愿我们不会有事。”克莱顿苦笑着说，“现在我们也只能小心等待，听候消息了。”

第二章 荒岛安家

他们并没有等上多久，到第二天早晨，克莱顿像往常一样，吃完早餐踏上甲板散步时，就听到了一声枪响，接着又是一声，再一声。

他最担心的事情终于在他眼皮底下发生了。那几个头儿对面站着的是富瓦尔达号的全体船员，黑迈站在最前头。头头们射出了第一批子弹，船员们四散躲避。他们利用桅杆、操舵室和船舱后面的有利位置，向船上的五个恶势力还击。两个船员被船长的左轮手枪打倒，躺在了交战双方的中间位置。但随即，大副中枪，扑倒在甲板上。黑迈一声令下，他的叛军们便朝剩下的四人冲去。船员们一共只有六支枪，其他多数人的武器都是钩篙、大斧、小斧和撬棍之类。

船员们冲过来的时候，船长的子弹正好打光了，二副的枪又卡了壳，所以，那一刻，他们只剩下两支枪在抵抗叛军。叛军们狂暴地冲了过去，头头们害怕了，开始后退。但他们都在用恶毒的语言相互咒骂，骂声与枪声、尖叫声、受伤的呻吟声混杂在一起，富瓦尔达号的甲板，瞬间变成了疯人院。

没等头头们退后多远，船员就已经冲到他们面前。一个膀大腰圆的黑人，手里的大斧头对准船长的脸就劈了过去，从脑门到下巴。一瞬间，剩下的几个也倒地了，或死或伤，要么中枪，要么中棍。

富瓦尔达号上的这场造反干净利落，约翰·克莱顿一直漠不关心地站在下舱口处看着，若有所思地抽着烟斗，好像身旁是一场与己无关的斗蟋蟀。

最后一个管理层倒下时，他想，是时候回到妻子那儿去了，以免有人发现她一个人待在下面。

尽管克莱顿表面上不动声色，内心却是纠结不安。命运无情地把他扔到了这群禽兽般残暴无知的反叛者手里，他担心妻子的安全。

刚一转身，正要下梯子时，却惊讶地发现，妻子站在梯子上，就在他身旁。

“你在这儿多久了，爱丽丝？”

“一开始就在了。”她回答，“太可怕了，约翰，哦，太可怕了。落在这么一群人手里，我们还有什么指望？”

“我指望能有早饭吃。”他回答，强颜笑了一下，想要减轻她的恐惧。

“至少我会去问问，”他又补充说，“跟我来，爱丽丝，我们必须让他们认为，除了以礼相待，不能有其他。”

这个时候，那帮人已经围住了死伤在地的几个头头，准备把他们一股脑儿地扔进大海，不管是死的还是活的。对待他们自己同伙的尸体，也是一样无情地处理。

随即，有个船员发现了正向他们走过去的克莱顿夫妇，便大喊一声："这里还有两个喂鱼的！"说完举起斧子便冲了过来。

但黑迈更快，那家伙刚跑出几步，背后便中了一枪，倒在了甲板上。

黑迈大吼一声，吸引了大家的注意力。他指着格雷斯托克勋爵及其夫人，大声说：

"这两位是我的朋友，谁也不准骚扰他们，明白了吗？"

"现在我就是这条船的船长，我说的话必须遵行。"他接着转向克莱顿，"你们继续待在原来的地方，谁也不敢害你们。"他用威慑的目光扫视了一遍其他人。

克莱顿夫妇当时只顾听黑迈发号施令去了，没太注意船员们，所以，对这伙人心中的打算一无所知。

只是，夫妇俩时不时会听到他们的咒骂声和吵架声，不是很清楚。有两次还清晰地在寂静中听到了邪恶的枪声。但黑迈确实是个不错的杀人犯头领，他把这帮人牢牢掌控在自己的统领之下。

造反后的第五天，陆地出现了，可以在瞭望台上看见。不过，是小岛还是大陆，黑迈拿不准，他只通告了克莱顿，如果他们调查到这块陆地适合居住的话，格雷斯托克夫妇就要带着行李上岸。

"你只需要在这里待上几个月就行了，"他说"趁此期间，我们就会找到适合居住的海岸，疏散一些人上去。到时候，你们的政府也会找到你们了，很快会派军舰来接你们。"

"给你们放到城镇去的话，就难免被盘问许多问题，我们这帮人可没法自圆其说。"

克莱顿极度反对这种不人道的行为，把他俩扔在一个无名海岸，任凭野兽或野人虐待。

但他的话是白费口舌，只会激怒黑迈，所以，他强迫自己没再说什么，在这种情况下，他已经尽力而为了。

大约下午三点，他们来到了生长着美丽树木的海岸边，似乎正是一个海港的进出口。黑迈派了一条满员的小船去测量进出口的水深，以确定富瓦尔达号是否能安全进入。

大约一个小时候，他们返回了，报告说，水很深，一直延续到那个小港湾里头。大帆船在天黑以前，进入了水平如镜的港湾，稳当地抛了锚。

岸上长满了亚热带植物，非常漂亮。不远处的山丘与高地，似乎是从海面升起的，几乎全部覆盖着原始森林。

这里荒无人迹，但看起来人在这里不难存活。在富瓦尔达甲板上就能看见众多飞禽走兽便能证明这一点。同时，还有一条闪闪发光的小溪注入港湾，保证了充足的淡水。

黑暗降临，克莱顿和爱丽丝依然站在甲板上，靠在栏杆边，无言地注视着他们将要踏上的地方。黑暗的林丛中，传来野兽威猛的吼叫，有低沉的狮吼，同时还夹杂着几声豹子的吟叫。

女人吓得躲进了丈夫怀里。一想到他们要被留在荒凉的海岸，当夜晚来临，那隐藏在黑暗中令人恐怖的东西随时都在等着他们，她吓得战战兢兢。

当晚的晚些时候，黑迈拜访了他们，提醒他们为第二天上岸做好准备。他们想要说服黑迈，让他带他们去更文明、更适合人居住的海岸，这样至少不会落入虎口。但好说歹说，连许以重金都无法打动他。

“我是这条船上唯一一个不愿意见你们马上死去的人。但同时我也知道，要保住我们自己这些人的脑袋，让你们死才是最明智的。只是，我黑迈不是那种忘恩负义的人，你们曾救过我一命，我也得救你们一命，但我也只能做到这个份上了。

“他们不想再忍了，如果不快点送你们上岸，说不定他们就会改变主意，你们就不能像现在这样了。你们的东西我都给送上岸，还加一套炊具和搭帐篷用的旧帆布，还有一些粮食，足够维持到你们找到野果和野味。

你们带着防身的枪，就可以在这儿轻松住下了，会有人来救你们的。等我安全上岸后，会让英国政府知道你们在哪儿的。当然，为了自保，我不会告诉他们详细地址，实际上我自己也不清楚这是哪儿。但放心，他们会找到你们的。”

黑迈走后，他们无言地走下船舱，心头缠绕着不祥的预感。

克莱顿不相信黑迈会把他们的行踪告知给英国政府，而且，他也不敢确定，明天跟那些帮他们抬东西的水手上岸后，不会有人想要杀他们。

一旦背了黑迈的眼，任何人都有可能打死他们，而黑迈会蒙在鼓里，良心清白。

就算他们眼前能逃脱厄运，前头等着的，还不是更严峻的危险？他要是一个人，可能还有希望活下来，因为他身强力壮。可爱丽丝呢，她肚子里那个即将在这艰难时世中诞生的小生命呢？

一想到前路艰险，而且孤立无援，克莱顿就不禁打冷战。幸好上帝还没有让他预见到，在阴森冷酷的树林里，还有更可怕的现实在等着他们。

第二天一大早，他们一堆箱子包裹就被搬到了甲板上，装进了要送他们上岸的几条小船里。他们带的东西繁杂多样，因为他们夫妇预计是要在西非住上五年八年的，除了不少生活用品外，还有许多奢侈品。

黑迈早就决定，凡是克莱顿夫妇的东西，一件不留。不过，这是为夫妇俩着想，还是为他自己的利益着想，就不得而知了。可以确定的是，要是在一条可疑的大帆船上，保留了一位英国失踪官员的东西，在任何一个文明港口，都很难说清楚了。

所以，他坚定不移地贯彻了自己的想法，把克莱顿的手枪从想据为己有的水手那里夺回来，物归原主了。他们还往小船里增添了咸肉，饼干，少许土豆、豆子、火柴、炊具以及工具箱，还有黑迈答应他们的旧帆布。

大概黑迈也想到了克莱顿所担心的事，他亲自陪他们上了岸，一直等到几条送行的小船在储水桶装上淡水，推回停泊在港湾里的富瓦尔达号时，他才最后一个离开。

几条小船在平静的水面上缓缓离去，克莱顿夫妇默默地注视着，对即将来临的灾难，心中升起了绝望之情。

而在他们身后，一道低低的山梁上，几双眼睛也在注视着，在浓眉下闪闪烁烁，放射出密密麻麻的邪恶之光。

当富瓦尔达驶出狭长的港湾，消失在一块大礁石后面时，爱丽丝夫人一把抱住了克莱顿的脖子，痛哭失声。她曾勇敢面对过那场叛乱，也曾在想到未来的危险时，表现出过坚韧的英雄气概。但现在，与世隔绝的恐惧扑面而来，她紧绷的神经未免承受不住了，才会有此举动。他没去擦她的眼泪，压抑过久的情感释放出来反而更好，良久后，这个姑娘（实际上她比小姑娘大不了多少）才终于控制住了自己。

“啊，约翰，”她最后哭着说，“太恐怖了，我们怎么办？我们该怎么办？”

“我们别无选择，爱丽丝，”他声音十分平静，犹如还坐在家里舒适的客厅里，“我们唯一能做的就是干活，干活就能救活自己。一定不能想太多，想太多只会疯掉。”

“一边干活一边等，我们一定会得救的，而且会很快。就算富瓦尔达号失事，或黑迈食言，我们都能得救。”

“可是约翰，如果只有我们俩，”她啜泣着，“我们肯定能熬过去，但是……”

“是的，亲爱的，”他温柔地回答说，“我也一直在想这件事，我们必须得面对，不管发生什么事，不管环境多么恶劣，我们都要勇敢地、满怀信心地去应对。”

“千百万年前，我们的祖先就生活在这片原始森林里，在远古的混沌中，面对着和我们现在一样的问题，我们会重走他们的征服之路。他们能做的，难道我们做不到吗？我们能做得更好，我们有几个世纪以来积累的知识做装备，我们有科学教给我们防身、自卫和生存的方法，他们那个时候还什么都不知道呢。爱丽丝，他们用石头和骨头所能完成的事，我们今天肯定也能完成！”

“啊，约翰，我真希望自己是一个男人，有着男人一般的智慧，可我只是个女人，我更多的是用心去感觉，而不是用脑去思考。我看到的一切，都太可怕了，我无法思考，无法说明。

我只希望你是对的，约翰，我会拼尽全力做一个勇敢的原始女人，做一个能配得上原始男人的伴侣。”

克莱顿想到的第一步便是搭一个睡觉的棚子，以免被到处觅食的野兽伤害。

他打开了装步枪和弹药的箱子，这样，他们在干活儿的时候，如果遇到袭击，便能随时还击。随后，他们便开始寻找能够过第一夜的地方。

离海岸一百码的地方，有一块小平地，没有什么树木，他们决定以后要在这个地方建一所房子，长期居住。但现在，他们认为最好先在树上搭个平台，以免被那些较大的猛兽侵犯，现在这地盘还是野兽的。

最后克莱顿挑了四棵树来搭平台，大约有八平方英尺大。先是从其他树上砍下又粗又长的树枝，在离地大约十英尺的地方搭了一个垫子，用绳子牢牢地绑在树上，绳子是黑迈从富瓦尔达号的货仓里拿来的。

在垫子上，克莱顿又密密麻麻地铺了些小树枝，然后又铺上宽大的象耳树叶，树林里到处是这种树。树叶上最后铺的是折叠成好几层的帆布。

在这个垫子上空大约六英尺高的地方，他又搭了个类似的平台，较轻一些，作为屋顶。四周再挂上剩下的帆布，就是墙壁了。

完成这些后，一个相当舒适的小巢便出来了。他把毯子和一些较轻的行李放在了上面。

时间已近黄昏，在夕阳的余晖里，他造了一把粗糙的梯子，这样，爱丽丝便能爬上她的新家了。

白天的时候，森林里羽毛鲜艳的鸟儿飞来飞去，叽叽喳喳的猴子跳来跳去，它们对这两个新来者非常好奇，非常感兴趣他们那个奇妙的窝是怎么一点点筑成的。

尽管克莱顿和妻子都非常警惕，不时地向四周张望，但并没有大型动物出现。只有两次，他们看见几个小猴子邻居叽叽呀呀地从不远处的山冈尖叫着跑下来，并不时透过瘦小的肩膀回头张望，显得十分害怕，这表明，那边藏着令它们非常害怕的东西，它们是逃出来的。

克莱顿赶在夜幕降临前完成了梯子，并从附近的小溪里打来了一大盆水。之后，两人便上了他们那个相对安全的空中楼阁。

因为天气相当热，克莱顿便把周围的布帘搭到了屋顶上，他们坐在毯子上，像土耳其人一样。爱丽丝看向阴影重重的森林，慢慢瞪大了眼睛，突然一把抓住了克莱顿的胳膊。

“约翰，”她悄声说，“看，那是什么，是不是一个人？”

克莱顿转过脸朝她所指的方向看去，越过一片昏暗的树林，一个巨大的身影隐隐约约地矗立在远处的山冈上。

它站了一会儿，好像在侧耳倾听什么，然后慢慢转身，消失在茫茫林海。

“是什么东西，约翰？”

“我不知道，爱丽丝，”他沉重地回答，“太黑太远，看不清楚。也许是升起的月亮投下的影子。”

“不是的，约翰，就算不是人，也是类似人的大块头。嗯，我有点担心。”

他将她搂入怀，在她耳边轻言细语地说了一些鼓励的情话。

一小会儿后，他把布帘放了下来，紧紧地绑在树上，除了面对海滩的方向留一个小口外，其他就严严实实地围了起来。

小小的空中楼阁现在是一片漆黑了，他们躺在毯子上，希望能好好睡上一觉，暂时抛却这苦难。

克莱顿脸朝那个小口，手边放着一支长枪，两把手枪。

他们刚一闭眼，身后丛林里就传来可怕的吼叫声，是一只豹子，声音越来越近，直到听见这只大野兽走到了他们正下方。它左嗅嗅，右挠挠，一直折腾了一个多小时，吼叫声才向海滩边转移，这时，在明亮的月光下，克莱顿才看清了那头豹子的样子，体积庞大，样貌潇洒。他从未见过这么大的豹子。

漫漫长夜里，他们只打了几个盹儿，整个晚上，丛林中一直回荡着豺狼虎豹此起彼伏的叫声，动物界的神秘使他们紧绷的神经已经处于崩溃边缘。刺耳的叫声以及“床下”庞然大物悄然挪动的声音，一夜下来，他们惊醒了上百次。

第三章　生死诀别

新的一天，整个世界又显得生机勃勃，可这对克莱顿夫妇来说，却没什么真正的意义。尽管如此，他们还是满心欢喜，迎接新的曙光到来。

一顿简餐——咸猪肉、咖啡和饼干——过后，克莱顿就着手盖起房来。眼前的境况告诉他，只有筑起高墙，才能将他们与森林中野兽们的生活彻底隔离，晚上才能安心睡觉，悬着的心才能完全放松。

这个任务可非同小可，不用大半个月肯定完不成。虽然只是一间小屋，毕竟人力有限。他先是找来了一些六英寸左右大小的圆木，然后又在几英尺之下的地里掘出了黏土，用来填平圆木间的缝隙。

在屋内的一角，他从海滩边挑拣了很多石头，砌了个小壁炉，也用黏土抹缝而成。房子垒成之后，他又在墙壁外边覆上了四英寸厚的黄泥。

小屋的窗口呢，则用细树枝横竖两排地编成了格网，非常结实，力气大一点儿的野兽也无法撞破。同时，这样还能通风，呼吸到新鲜空气。

屋顶就像个字母“A”，上面密密麻麻地铺了一层细树枝，树枝上面，又盖满了棕榈叶和森林里特有的那种又高又结实的草，最后，还刷了一层黄泥。

最重要的是门，他将之前装物件的几个木箱都拆散，变成一块块的木板，然后将两块木板文理交错，重叠钉在一起，一层又一层，直到最后钉成一块三英寸厚的大木板，这样一来，就变得很结实，承重能力增强。夫妻俩打量着面前的那块厚板，不由得笑出了声。

可接下来的工作却让克莱顿笑不出来了。他遇上了难以克服的困难——无法将这扇厚实的门安装到门框上。经过两天的冥思苦想，他终于用坚硬的木头成功地做成了两个结实的转轴。通过这两个转轴，门不但能轻松安装，而且开关也很灵活。

屋顶的工作一结束，他们就马上搬了进去住。粉刷墙壁，以及其他的扫尾工作，都是在室内进行的。晚上临睡前，他们会用很多箱子顶住门。直到那一天，他们才感觉这个栖身之所稍微安全和舒适点儿了。

房屋建成后，床、桌椅和碗橱，就容易许多啦。光阴似箭，到第二月月底，生活的必需品都安排妥当了。只是对野兽随时可能出没的恐惧，以及无边无际的寂寞，仍然时时萦绕心头，挥之不去。除此之外，似乎也没有什么难受和悲伤的事了。

夜幕降临，身强体壮的大个头野兽就在小屋四周长啸，一派虎视眈眈的架势。可人就是这样，对重复出现的事物终究会习以为常。哪怕是这种危险的吵闹声。没过多久，克莱顿夫妇就再也不在乎什么豺狼虎豹，可以一觉无梦到天明了。

那个体型硕大的，如同人影的怪东西又出现过三次，但没有一次近距离接触，所以，他们也无法分辨那到底是人，还是野兽。

有几只羽毛鲜艳的小鸟，和调皮的猴子，也和他们慢慢熟悉起来，成了好朋友。因为之前从未见过人，所以难免有些恐惧。但最初的恐惧过后，丛林野生动物的好奇心占了上风，鸟儿和猴子们越来越大胆，离他们越来越近。来这儿的第一个月起，就有几只小鸟小心翼翼地靠近克莱顿夫妇的手心，偷偷啄走一粒粒食物。

克莱顿先生想多盖几间房屋。有天傍晚，他正在忙活儿，一群体型怪异的“小伙伴们”尖叫着穿过树林，冲下山冈。它们一边奔跑，一边担忧地回头张望，直到差点撞到克莱顿，它们才停了下来，叽叽喳喳叫嚷着，好似在诉说什么险情。

不一会儿，小猴儿们恐惧的那个东西就出现了。原来就是他和妻子之前隐约见过的像是人的怪兽。

它有时半直立着身子行走，有时两只手攥成拳头，当做柱子一样撑在地上。此时它穿过丛林，正向克莱顿走来。那就是类人猿。它行走的时候，会发出笨重而难听的叫声，有时听起来像是犬吠。

这个时候，克莱顿并不在自己的小屋附近，他是为“建筑工程”来外出砍树的。因为周围的树都不太理想，所以跑远了些。连续几个月，在白天，他很少遇到可能给他生命带来危险的动物，便渐渐放松了警惕，步枪和手枪一样都没带在身边。现在，他只能眼巴巴地看着这只巨猿踩踏着灌木从，径直逼近自己，而且巨猿前进的路线生生地切断了克莱顿的逃路，一股战栗像电击一样涌上克莱顿的全身。

克莱顿的心里一清二楚：就凭手中的这把斧头，恐怕根本不可能放倒眼前的巨兽……还有爱丽丝。啊，天啊，爱丽丝怎么办呢？

如果跑回那间小屋，倒是还有一线希望。于是，他转过身，撒开腿，拼命向小屋跑去，他一边跑，一边大声叫喊，就是让妻子赶紧回屋关门，免得巨猿从那儿切断他的后路。

格雷斯托克夫人正坐在离小屋不远的地方，一听见丈夫的呼喊声，猛一抬头，一头又笨又壮的巨猿正要向丈夫扑过去，那种敏捷简直难以形容，似乎很快就要把克莱顿扑倒。

她闷哼了一声，急得跳了起来，冲进小屋。就在进屋的那一刹那，她关切地回头望了一眼，这一望几乎吓得她瘫软无力。那头猛兽，已经挡住了丈夫的去路，他真是束手无策，只得双手握紧那把斧头，准备做最后的殊死拼搏。

“快，关门！从里面拴住，爱丽丝！”在挥舞着斧头的同时，克莱顿也没忘了关心妻子，“放心，这把斧头能帮我对付这个大家伙！”

话虽这么说，他的心里却如明镜一般，他即将面对的结果是：惨死。她也清楚这一点。

巨猿如同一头粗壮的公牛，大约有三百磅重。双眼间距很近，令人非常不适，眉毛粗重，眼神满是凶光，它在猎物面前停顿了片刻，旋即露出可怕的犬齿般交错的大牙。

越过巨猿的双肩，克莱顿目测着小屋离自己的距离——不过二十步远。此时此刻，年轻的妻子却正端着一支步枪，从小屋走了出来。她之前非常害怕武器，碰都不敢碰一下，现在，她就像一头勇敢的狮子，为了保护自己身处险境的儿女，不管一切地向巨猿逼近。克莱顿的心头不由得掠过一股恐惧。

“走开，爱丽丝！”克莱顿喊道，“看在上帝的分上，快回去！”

但她根本就听不进去，正在此时，巨猿扑了过来，克莱顿的话都被堵在了嗓子眼里。

他抡起斧子，用尽平生的力气向那头猛兽砍去，可那个大家伙真是力大无穷，它伸出大手，死死地抓住斧子，很快便占据了上风。它从克莱顿手里夺过斧子，扔到一边。然后大吼一声，向着这个手无寸铁的男人猛扑过来，张开大嘴，露出獠牙，眼看就要咬到克莱顿的脖颈了。

一声刺耳的爆炸声响起，一粒子弹穿过巨猿的双肩，射进其后背。在剧痛之下，这头野兽将克莱顿掀翻在地，转身冲向新的敌人。爱丽丝吓坏了，傻傻地站在它的面前，她想再次射击，可是双手根本不听使唤，子弹总是上不了膛，爱丽丝只有束手待毙了。

几乎就在同一时刻，克莱顿一跃而起，猛冲过去，从俯卧在地的妻子身上拽开了那只巨猿，他根本就没细想，这样做会不会有用。

可他成功了。他都没怎么使劲儿，或者说，干脆就还没用上力气，那个庞然大物就轰的一声倒在了草丛里——原来巨猿已死，是子弹要了它的命。

克莱顿赶紧查看妻子有没有受伤，还好，她只是昏迷了。估计这个凶残的野兽在扑向爱丽丝的那一瞬间，就死去了。

他将昏迷不醒的妻子抱进了小屋，两个小时后，她才恢复知觉。

但她说的话却糊里糊涂，让克莱顿摸不着头脑。等她完全醒过来，爱丽丝的眼里满是欣喜和惊奇，她环视着屋内的摆设，然后松了一口气说：

“天啊，约翰，你真的回来了。太棒了。我的脑海里全是噩梦，亲爱的。我还以为我们不在伦敦，而是被困在了一个可怕的地方，在那儿，好多好多的野兽准备袭击我们。”

“好了，没事了，爱丽丝，”他摩挲着她的前额，温柔地说，“再多睡会儿吧，那都只是些噩梦，不要放在心上。”

就是这天夜里，在这个陌生的原始森林里，在这个粗陋的小木屋里，一个小生命诞生了。那个时候，一只豹子在门口长啸；一头雄狮在山冈吼叫，雄浑的声音彻夜回荡在夜空之上。

可怜的格雷斯托克夫人就没那么幸运了，自从经过那次巨猿袭击的惊吓之后，她就再没有出过这间小屋。虽然她生下孩子后又活了一年，但整日都处于惶恐之中，因为她清晰地认识到：自己所在的这片土地并非文明的英格兰。

在夜里，有时候她会神经兮兮地问丈夫：哪儿来的这些奇怪的动物鸣叫声？仆人和朋友们呢？怎么都不见了？为什么？为什么我们的家看起来如此陌生，如此粗鄙。尽管克莱顿无意隐瞒真相，总是会细心解释，但她终究无法理解丈夫的话到底意味着什么。

不过，在另一些事上，她的表现又出奇理智。小儿子给她带来的快乐和充实，丈夫的忠贞和无微不至的爱，都让她在这一年里备感幸福，她甚至觉得这一年，是她年轻的生命中最为开心的一段时光。

看见妻子沉浸在虚假的幸福中，克莱顿却十分痛苦。因为他明白，如果她的神志像正常人一样清醒，她的焦虑和无助就会加倍。但有时候，克莱顿也会为之欣慰，因为这样一来，她可以免受痛苦的折磨。

对于有一天他们会得救，他早已不报任何幻想，除非真是冥冥之中自有天意。于是，他孜孜不倦地安置小屋，以期过得更舒适。

他在地板上铺上狮子皮和豹子皮，在墙边摆着橱柜和旧书架，还自己烧制了几个奇特的花瓶，养着一些生长在热带地区的小花儿；窗户上挂着用竹子和茅草编成的帘子。最艰难的是，他的工具太简陋了，可他还是想尽办法把木头加工成了木条，在小屋里铺上了光亮照人的地板，墙壁和天花板也焕然一新。

没想到，这一双手居然可以承受如此繁重的劳动，还能做出这么多新鲜器具。为此，他很自豪。因为这一切，可以为这个家，为这个小生命带来欢乐和鼓舞。儿子的出生既是责任，彰显出他们处境的险恶，但也令他有新的开创。

第二个年头，那些巨猿又来骚扰了克莱顿几次。那一段时间，它们似乎老是在小屋周围转悠。还好，克莱顿总是随身配戴着枪支，所以也不再害怕这些猛兽。

他只是再次加固了窗户，还在门上装上了特别的木锁。如此一来，即便是他外出采食，或打猎时——为了生存，他经常需要出去——也用不着时时刻刻都担心野兽会闯进小屋。

一开始，他只要在小屋的窗口架起枪，就能打到不少野味；但后来，小动物们也懂得了这个规则，知道这个奇怪的小屋里，会发出吓人的巨响，纷纷避而远之。

这个新家有很多藏书，其中很大一部分是些幼儿读物——画册啦、识字课本啦、图画读本啦等。因为他们出发前就已经估算到了：待他们回到英格兰，小孩儿应已到了读书识字的岁数了。于是，一空下来，克莱顿就会挑几本喜欢的书来阅读，还经常大声念给妻子听。

其余的时间，克莱顿会写日记。这是他多年来的习惯。他的日记用的是法文，每天生活中遇到的那些奇特的琐事，都被他一一写进了这个小本里。每次写完，他都把小本子锁进一个小铁盒里。

那是一个晚上，爱丽丝夫人突然去世了。毫无征兆，安详得如同仍在睡梦中。那时，他们的小儿子才一岁。过了好长好长时间，克莱顿才意识到，妻子已经不在人世了。

不可名状的恐惧再次涌上心头，克莱顿感觉自己对眼前的困境无计可施。甚至可以说，他都无法充分认识到自己正在承受的巨大悲痛，以及要独自担负的可怕责任。妻子去世了，留下了一个嗷嗷待哺的小东西，他得独自一人于深山老林中照顾一个还在吃奶的婴儿！

克莱顿最后一篇日记，写于妻子去世后的翌日早晨。他用枯燥无趣的语言详细叙述了那些悲痛的细节，心中越发觉得苍凉。长久以来，他都感觉生活在无言的痛苦和绝望之中，而这两种情绪似乎又转化成了对世事的冷漠。因而，爱妻去世，这般残酷的事实也几乎无法激起他更深的痛苦。他是这样写的：

我的小儿子因为饥饿，现在正在哇哇大哭。喔，爱丽丝，爱丽丝，我该怎么办？

约翰·克莱顿写最后几个字的时候，那只手便永远都松不开那支笔了。他胳膊僵直，平伸在桌上，脑袋似乎疲惫不堪，沉沉地耷拉在上面。这张桌子是他为妻子做的，而妻子正纹丝不动、浑身冰凉地躺在旁边的床上。

很久很久，除了那个男婴的哀鸣声，再没有别的声响，这哀鸣声划破了森林中死一般的沉寂。

第四章 卡拉得子

距离大海大约一英里，有一片台地，上面是一片树林。这便是巨猿们的家园。此刻，猿王柯察克（Kerchak）正对自己的“子民”大动肝火。

部落里那些年幼胆小的、腿脚灵活的成员，纷纷逃开，躲在树杈后，以免被惩罚。有些树枝并不结实，刚好能承受住他们的重量，但他们还是宁可冒着生命危险蹲在上面，也不愿意在这个时候看着老柯察克的臭脸，说不定还会点燃他那无法自控的怒火。

当暴怒的柯察克张着血盆大嘴，露出一副恨不得咬断谁的脖子的样子时，那些雄猿也纷纷逃走了。

一只年幼的雌猿逃跑的时候没抓牢，从高高的树枝上摔了下来，恰好掉在柯察克面前。

他嘶吼着扑上去，锋利的牙齿对着她的肚子咬下去，生生撕下一块肉来，他随手抓了一根粗木棒，朝她的脑袋和肩膀狠狠地敲，直到砸成一堆肉泥。

接着，带着孩子觅食回来的卡拉（Kala）出现在他的视线里，她并不知道柯察克正怒火中烧，直到同伴发出尖叫提醒她，她才疯狂地想躲避到安全的地方。

可是柯察克已经盯上她了。如果不是她不要命似的出险招，从一棵树逃到另一棵树，柯察克已经抓住她了。

她跳过去了，可是悲剧在她抓住另一棵树的树杈时发生了，她的身体突然一震，挂在他脖子上的小猿从三十英尺高的地方跌落下去了。

卡拉发出了痛苦的惊呼，她对柯察克的威胁视若无睹，当她来到自己孩子身边时，发现他已经摔成了肉酱。

她抱着孩子的尸体呜呜地哭泣。柯察克的愤怒在这突如其来的变故面前消失得无影无踪了。

他是一个身材高大的猿王，体重起码有三百五十磅。他低低的前额向后斜着，一双充血的眼睛下是一只塌鼻子，虽然耳朵看上去又大又薄，但比起其他巨猿，算比较小的一类。

与他暴躁的脾气同样闻名的还有他那无穷的力气，正因如此，他在部落里拥有绝对的权威。

他现在二十多岁，正是壮年，在这片丛林里，他是独一无二的猿王。

在野蛮的动物群里，只有大象老丹托尔（Tantor）对他还有威慑力。丹托尔赢得了胜利，柯察克和他的同类只能逃到树枝搭成的“第二平台”。

柯察克领导着七八个“家庭”，一只成年雄猿、他的几个妻妾，以及他们的孩子组成一个“家庭”，整个部落有六七十位成员。

卡拉的丈夫是图布兰特（Tublat），在猿语里是“烂鼻头”的意思。她是那只公猿最年轻的妻子。那个摔死的孩子是她第一个孩子。而卡拉也才有九或十岁的光景。

但她的个头和力气并没有因为年轻而有所削弱。从猿的审美来看，她四肢匀称，长相不错。她那圆圆的脑门意味着她比同类拥有更发达的大脑。当然，也意味着在悲剧面前，这位母亲更能感受到痛苦和悲伤。

然而，她毕竟是猿，即使块头大、凶狠，也更聪明，但她还只是人类众多祖先中的一个分支。

柯察克的心情逐渐平静下来了，部落的其他猿猴也从安全地带走了出来，各自忙自己的事情去了。

小猿在树丛中你追我赶，嬉戏玩耍；大一些的猿趴在松软的地面上，还有一些在落叶和泥土里寻找昆虫——它们是能填饱肚子的东西。

另外一些猿攀到树上去摘坚果，掏鸟蛋，抓小鸟。

一小时后，柯察克把他们召集到了一起，大家一起去海边活动。

他们要去较远的地方时，是以地面行走为主的。他们需要走大象踏出来的路。森林里长满了灌木丛、藤蔓，只有体积大一些的野兽能走出自然的迷宫。巨猿们走路的样子并不好看，似乎是用身体往前滚动。他们的双手紧握，几乎要碰到地面，又笨又重的身体一点点往前耸动。

如果到了小树林，他们就会跳到树上，利用树枝荡秋千，他们的动作跟猴子一样敏捷。卡拉抱着已经死去的孩子，将她紧紧贴在胸口。

中午时分，他们到达了一个高高的山冈，从这里可以看到开阔的海岸线。山冈下，是柯察克带领族人要去的地方——一间整洁的小木屋。

这里住着一只“白猿”，柯察克经常看到他，他手里有一支“黑棍子”，能发出巨大的、令人恐惧的响声。每当枪声响起，就会有同胞丧生。柯察克已经铁了心，要把那支“小黑棍”弄过来，并且闯进那个神秘的洞穴转一转。

他很想用自己的牙齿咬断那个怪物的脖子，让他知道自己的厉害。柯察克经常过来打探军情，期待这只“白猿”早日放松警惕。

最近这段时间，他们尽量离小屋远远的，因为“小黑棍”已经让他们好几个伙伴离开了。

这天的形势有些奇怪，小屋的大门敞开了，周围却看不到一个人影。巨猿意识到这是一次难得的机会，于是他们悄悄地朝木屋的方向摸过去。

他们没有发出一点儿声音，生怕惊动了那支“黑棍子”。

他们离屋子越来越近，柯察克率先到达门口，他贼头贼脑地往里瞄，在他身后，跟着两只雄猿和卡拉。

屋子里，“白猿”正趴在桌子上，床上还有个什么东西。在一只旧摇篮里，传来婴儿的啼哭声。

柯察克准备朝“白猿”扑过去的时候，他突然醒来，猛地站起来，看着他们。

眼前的情形对他而言有些可怕，三只体型健硕的公猿站在他的面前，他们身后还有很多小猿。他不知道究竟有多少。他的枪在离他有些远的另一面墙上。柯察克扑了过去。约翰·克莱顿绵软的身体被他扔在地上，接着，猿王被摇篮里的婴儿吸引了。不过，这次被卡拉抢了个先，她抢在他之前将婴儿抱在了怀里，攀到外面大树上，找了个安全的地方躲了起来。

她把自己已经死去的孩子留在了那个摇篮里，和爱丽丝·克莱顿的孩子做了交换。婴儿悲伤的啼哭唤起了她的母性。而那个死去的孩子永远都不可能再发出任何声音了。

她把孩子抱在怀里，此时的卡拉显示出母性的温柔和善良，很快，孩子安静下来了。

接着，饥饿的婴儿开始吮吸卡拉的奶头。

而屋子里，柯察克带来的那群猿正在参观这间奇怪的屋子。

柯察克杀死克莱顿后产生了满足感，他很快注意到床上用篷布盖着的东西。

他壮着胆子把布揭开一点，发现是一个女人，她躺在那里一动不动。接着他把裹尸布完全掀开，然后用自己长满毛的手掐住了女人的脖子。

他感觉到女人身体冰冷冰冷的，这时，他才意识到，这个女人已经死了。于是他不再理睬这两具尸体，开始专心地查看屋子里的东西。

他最关注的自然是挂在墙上的枪。他已经对这件东西朝思暮想了好几个月，它能发出巨大的响声，还能将猿打死。可现在站在枪的面前，他却没有胆量去触碰。

终于，他慢慢靠了过去，不过随时保持着警惕，以便它一响就能及时逃走。他听过它的声音，所以知道它的厉害，他的很多同伴就没那么幸运了。

柯察克的直觉告诉他，这个黑棍子只有在某些人手中才是可怕的。即便如此，他还是静静地待了几分钟才去碰它。

他在屋子里来回走着，但眼睛始终没有离开那把枪。

他的两条长长的手臂垂在那里，使他来回走动的时候像拄着两根拐杖。每走一步，他巨大的身体就晃动一下。他又开始暴躁起来，发出尖锐可怕的吼叫。

终于，他在枪面前停下了脚步，伸出一只大手，就在快要摸到枪口的时候，又猛地缩了回来，又开始紧张地来回走动。

柯察克似乎是想用充满力量的吼叫为自己增添一些信心和勇敢，直到有勇气取下挂在墙上的枪，将它攥在手里。

他再一次停了下来，这次他摸到了冰冷的枪管。但马上又缩了回来，继续焦急地来回踱步。

他尝试了一次又一次，每一次比之前的一次大胆一点儿，直到把枪拿下来，握在手里。

见它没有在自己身上施展威力，他便放心地观察起来。他几乎把枪托、瞄准器等东西都摸了个遍，最后，他的手放在扳机那里了。

一起前来的猿已经挤成一团坐在门口了，他们带着紧张和兴奋的情绪看着自己的头儿。

忽然，柯察克扣动了扳机，小屋里发出熟悉又可怕的巨响，那些坐着的猿拼命想要逃，都乱做一堆。

柯察克也被吓坏了。他甚至忘记把罪魁祸首给扔掉，直接抱着它跑出了屋子。

就在他破门而出的时候，枪上的瞄准器挂住了小木屋的门，触动了机关，在柯察克逃出屋子的一瞬间，门也“砰”的一声关上了。

等到他认为自己安全了，才停止逃跑，这时才发现手上紧握的枪，他赶忙把它扔在一旁，再也不想捡起来。他的小神经已经被刚才的枪响吓得够呛。唯一能确定的事情是，如果那个“黑棍子”没有人碰的话，是不会有什么危险的。

一个小时之后，他们才又回到木屋附近，准备继续探寻它的秘密，可他们开门的时候才发现，门已经被关上了，而且怎么都打不开。

这是因为柯察克逃出屋子的时候，碰到了克莱顿安在门上的门闩，小木屋的窗子都被钉死了，巨猿们根本就爬不进去。

他们在木屋周围转了几圈，发现实在没有办法进去，这才返回。

卡拉抱着那个婴儿，她没有立刻从树上下来。直到从柯察克的声音里确定他不再愤怒，她才身手敏捷地借助树枝的力量，轻巧地回到地面，跟着大部队回家。

另外的猿都想瞧一瞧卡拉收养的孩子，但她却毫不友好地冲他们龇牙咧嘴，发出愤怒的低吼，直到他们不得不打消这个念头。

后来，她确定同伴们并没有要害这个婴儿的想法，这才让他们看，不过，绝对不允许碰到他。

她似乎知道，这个孩子那么弱小、娇嫩，根本经不起巨猿那双大手的抚摸。

另外，卡拉只要一想起自己死去的孩子，就会对这个孩子格外小心，她时刻把孩子抱在怀里。

别的小猿出门的时候，大多是骑在母猿的背上，用胳膊绕着妈妈的脖子，用两条腿夹住妈妈的胳肢窝。

卡拉不愿意冒险，她从来都是将小婴儿紧紧抱在怀里的，并让他牢牢抓住妈妈胸前的黑毛。她的第一个孩子在自己的面前摔死，她再也不愿让悲剧重演。

第五章 白猿之谜

卡拉温柔地照顾着这个无父无母的孩子，内心深处却不由得有所疑惑：为什么他不像其他猿妈妈的小猿一样力气越变越大，动作越来越灵活。她抱养这个小家伙差不多一年后，他才能独立行走，至于攀爬能力，天啊，他简直笨到家了！

卡拉有时会跟其他老母猿谈论起这个她寄予厚望的小家伙，但没有一个老母猿知道为什么这个孩子发育如此缓慢，自理能力如此迟钝。卡拉收养他到现在已经过去一年多了，他甚至连怎么独自觅食都不会。

如果她们知道卡拉收养这个孩子之前，他已经十三个月大了，她们一定认为他毫无希望可言，因为自己族群里的小猿生下两三个月后就已经成长飞速，这个二十五个月大的怪异小孩在这方面可望而不可即。

卡拉的丈夫盛怒不已，要不是妻子悉心呵护这个孩子，他早把他丢一边了。

“他绝不可能长成一只大猿，”他争吵道，“你肯定得带着他，保护他。他能对族群有什么大贡献？什么都不可能有，只能是个累赘。”

“让我们趁他安静睡觉时，丢进茂盛的草丛堆里，这样你就可以哺育其他的孩子，更加强壮的猿，等我们老了能保护我们。”

“绝对不可能，烂鼻头！”卡拉答道，“如果我得一辈子带着他，我也心甘情愿。”

图布兰特于是去找柯察克，强烈要求他用自己的权威迫使卡拉放弃小泰山（Tarzan），泰山是他们给小格雷斯托克勋爵起的名字，是“白皮肤”的意思。

但是当柯察克和卡拉说了这件事，卡拉就威胁他们，如果不让她和孩子安宁，她就离开部落，因为如果丛林居民对自己族群的同伴不满，就可以离开，这是他们神圣不可侵犯的权利之一。他们就不再去烦卡拉了，她是一只年轻漂亮、体态匀称的母猿，失去她是他们不情愿看到的事情。

年岁越大，泰山的成长速度也越快，所以等他十岁的时候，已经是一名出色的攀爬能手，在地面上能完成很多奇妙的事情，把他的小兄弟姐妹们远远甩在后面。

他在很多方面都不同于其他小猿们，他们经常对他超乎寻常的狡黠惊讶不已，但他在力量和个头上却逊色他们很多，因为巨猿在十岁时就已经完全长成，他们中有的身高超过六英尺，而小泰山却仍是一个半大的男孩。

然而他就是这样一个男孩！

在他年幼的时候，就跟随母亲学着在树枝间来回荡漾，等他再长大一点儿，每天就和兄弟姐妹们花很长时间在树顶间迅速跳跃。

他能够一下子从让人感到眩晕的高耸树冠荡到二十尺之远，能够准确无误地抓住暴风雨临近时，在风中狂舞的树枝，并且动作轻盈，动静不大。

他也能一口气蹬着一根根树杈从二十尺高的树冠瞬间降落到地面，或者像一只松鼠一样敏捷而轻松地爬到热带丛林中最高大的树冠之上。

他虽然只有十岁大，但完全和普通三十岁的成年男子一样强壮，远比经验丰富的运动员灵活，他的力量也在日益增长。

他和这群凶猛的猿猴生活在一起很快活，因为他的记忆中不曾出现其他的生活，他也不知道这个世界上除了他生活的这片小森林和他熟悉的丛林野兽之外，还有别的世界存在。

他快到十岁时，开始注意到自己和同伴们之间存在很大的差别。他的小身板在烈日暴晒下变得黝黑，但当他意识到自己身上完全没有毛发时，感到十分羞愧，好像自己是低等的蛇类，抑或其他爬行动物。

他试图用从头到脚往身上糊泥巴这种方法来消除这种差别，但泥巴一旦干了就会脱落，而且泥巴糊满全身令他感到十分不适，而他宁愿羞愧，也不愿难受着。

他的族群经常会去一处高地上的小湖泊里嬉戏，在那里，泰山在清澈而平静的水面上第一次看到了自己的脸。

那是旱季里的一天，天气闷热，他和自己的一个堂兄弟一起下到河床边去喝水。当他们弯下腰，两张小脸倒映在平静的湖面上，其中一张是猿类凶猛骇人的面孔，另一张是英国古老家族子孙的面容。

泰山吃惊不已。身上没有毛发已经糟糕透了，自己怎么又长了这样一张脸！他特别怀疑其他的猿会对他另眼相看。

嘴巴很小，像一条裂缝，还长着细小的白牙！怎么能和自己兄弟们丰硕的嘴唇和强而有力的獠牙相比，他们是如此幸运。

自己高挺的小鼻子如此单薄，看起来像没有完全长开，当他和同伴美丽的粗鼻孔比过之后，脸就红了。多么粗大的鼻子，怎么就能占了他整整半张脸！可怜的小泰山想，这一定有助于成为英俊的猿！

但是当他看见自己的双眼，哎，又是致命一击，一块棕色的斑点，外面围着一个灰色的圆圈，然后是单调的白色。太吓人了，就算是蛇也不会像他一样长了这样一双可怕的眼睛。

他非常专心地沉浸在对自己面容的评价中，没有听到身后茂盛的草丛中，有一个庞大的身躯正穿过丛林，暗地里向自己靠近。他的同伴，另一只猿正在喝水，也没有听到任何响动，他嘴唇啜吸水面发出声响，以及满足的汩汩声遮掩了入侵者靠近的声音。

山宝（Sabor）①这只庞大的母狮子在他们身后蹲下，离他们不足三十步，鞭打般甩着自己的尾巴。她小心翼翼地向前挪动一只有厚厚肉垫的爪子，悄无声息地落地后再挪动另一只爪子。她就这么一步步向前，腹部下沉，几乎要挨着地面，典型的大猫跳跃扑食前的准备姿势。

她现在离着两个毫不知情的小玩伴不足十尺，她小心翼翼地抬起后腿，身体蜷缩在双腿下，健美的肌肉在漂亮的皮毛下晃动。

她的身体现在蜷伏得特别低，好像平贴着地面似的，当她聚拢身体准备起身跃起时，只有皮毛顺滑的脊背向上隆起。

她的尾巴停止甩动，安静笔直地拖在身后。

她静止的刹那，好像石化了一样，然后她纵身跃起，发

---

① 文中母狮都称山宝，公狮都称努玛。——编者注

出一声咆哮。

母狮山宝是一个充满智慧的狩猎者，对于一个比她逊色的狩猎者来说，似乎在跃起的瞬间发出凶猛的咆哮，就是一件不明智的事情。因为如果她没有大声叫喊，而是直接悄悄地扑上去，她难道不是更加确定能抓住猎物？

但是山宝非常了解丛林动物惊人的速度和难以置信的听觉能力。对他们来说，两片草叶间突然间摩擦发出的声音所引起的警告，也会像她大声吼叫一样灵验；山宝同样知道，她不可能一点儿声音都不发出就强而有力地纵身跃起。

她野性的咆哮声并不是警告，而是用恐怖的声音在瞬间震慑住她可怜的猎物，使它们肢体僵硬，以便她强有力的爪子能够刺进猎物的软嫩肉体中，抓住它们，截断它们逃跑的希望。

对于猿类来说，山宝的理论绝对正确，这个小东西前一瞬间还蹲在原地瑟瑟发抖，但就是这一瞬间，足够让他跌入万劫不复的境地。

然而对于泰山这个人类的孩子来说，状况就不是如此了，在危机四伏的丛林中，生活教会他有足够的自信面对突发事件，更高的智商致使他在思维上远比猿类更加敏捷迅速。

故而母狮山宝的吼叫声刺激着小泰山的大脑和肌肉瞬时反应。

在他面前的小湖泊水很深，而转身又是必死无疑，锋利的爪牙下是无情的死亡。

泰山总是很讨厌水，它的作用只有解渴。他讨厌水是因为他会想到让自己感到冰冷而不舒适的暴雨，他害怕暴雨，因为总有雷电和狂风会一起袭来。

他野性的母亲教他要避开深水，再者就在几个星期前，难道他不是亲眼看着小尼塔（Neeta）沉入平静的湖面下，再也没能回到族群？

然而在山宝的吼叫声打破丛林的宁静之时，他已经迅速在两种灾难间做了决定——选择伤害较轻的那一种。当那头巨大的野兽跳出一半远时，泰山感到自己的头顶淹没在了冰冷的湖水中。

他是个旱鸭子，湖水也很深，但他没有丧失丁点信心和智谋，这是他身为高等动物的标志。

他快速划动四肢，试图浮起来，说来也可能是巧合，他这种打水的方法是狗游泳时用的姿势，因此只用了几秒钟，他的鼻子就从水里露出来了，他发现继续拍打，就能保持这个状态，而且能够在水中向前游。

他既惊讶又高兴，自己突然学到了一种新技能，但他根本没太多的时间去思考。

他沿着河岸游，看见那头凶残的猛兽正蹲在他的玩伴身旁，他的玩伴再也无法动弹。本来抓到的可能是自己。

母狮死死地盯着泰山，期望他能游回岸边，然而这个小男孩儿根本没这个打算。

他反而提高声音大声呼喊族群的同伴，遭遇不幸时才会这样叫喊，并且警告前来救他的同伴，以防落入山宝的利爪中。

几乎是同时，回应声从远处传来，马上有四五十只猿浩浩荡荡地迅速从丛林中攀荡而来，出现在惨剧发生的地方。

卡拉辨认出这是她挚爱的孩子的叫声，她领头而来，和她一起的是那只死去的小猿的妈妈，小猿已经丧命于凶残的山宝爪下。

虽然狮子的战斗力要比猿更强，但母狮不愿与盛怒的成年猿正面交锋，她满是敌意地咆哮着，快速转身跃进灌木丛中，消失不见。

泰山现在才游回岸边，迅速爬上干燥的地面，冰凉的湖水给他带来清爽的愉悦感，他小小的身体中满是惊喜。从此以后，他只要逮到机会就下水，每天都要扎进湖里、河里或者海里。

卡拉很长一段时间不能适应这种情形，尽管她的族人逼不得已也能游几下，但他们讨厌入水，也绝对不可能自愿下水。

与母狮相遇的惊险经历在泰山的记忆中留下了快乐的回忆，这场相遇打破了他千篇一律的日常生活，否则他还在索然无味地觅食和吃睡的生活中循环往复。

他所属族群的领地范围粗略估计是沿海岸二十五英里，以及深入内陆五十英里，他们不停地在这片区域内来回迁移，偶尔也会在一个地方住下，几个月不走，但是他们穿越丛林的速度很快，所以通常几天内就会走完全部的领地范围。

虽然柯察克带领族群长途迁移的原因通常是因为自己在同一个地方待烦了，但迁移的处所主要依赖于食物供应、天气条件和危险指数更高的动物的分布情况而定。

他们在夜晚席地而睡，黑夜笼罩在他们上空，他们有时会用巨大的象耳叶子遮住脑袋，很少有盖在身上的情况，寒冷的夜晚，他们会三三两两依偎在一起，抱住彼此的胳膊来取暖，因此泰山这么多年以来每夜都睡在卡拉的怀里。

毋庸置疑，这只身躯庞大的猛兽深爱着这个其他物种的孩子，而泰山呢，如果他的母亲还活着的话，他本该将对母亲的爱奉献给那位年轻美丽的女士，而现在却全部给了这头满身毛发的野兽。

她在他不听话的时候也会扇他耳光，这也是真真切切的，但她绝对不会残忍地对待他，更多的是爱抚，而不是惩罚。

她的丈夫图布兰特自始至终恼恨泰山，有几次差点要了他年轻的生命。

而泰山绝对不会错失任何展示自己反击养父敌意的机会。无论何时，只要安全地在母亲怀中或者在高耸大树的嫩枝上，泰山就能肆无忌惮地骚扰他，对他扮鬼脸，或者大叫着骂他。

他智力发达，思维敏捷，能够想出成千上百种恶魔般的恶作剧捉弄图布兰特，增加他生活的负担。

在他很小的时候，泰山就已经学会了制作绳子，即把长茅草拧起来再系住就行了。他不断拿这些绳子去绊图布兰特，或者企图把他挂在某根悬挂的树杈上。

不间断的玩耍和实验之后，他学会了打简单的绳扣，制作能够滑行的套索，有了这些绳索之后，他和小猿们就能够自娱自乐了。泰山做什么，小猿们也尝试学着做什么，却只有泰山成功，熟练掌握。

一天，他们玩耍之时，泰山一手抓住绳索的末端，另一只手把绳索朝着一个跑开的小伙伴扔去，意外发生了，索套恰好套在了奔跑着的猿的脖子上，突如其来地吓了那家伙一跳，止步不前。

啊，泰山心想，这是个新游戏，而且十分有趣。他转身试图重复这个游戏，如此一来，通过日复一日的不懈努力，他掌握了索套的技巧。

图布兰特那时的生活绝对是一场噩梦，无论睡着了还是在迁移途中，不分白昼，他完全预料不到什么时候绳索会悄无声息地滑落到自己的脖子上，让他窒息。

卡拉严惩了小泰山，图布兰特赌咒要复仇，老柯察克知道之后，警告过，也威胁过泰山，但全是徒劳。

泰山公然蔑视他们，在图布兰特毫无防备之时，细长而结实的索套仍然会套在他的脖子上。

图布兰特尴尬不已时，其他的猿却欢乐无限地看着他。“烂鼻头”上了年纪，也不合群，总之所有的猿都不待见他。

泰山的小脑袋瓜十分聪明，里面盘旋着很多想法，而这种种想法背后是他非凡的思维能力。

如果用很多茅草能伸长他的手臂擒住自己的同伴，为什么不用来抓母狮山宝呢？

如同命中注定般，他有意或无意地思索着这个萌生的想法，直到最终变成辉煌的现实。

但那是几年之后的事了。

第六章 丛林大战

族群的生活四处游荡，他们经常会来到内陆的小港湾上，附近有座小木屋，大门紧锁，一片寂静。对于泰山来说，他无限的神秘与快乐都源于这座小屋。

他常常瞥一眼挂着窗帘的窗户，或爬上屋顶，徒劳地从深黑的烟囱向下望，想要知道结实的墙壁里面有什么未知的惊喜。

孩子般天真烂漫的想象力描绘出屋里奇妙生物的图像，大门根本打不开，致使他更加渴望进去一探究竟。

他常常爬到屋顶和窗前来回转悠，一待就是几个小时，想要找到一个进去的方法，但他却没有注意那扇门，因为显然它跟墙壁一样牢固。

他们再次迁到小屋附近，那是在险遇老山宝后没多久。泰山在走近小屋时发现，那扇门从远处看似乎是墙壁的一部分，但实际只是镶嵌其中。打开这扇门可能是进入小屋的方法，他第一次有了这样的想法，还暗自悔恨竟然长久以来蒙蔽了自己的双眼。

他独自一人，平时拜访小屋时也是他一个人，因为其他猿对此并不钟爱。过去十年中，那根雷鸣般作响的“黑棍子”的故事原汁原味地口传下来了，白人遗留下的小屋被神秘的气氛所笼罩，震慑着族群。

绝对不会有猿会给泰山讲述他和小屋之间的渊源，猿的语言只有少数几个词语，只能描述些许在小屋中的所见所闻，没有准确的词能描绘出那两个怪人的样子或者他们的所有物，并且在泰山长大，能理解事物前，族群中的猿早把这个话题抛之脑后了。

只有卡拉向他提起过他的父亲是一只白猿，但话语含蓄，模糊不清，至于卡拉不是他的生母这件事，他毫不知情。

这天他径直走向这扇门，花了很长时间来检查这扇门，门上的合页、把手和门闩把他弄得忙乱不堪。他最终偶然间发现了诀窍所在，门嘎吱嘎吱地打开了，他惊讶不已，双眼发呆，傻傻地盯了好一会儿。

他不敢冒险进去，双眼适应了屋内微弱的光线后，他才谨慎地慢慢走进去。

一具骷髅躺在地板中间，骨头上没留下一丝残留的皮肉，附着在骨上的衣服残片已经腐烂发霉，床上躺着的骷髅要小一些，但同样令人生畏，旁边的摇篮里是一具极小的骷髅，这是第三具骸骨。

漫长的死亡日即可怕悲剧发生的那天，留下了这一堆堆白骨，但小泰山对此一点儿都不在意。丛林生活充满了野性，动物濒临死亡的场面，他早已司空见惯，就算知道眼前的残骸是自己的亲生父母，他也不会特别动容。

屋内的家具和其他物品吸引了他的注意力。他认真查看那些物品，新奇的工具和武器，书本、纸张和衣物，经过时间的洗礼，被丛林海岸潮湿的空气微微侵蚀了。

他掀开衣柜和橱柜，好像经历过一样，他一点儿都不迷茫，在柜子里面，他找到了保存较好的物品。

他在这些物品中发现一把锋利的猎刀，锐利的刀刃随即划破了他的手指。他没有怯懦，反而继续尝试，发现用手中的新玩意儿可以砍下或削下木质餐桌和椅子上的木屑。

这个新发现让他自娱自乐了好一阵，但最终玩腻了，继续自己的探险。他偶然间在一个装满书籍的柜子中发现了一本图画书，里面的图片色彩艳丽，这是一本幼儿的看图识字书。

A是一名弓箭手，射出一支箭儿来。

B是一个小男孩，他的名字叫乔伊（Joe）。

他对书上的图片产生了极大的兴趣。

书里面有很多猿，面孔和他十分相似，他继续向后翻，发现字母M下画着几只动物，就是他每天看着在原始森林的树枝间中荡来荡去的小猴子。至于自己的族类，整本书中一张图片也没有。

刚开始，他试着从书页上捡起这些小画像，但他很快知道图片不是真的，虽然他并不知道它们是什么，或者怎么用语言去描述。

对他来说，船、火车、母牛和马的图片毫无意义，但出现在彩色图片中间和下面的奇怪小字母却令人费解，他觉得那可能是某种古怪的小虫，虽然他没有发现它们的眼和嘴长在哪儿，但它们大多有腿。这是他平生第一次见到英文字母表，此时他已经过了十岁。

他此前当然从来没有见过印刷品，也没和任何活着的生物交谈过，也许他有个遥不可及的想法，有书面语言这样一种东西存在，他也从来没有目睹过任何人读书。

所以，这个小男孩困惑不已，猜不到这些奇怪的字符是什么意思。

书快翻到中间的时候，他看到了自己的旧敌，母狮山宝，再往后翻，是盘绕成一团的蛇——黑斯塔（Histah）。

哦，实在是太吸引人了！在他整整十年的生活中从来没有如此热衷过一件事情。他全神贯注，完全没有意识到黄昏已近，直到夜色降临，字体分辨不清。

他不希望除自己以外的任何人发现或毁掉自己的宝藏，于是就把书放回柜子里，关上了柜子门。他走出小屋，锁上大门，就像发现其中奥秘之前的样子一样，然后走进黑暗笼罩的夜色中。但在离开前，他发现了自己之前丢弃在地板上的猎刀，于是返身捡起猎刀，准备带走，向自己的小伙伴炫耀。

他才走进丛林深处不到十几步，从面前的矮灌木丛阴影中闪出一个高大的影子。刚开始他还以为是自己的族类，但转念一想，才意识到是巨猩猩波尔加尼（Bolgani）。

他们相距甚近，根本没有机会逃走，小泰山知道自己一定要起身为活命而战，这些猛兽是自己族群的死对头，任何一方都不会求饶或者饶恕对方。

如果泰山是自己族群中一只强壮的成年猿，可能与这只大猩猩旗鼓相当，但他只是一个有英国血统的小男孩，尽管他肌肉发达，也不可能有机会战胜眼前凶残的敌人。尽管他的血管中流淌着最优秀、最骁勇善战的种族的血液，尽管短暂的十年里，他与丛林中凶猛的野兽为舞，身体敏捷而强壮。

他不像我们，知道害怕是什么，小小的心脏会跳得更快，因为接下来的冒险令他振奋、欣喜。一旦有机会，他还是会逃跑，他判断出自己绝对不是战胜不了眼前的庞然大物。同时理智又告诉他，不可能成功逃脱，于是他无所畏惧地直面大猩猩，没有丁点颤抖和惊慌。

其实他扑上去的时候，那头野兽还没发起攻击，他拳头紧握，用力猛击它庞大的身躯，却像苍蝇袭击大象一样，毫无用处。但他手中仍攥着在父亲小屋里找到的猎刀，那头野兽扑到他身上，厮打、啃咬他，男孩意外把刀尖对准了毛茸茸的胸膛，猎刀深深刺进大猩猩的身体，他疼痛不已，狂躁地尖叫起来。

小男孩瞬时间掌握了使用这把亮闪闪的锋利玩意儿的技巧，如此一来，当这头饱尝痛苦而备受打击的野兽将他拖倒在地时，他挥起猎刀一次又一次刺下去，直到刀把深深刺进大猩猩的胸膛。

大猩猩的种族一直采用相同的搏斗方法，摊开双手，吓人地用力击打，强而有力的獠牙咬住男孩的脖子和胸膛，撕扯下皮肉。

有一阵他们在地上扭打，凶残而疯狂地打斗。泰山手中握着锋利的尖刀，手臂却皮开肉绽，鲜血淋漓，变得越来越没有力气。紧接着，瘦小的身躯微微抽搐，年轻的格雷斯托克勋爵毫无知觉地倒下了，躺在丛林故乡的土地上，上面盖满了腐烂的枯枝败叶。

族群在一英里远的森林中，听到了大猩猩发起挑战时发出的暴躁狂吼声。柯察克遵循惯例，一旦受到威胁，就把族类召集起来，一半是为了在对抗共同的敌人时能互相保护，因为看到的大猩猩很可能只是猩猩群中的一只；另一半是为了清点族群里全体猿的数量。

大家很快发现泰山不见了，图布兰特坚决反对施以援手。

柯察克自己也不喜欢这个奇怪的流浪儿，所以他听从了图布兰特，最终他耸了耸肩，转身回到一堆树叶做成的床上去了。

但卡拉的想法完全不同，事实上，还没确定泰山在不在之前，她就等不及了，攀上树枝，飞也似的冲进夜色中，奔向事发地，事发地传来大猩猩的吼叫声，依然清晰可辨。

夜色降临，初升的月亮洒下灰暗的月光，投在森林茂密的叶子上，映出奇形怪状的影子。

月光星星点点渗透下来，落在地上，这样反而更加凸显了丛林深处的幽暗。

卡拉好似一只庞大的幽灵，摆荡过一棵又一棵大树，没发出一丝声响。她忽而沿着粗壮的树枝飞奔，步伐矫健，忽而踩着树枝末端，摆荡过去，她只是抓住远处的树枝，迅速朝悲剧发生地飞奔，她依据丛林生存的经验判断出：事发地就在前方不远处。

大猩猩大声叫喊，表明它正和残酷丛林中另外一种居民殊死搏斗。叫喊声戛然而止，丛林充满了死亡的静默。

卡拉迷惑不已，因为大猩猩波尔加尼痛苦不已，挣扎着发出最后几声吼叫，但之后再没有声音传来，她判断不出他的对手是什么动物。

因为她再清楚不过，自己的小泰山不可能击败强壮如牛的大猩猩。靠近打斗声传出的地方时，她警觉地悄悄移动，最后跃上离地面最近的树枝，动作缓慢而谨慎，黑暗中借着星星点点的月光，急切地盯着打斗者。

很快她就来到了他们跟前。明亮的月光照着一块不大的空地，小泰山躺在那里，血肉模糊，鲜血淋漓，身旁躺着粗壮如牛的大猩猩，石化般倒在原地，显然已经死了。

卡拉发出一声低吼，然后扑向泰山，把可怜的泰山拥在怀中，他身上满是血迹，但她听到了微弱的跳动声，是他的小心脏在无力地跳动。

她温柔地抱着他，穿过墨色的丛林，带他回到族群的领地。她守着他，多少个日日夜夜寸步不离，喂他喝水，喂他吃饭，驱赶着在他可怕伤口上叮咬的苍蝇和虫子。

可怜的母猿根本不知道医药、手术是什么东西，她能做的只有舔他的伤口，保持伤口的清洁，以便伤口尽快自然愈合。

泰山刚开始吃不下任何东西，高烧不退，满嘴胡话，难受得辗转反侧，一直想要喝水，卡拉用嘴含来水，这是她唯一能够取水的工具。

命运把这个无父无母的流浪儿抛到她手中，她为他付出了一切，甚至没有一个人类的母亲能像这只可怜的凶猛野兽一样更加无私奉献。

男孩的高烧终于消退了，伤口渐渐愈合。尽管身上的伤痛难以忍受，但他咬紧牙关，硬是一句喊疼的话都没说。

他的胸口有块伤疤，肋骨裸露在外，大猩猩凶狠的拳击打断了他三根肋骨，粗壮的獠牙差点咬断他一只胳膊，一大块皮肉从脖子撕扯下来，能看见静脉血管，真是个奇迹，那凶残的下颚竟然没咬断血管。

他默默忍受着伤痛的折磨，养育他的野兽教他学会了淡然。他更愿意远离其他猿，躲进茂盛的草丛中，躺在那里缩成一团，他不愿其他猿看到自己痛苦的样子。

他只愿让卡拉陪着自己。但现在她每次出去觅食，时间就会久一些，因为他的身体状况好起来了。在照顾泰山的日子里，这个无私奉献的动物几乎没吃过东西，仅够维持生命，结果她自己瘦成皮包骨了。

第七章　知识之光

这个不幸的小人像死过一次一样，又可以行走了，他恢复迅速，一个月之后，他又似从前一样强壮，活蹦乱跳的了。

恢复期间，他脑中不断回放和大猩猩搏斗的场面，他首先想到的是取回那把神奇的小武器，自己本是一个毫无胜算的弱者，是这个武器扭转了局面，让自己打败了丛林中强壮而可怕的野兽。

他同样渴望返回小屋，继续研究屋里奇妙的物品。

于是有天一大早，他一个人出发寻找他想要的东西，稍微搜寻了一会儿，他就发现了死去的对手。尸骸被啃得干干净净，猎刀就在旁边，一部分埋在落叶下，现在上面布满红色的锈迹，原因是暴露在丛林潮湿的地面上和大猩猩风干的血迹中。

之前猎刀明亮闪光的表面变了，他不喜欢这种变化，但它仍不失为一件令人胆寒的武器，一旦让他逮到展示的机会，他就打算用它来捞点好处。他暗暗下定决心，要是老图布兰特再戏弄他，他不会再跑开。

不久他便来到小屋前，他再次把门闩丢在一边，走进小屋。他首先想要知道的是门锁的原理，他打开大门，认真检查了一遍，想要完全搞清楚门能锁上的原因，为什么他一转就会打开。

他发现门从里面也能关上锁好，就那样做了，好让自己做调查的时候不受骚扰。

他开始系统地搜索小屋，但目光很快锁定在书本上，似乎书本在他身上施展了奇妙而强大的作用，它们呈现给他的是谜一样神奇的诱惑，以致他几乎对其他东西失去了兴趣。

书堆里有一本识字课本，几本儿童读物，好多图画书和一本大字典。这些书他都看了一遍，尽管没有图片的书页上，满页的奇怪小虫子也让他好奇不已，深深思考，但他最感兴趣的还是图画书。

他就蹲在小屋里的桌子上，小屋是他父亲搭建而成的。小小的身体向前微倾，皮肤光滑、色泽黝黑、一丝不挂，有劲而纤细的手指捧着一本书，钟型的脑瓜上披着黝黑的长发，双眼闪着智慧的光亮。人猿泰山这个小原始人瞬间呈现出一幅景象，意境悲凉却又充满希望，一个原始人的比喻形象，在愚昧无知的漫漫长夜中摸索，走向知识之光。

他学习时小脸上的表情紧张，因为他朦朦胧胧地抓住了思维的原理，用来解开这些奇怪小虫子带来的困扰。

他手中的识字课本打开着，图片上画着的小猿长得和他很像，只是除了手和脸，身体其他部位都被彩色的奇怪毛皮包裹着。他心想，这毛皮一定就是上衣和裤子。图片下有三只小虫子：

BOY（男孩）

现在他才发现这三个小虫子在这页文章里重复出现多次，而且排列顺序一样。

他还发现另外一个事实：单个小虫子相对不多，但重复出现多次，偶尔单独出现，但通常是集体出现。

他翻着书，动作缓慢，仔细浏览图片下和文章中重复出现的组合词B-O-Y。很快他在一张图片下找到了，图片上画着另一只小猿和一只奇怪的动物，像豺一样四条腿走路，但又长得一点儿都不像，图片下面的小虫是：

A BOY AND A DOG（一个男孩和一只狗）

有小猿的地方总会跟着这三只小虫子。

他就这样一点点进步，进程缓慢，因为他并不知道，他正在完成一项艰难而费劲的任务。完全不具备字母或书面语言的知识，或者根本没有概念之类的东西，就想学习阅读，这项任务对你我来说简直是天方夜谭。

他不可能在一天、一周、一个月或一年之内完成这项任务，但他掌握了小虫子潜在的规律后，慢慢而艰难地学会了阅读。到他十五岁时，他已经学会初级识字书或其他一两本图画书上，代表每幅图画的各种字母组合的意义。

但他对冠词、连接词、动词、副词和代词的意义和用法则毫无概念。

在他十二岁左右的某一天，他发现了一个抽屉，抽屉在桌子下面，所以之前一直没有发现，里面有很多支铅笔。他惊喜地发现，拿起一支在桌面上乱画后，留下了黑色的线条。

他不知疲倦地用这件新玩具在桌面上画着，不久桌面便一团糟，满是圆圈和不规则的线条，铅芯也磨光了，陷在包裹的木头中。然后他又拿起另一支铅笔，但这一次他的目标很明确。

他想试着画出爬满书本页面的这些小虫。

这项任务十分艰巨，他用握刀把的姿势握着铅笔，显然这个姿势不利于书写，写出来的东西也很难辨认。

但他坚持不懈写了几个月，只要有时间就跑到小屋，不间断地反复练习后，他发现一种握笔姿势，能让自己娴熟地控制铅笔，到了最后，他能大概写出任何一只小虫子的样子。

他就这样踏上了书写的道路。

临摹这些小虫子教会了他另外一项本事——数数，尽管他所谓的数数不是我们所理解的通常意义上的计算，然而他也算有了数量的概念，但计算的基础只是一只手上的五根手指。

他把各种书籍都翻了一遍，确信自己已经找到了所有经常重复出现的不同小虫子的组合，他已经能够按照正确的顺序排列它们，毫不费劲，追根到底是他孜孜不倦地翻阅字母图画书的缘故。

他接受教育的程度渐渐深入，但他认为最大的发现是那本大字典，它居然是一个取之不尽的宝库。即使在掌握了小虫的奥妙后，他学习更多内容的媒介仍是图片，而不是文字。

当他发现单词是按照字母的顺序排列时，他兴高采烈地在里面搜寻，找到自己熟悉的单词组合，看一看单词后面描述的句子，它们的定义，让他糊里糊涂地学到了更多。

到了十七岁，他已经能阅读儿童使用的简单初级课本，完全理解小虫真实而美妙的意义。

身上没有毛发或人的模样不再让他感到羞耻，现在理性告诉他，他是另外一个物种，与自己满身毛发的野蛮同伴完全不同。他是人类，他们则是猿，而在丛林树端飞速跳来跳去的小猿是猴子。他也知道了，老山宝是母狮子，黑斯塔是蛇，丹托尔则是一头大象。他就这么学会了阅读。从此之后，他迅速进步。大字典帮助他发挥了父母遗传给他的健全头脑所具备的聪明才干，他的推理判断能力要比一般人更加敏锐，他用此来猜测完全理解不了的东西，而猜测的结果通常与事实非常接近。

族群的生活习惯是到处迁徙，因此常常打断他的学习，但即便没有书籍，他活跃的思维仍继续探索知识的奥秘，这已经成了让他神魂颠倒的嗜好。

他的练习本是一块树皮，平展的叶子，甚至是光秃秃的平滑地面。他用自己的猎刀尖在上面来来去去地划拉，反复练习所学的内容。

即使他追随着自己的喜好，探索神秘的图书馆，他依然记得生活压力下的严峻责任。

他练习绳索技巧，把玩锋利的猎刀，他已经懂得在平坦的石头上磨刀，保持刀刃的锋利。

泰山来到族群后，族群不断发展壮大。柯察克领导族类，把其他族群从他们丛林的领地上吓跑。如此一来，食物变得富足，即使掠夺成性的近邻来侵犯，损失也不多，甚至没有一点损失。

小公猿成年后，在自己族群找个配偶；或者，如果他们从别的族群抢来一只母猿，带回柯察克的族群，也能和谐地生活下去，这可要比自己建立一个新的族群或和凶残的猿王争夺王权要自在得多。

偶尔也会有比自己同伴更可怕的猿试图实践后一种选择，但没有哪个家伙战胜这只残暴的猿，成为掌门人。

泰山在族群里的位置很独特，大家似乎把他当成他们中的一员，但对待他的方式很不同。有些年长的公猿对他完全不理不睬，剩下的则恨他入骨。鉴于他的灵敏度和速度极佳，卡拉又严密地保护着他，早年才没被遗弃。

图布兰特是泰山一贯的劲敌，但原因在图布兰特。泰山大约十三岁的时候，敌人不再迫害他了，不再理会他，独留他一人，除非偶尔有只公猿痛苦地发起狂来，精神失常，大吵大闹一阵，这种间歇性发狂是丛林中很多凶残的雄性动物的通病。那时所有同伴都很危险。

泰山就是在那样的一个日子里树立了自己的威信。那天所有族类聚在一起，来到自然形成的小型竞技场，丛林造就了类似的场地：周围几座小山环绕，空出一块洼地，这里没有缠绕的藤蔓和匍匐植物。

空地的形状近乎圆形，森林中的参天大树未经破坏，生长在树下的深色灌木丛密密麻麻，只有粗壮的树干间有缝隙，通过树上较高的枝杈才能进入这个小型竞技场。

这是一个安全的场所，远离打扰，族群经常聚集至此。一面奇特的泥鼓摆在竞技场的中间。猿群为庆祝自己古怪的庆典垒成了这个泥鼓。人们能听到鼓声从密林深处传出，但没有人亲眼见过。

很多旅行家曾经见过巨猿的泥鼓，有些人听到过猿群击鼓的声音和喧闹声，丛林中首屈一指的贵族正在举行不可思议而充满野性的狂欢。但是毋庸置疑，人类中只有格雷斯托克勋爵——泰山亲身经历过这种愚昧的狂欢，残暴、疯狂，令猿群兴奋不已。

不用怀疑，这种原始的盛大集会后来演变成了当代教堂和国家的所有仪式和礼仪。

因为在漫长的过去，回溯到史前文明以前，在那时还没冲破最古老的壁垒，我们残暴又满身毛发的祖先，在自己愚昧的庆典上，欢快地和着鼓点跳舞。热带地区皎洁的月光照进气势磅礴的丛林深处，当我们首位毛发浓密的祖先从晃动的树枝摆荡下来，轻盈地落在柔软的草地上，那是他们第一次聚会的地方，在那漫长而被遗忘的夜晚，了无生气的历史长河走过了不可思议的昏暗走廊，而丛林至今未变。

图布兰特残忍迫害了泰山十二年，而泰山摆脱迫害，赢得自由的那天只有十三岁。那时族群已经壮大到有百余名族类，这天族群默默地成群结队穿过丛林的低洼台地，悄无声息地跳上竞技场。

名为“哒姆——哒姆”的盛会是族群生活中重大事件的标志，比如胜利、获得俘虏、猎杀了丛里中某种大型野兽、旧主的死亡或新王的诞生，这都是值得庆贺的。

今天的庆典缘于杀了一只其他族群的巨猿。柯察克的子民入主竞技场，看到两只粗壮似牛的猿扛着已被猎杀的尸体。

来到泥鼓前，他们把他放下，然后像守卫一样蹲到旁边，而其他族类蜷缩着睡在草丛的角落里，月亮升起以后，才会向他们发出信号，疯狂的狂欢开始了。

几个小时以来，小空地里万籁俱寂，这份寂静偶尔会被羽毛艳丽的鹦鹉发出的刺耳啼叫声打破，又或者是有上百只丛林鸟叽叽喳喳地鸣叫，不知疲倦地飞过丛林树王无数根布满苔藓的枝杈，枝杈上淡紫色和火红色的鲜花开得正艳。

丛林中夜色降临，猿猴们开始兴奋，围成一个大圈，将泥鼓围在中间，母猿和小猿稀稀落落地蹲坐在圈外，排成一条线，前排的公猿已经成年，三只老母猿蹲坐在鼓前，拿着一条树枝，上面布满节瘤，长约十五到十八英寸。

随着月亮升起，第一缕微弱的月光洒在四周环绕的树端上，为其镀上一层银色，他们便开始缓慢地轻击鼓面，鼓声嘹亮。

随着竞技场渐渐变亮，母猿加快击打频率，增加击打力量，宽阔的丛林马上从各个方向传来有韵律的野性叫喊声，向几英里外蔓延。丛林中正在捕猎的食肉动物扬起头，耳朵直立起来，听着沉闷的隆隆声，猿猴“哒姆——哒姆”的盛会又开始了。

他们间或尖叫一声，叫声尖锐刺耳，或怒吼一声，吼声似轰隆隆的雷声，挑衅般回应猿群凶狠的叫喊。因为如此众多的猿聚在一起，力量强大集中，丛林的邻居虽然满怀深深的敬畏，却谁都不敢走进探究一番，或攻击他们。

鼓声震耳欲聋，蹲坐着的两只公猿和敲鼓的猿之间有块空地，柯察克跳了过去。

他立起身体，头向后仰，仰望升起的月亮，毛发浓密的手掌击打胸口，厉声叫喊，令人生畏。

骇人的叫喊声一声、两声、三声——，就像人们在痛苦地诀别——从热闹的世外桃源蔓延开来，回荡在不可思议的死寂世界的上空。

接着柯察克蹲下身，默默地巡视一遍开阔的空地，转身远远避开泥鼓前躺着的尸体，他每每走过尸体旁，一双小眼泛着血红的光，死盯着尸体，眼神凶残而邪恶。

随后又有一只公猿跳进竞技场，跟随柯察克吼叫，叫声恐怖，吼完后就悄悄跟在猿王身后。一只接着一只猿迅速加入跟随的队伍，嗜血的吼叫声立刻在丛林中回响，仿佛永远不会消逝。

这是挑衅和掠夺的呐喊。

舞蹈者围成的圈子稀稀松松，全部的成年公猿都加入后，便开始向尸体发起攻击。

柯察克从放在跟前的木棍堆里拾起一根粗壮的棍子，这是他专门为抢夺尸体准备的。他疯狂地冲向死猿的尸体，狠狠给了尸体一棒，开始厉声咆哮，预示战斗开始了。鼓点越打越急，棍子挥舞的速度也随之加快，所有战士都冲向捕获的猎物，挥舞棍棒猛力攻击，加入“死亡之舞”的疯狂回旋中。

这群猿野性十足，上蹿下跳，泰山也是其中一员。他肌肤黝黑，满身大汗，身上的肌肉健硕，在明亮月光的映衬下，在这群野蛮不堪、粗鲁笨拙又毛发浓密的畜生中，显得格外灵活和优雅。

这是一场模拟狩猎，攻击野蛮凶残，却没有猿比他更凶猛，他在“死亡之舞”中跳得最高。

敲击的鼓声越来越重，速度加快，舞蹈者显然陶醉在狂野的节奏和粗粝的叫喊中。他们蹦得越来越高，跺地的声音也越来越大，裸露在外的獠牙口水直流，口中和胸前黏着斑斑点点的吐沫。

怪异的舞蹈持续了半个多小时，柯察克做了个手势，鼓声戛然而止，击鼓的三只母猿蹦蹦跳跳地匆匆穿过舞蹈的队伍，回到圈外蹲坐着观看。接着，公猿们前倾着身子蜂拥而上，抢夺沾满毛发的肉泥——尸体已被他们打成了肉泥。

鲜肉的数量很少，他们鲜有机会吃到，所以疯狂的狂欢过后，最好的结局莫过于品尝猎物的鲜肉。他们都想大快朵颐一番，所以死死盯着昔日敌人的尸体。

巨大的獠牙咬住尸体，扯下大块的肉，最凶猛的猿抢到最鲜美的肉，而体弱的猿只能在争抢肉块的圈外围着，赶在肉被抢夺一空之前，逮到机会挤进去抢下一块掉在地上的鲜肉或偷一根还有残留的肉骨。

泰山比其他猿更渴望也更需要鲜肉，身为肉食种族的后代，他觉得在他的生命中，自己渴望肉食的胃口从未被满足过，所以现在他灵活的身板劈开你争我抢的猿群，慢慢找到空隙钻进去，试图分享一杯羹，虽然这与他的力量并不相符，难以成功。

他一侧的腰上挂着前所未闻的父亲留下的猎刀，他还模仿着在视为珍宝的书上看到的图片，给它配了个刀鞘，自己觉得很时髦。

最后他终于挤到了即将散场的宴席旁，用锋利的猎刀割下一大块肉，这超出了他的期望，一整根毛发浓密的前臂，从强大的柯察克脚下伸了出来。柯察克正忙着维护自己可以大快朵颐的特权，忽略了这一以下犯上的行为。

于是小泰山从争抢的猿群中爬出来，怀里紧紧抱住大得吓人的战利品。

老图布兰特就在争夺圈外等着赴宴的猿群中，他在盛宴的第一轮抢到一块上好的鲜肉，到手后就退到圈外，悄无声息地吃光了，现在意犹未尽，迫使他再去抢一轮。

所以他恰好瞄到泰山从你推我挤的猿群中出来，怀里紧紧抱着那条毛发浓密的前臂。

图布兰特看到自己憎恶的泰山，两只猪似的小眼泛起凶神恶煞的光，里面满布血丝，贪婪地盯着男孩怀中的美味佳肴。

但泰山马上也看到了自己的宿敌，也深谙这只巨兽的想法，于是敏捷地朝母猿和幼猿群跳过去，希望自己能藏身其中。然而图布兰特紧随其后，泰山完全没有机会找到藏身之处，只有三十六计走为上策。

他迅速转身向周围的树林飞奔而去，轻松跃起，一只手攀上一枝矮枝，换做用牙叼住那只前臂，迅速往高处攀爬，而图布兰特紧随其后。

泰山越爬越高，来到丛林参天大树的晃动的树端，图布兰特不敢再跟上去，树枝承受不了他的重量。泰山在树端坐下，图布兰特在五十英尺开外，气愤不已，口泛白沫，泰山对着他一顿嘲笑和羞辱。

这下图布兰特彻底发疯了。

他又尖叫又咆哮，声音令人毛骨悚然，向着地面上的母猿和幼猿群就冲了过去，硕大的獠牙深深刺进十几只幼猿稚嫩的脖颈，大块撕扯下它们背后和胸前的肉。

泰山在明亮的月光里目睹了整个发狂的过程，亲眼看着母猿和幼猿惊慌失措地逃到林中安全的地方。然后竞技场的中央壮硕如牛的猿猴也感受到了同伴发狂后强而有力的獠牙，齐刷刷地窜进树枝黑色的阴影中。

在竞技场里，图布兰特身旁没有别人，只剩一只迟迟没有逃开的母猿，她转身冲向泰山蹲着的树枝，而可怕的图布兰特就跟在她身后不远。

那只母猿是卡拉，泰山一看见图布兰特要抓卡拉，立刻沿着一根根树枝冲下去，奔向自己的养母，速度之快犹如一颗坠落的石头。

现在她就在外挂的树枝下，等待这场追逐的结局，泰山蹲坐在她头顶上方不远。

她跳向空中，抓住一根矮树枝，靠近泰山头顶上方，因此他们离得很近。现在她本该安全了，但狂躁的叫喊声还在回荡，树枝折断了，她猛然间从泰山头顶跌下，将他砸到了地上。

他们马上起身，但泰山动作更快，图布兰特这只狂怒的野兽发现自己对面正是着这个人类的男孩。

没有恰当的词汇能够形容这只凶残的野兽，他发出一声欢呼的咆哮，扑向小格雷斯托克勋爵。但他的獠牙绝对无法靠近他黝黑的皮肉——泰山是个特难对付的对手。

一只肌肉发达的手伸出来，锁住巨兽毛糊糊的喉咙，另一只手拿着锋利的猎刀数十次刺进野兽庞大的身躯。袭击闪电般落幕，柔软的身体在他身下瘫倒，泰山这才松了一口气。

男孩滚到地面上，一只脚踏在他一生宿敌的脖子上，抬眼望着满月，凶狠的小脑袋向后仰，向着族类号叫，声音野性而吓人。

族群的猿猴一只又一只，从栖息的树枝上摆荡回地面，环绕泰山和被他征服的敌人围成一个圈。当他们都围上来时，泰山回身看着他们。

“我是泰山”，他大声喊道，“我是伟大的捕猎者。所有人都要尊重人猿泰山和他的妈妈卡拉。你们没有人比泰山强大，他的敌人都要当心了。”

小格雷斯托克满眼望着柯察克狡猾而血红的双眼，他打败了自己强大的敌人，声声刺耳的叫喊声，呐喊出心中的蔑视。

第八章　树冠猎人

“哒姆——哒姆”狂欢后第二天的清晨，族群出发，缓缓地穿过丛林，返回海岸。

柯察克的子民不食自己死去族类的尸体，所以图布兰特的尸体还躺在倒下的地方。

队伍慵懒地边走边觅食，他们发现丰富的棕榈、李子、芭蕉，还有野菠萝，偶尔也会找到小型哺乳动物、鸟、蛋、爬行动物和昆虫。他们用强壮的下颚咬开坚果，如果外壳太硬就用石头敲开。

老山宝有次穿过他们领地的小道，吓得他们匆忙爬上更高的树枝，因为如果她敬畏族群成员的数量或他们锋利的獠牙，那他们同样也敬畏她的残暴和强大。

山宝体形庄严而轻盈，悄无声息地走入浓密的丛林中，而泰山就蹲坐在她头顶的矮枝上。他拿着一个菠萝朝族群的宿敌猛砸，巨兽停下脚步，转过身，看着头顶那个对自己不屑一顾的家伙。

她愤懑地抽动一下尾巴，大嘴咧开，露出黄色的獠牙，闷声咆哮着，皱起长满胡须的鼻子，微微合上狡黠的双眼，只留下两条窄窄的缝隙，泛着愤怒仇恨的目光。

她直勾勾地瞪着人猿泰山的双眼，双耳后竖，挑衅地凶狠咆哮。男孩儿身处距离安全的外挂枝杈，用同样凶狠的喊叫回应她。

他们俩无声地盯着对方看了一会儿，然后山宝转身消失在丛林中，如同大海吞没了投掷其中的卵石。

但是一个伟大的计划涌现在泰山心中。他已经杀死了残暴的图布兰特，难道他没有因此成为一个强大的斗士？现在他应该追捕狡猾的山宝，故技重施杀掉她。他也要成为一个强大的猎人。

在他流着英国血液的小心脏的心底，曾十分渴望穿上衣服，遮住自己赤裸的身体，他从图画书上了解到，所有的人都穿着衣服，而猴子和猿，或者任何其他生物都赤身裸体。

所以衣服真真切切象征着强大，是人优于其他所有动物的标志，一定不会再有其他原因，非要穿这样丑陋不堪的东西。

很久之前，那时他还很小，他强烈渴望得到母狮山宝、公狮努玛（Numa）或猎豹希达（Sheeta）的毛皮，遮住自己没有毛发的身体，以致自己不再像丑陋的蛇黑斯塔那样。但是，现在他以自己光滑的皮肤为傲，这象征着自己是强大种族的后裔，要么赤身露体以显示自己引以为傲的血统，要么遵循自己族人的习俗，穿上丑陋不堪又不舒适的衣服，两种意愿相互斗争，交替占据优势。

遇到山宝之后，族群继续缓缓穿过丛林，而泰山满脑子想的都是计划杀死自己的敌人，此后很多天，他很少思考其他的事。

但是有一天，另一件有趣的事吸引了他的注意。

这件事在一个午夜突然发生，丛林的喧闹停止，树木毫无感情地立着，好像麻木地期待一场即将发生的大灾难。大自然的一切都在等待，时间不会太长了。

远处传来低沉的微弱悲啼，声音逐渐变大，慢慢靠近。

大树齐刷刷地折弯，好像有只强而有力的手向地面压着它们，它们越来越靠近地面，周围寂静一片，只有狂风深沉而可怕的呼啸声。

丛林的参天大树突然抽打回去，强大的树冠愤怒地晃动，严正抗议的呼声震耳欲聋，一道明亮的闪电在翻卷着的乌云上空划过，雷声深沉，像隆隆的炮声，发起可怕的挑衅。暴风雨来临，丛林中的一切都变得散漫了。

雨水冰冷，族群中所有猿都冻得瑟瑟发抖，在大树下挤作一团，闪电划破黑夜的长空，映射出疯狂晃动的树枝，抽打着的枝条，和被吹弯的树干。

在丛林里，时不时会有古老的大树被雷电击得粉碎，成千上万的树片坠落到周围的树上，砸断不计其数的树枝和小树，热带丛林一片混乱。

凶残的暴风雨扯断或粗或细的枝条，猛烈攻击疯狂摇动的草木，给生命密集的世界中不幸的居民带来死亡和覆灭。

几个小时过去了，暴风雨丝毫没有停下的征兆，猿群仍挤作一团，冻得瑟瑟发抖，树干和枝条时不时倒下，危机四伏，电闪雷鸣麻痹了他们，直至暴风雨过去，他们一直痛苦地蹲坐着。

暴风雨神龙见首不见尾，风不再刮了，太阳再次出现，大自然又微笑了。

水珠从树叶和枝杈上滴落，在太阳的光芒下，娇嫩的花朵炫耀着湿漉漉的花瓣。大自然很健忘，它的子孙也一样，忙碌的生活像黑暗和惊恐来临前一样继续下去。

但是在泰山心里却升起一缕光，来解释衣服的奥秘。如果穿上山宝皮做的大衣，该是多么温暖啊！这个想法进一步刺激他去冒险。

族群在泰山小屋所在的海滩附近徘徊了好几个月，他大多数时间都在学习，但穿越丛林时，他总是随身携带着备好的绳索，捕获了很多小动物。

绳索有次套住了野猪奥尔塔（Horta）短粗的脖子，为了重获自由，野猪疯狂地乱撞，泰山本来在放置绳索圈的外挂树枝上坐等，却被扯了下来。

野猪力大无穷，听到泰山跌落在地的声音，转身却只看见一只容易捕获的小猿，他颔首疯狂地扑向受到惊吓的泰山。

泰山暗自庆幸，幸好没有摔伤，他像坠下的猫一样伸展四肢，以防跌伤；一旦落到地面，他立刻站起来，如同敏捷的猴子一样跳到安全的矮枝上，而野猪奥尔塔只能在下面干着急。

泰山从这次经历中汲取了教训，自己的奇特武器虽然能完成一些事，但功能也是有限的。

他意外损失了一根长绳索，但也明白了如果是山宝把他从树枝上拖下来，后果可能完全不同，毫无疑问在这场较量中，他将为此丢掉性命。

重新编一根绳索花费了他很长时间，但绳索最终完成后，他开始有目的地狩猎，他躺在树枝茂密的叶子中等待，树枝下是已被踩踏得可见的小道，通向水源。

他身下会有几只毫无杀伤力的小动物走过，他不想玩意义不大的游戏，需要有只强大的动物来检验他新计划的成效。

泰山苦苦搜寻的她终于来了，丰腴的母狮山宝皮毛油光锃亮，柔软的筋肉在皮下晃动着。

她的大爪子长着厚厚的肉垫，轻柔地踩在窄道上，脑袋警觉地高高昂起，长长的尾巴卷曲成波浪状，缓慢地摇动，优雅地上下起伏。

她慢慢走近人猿泰山蹲坐的树杈下，泰山盘好手中的长绳，一切准备就绪。

泰山死一般一动不动坐在原地，就像一尊青铜像。山宝大踏步从下面走过，两步、三步，随后绳圈悄无声息地垂到她上方。

伸展开的绳套瞬间悬在她头顶，就像一条巨大的蛇，绳索沙沙作响，当她抬头侦查声音的来源时，绳索已经套住了她的脖子。泰山猛地一拉，绳索紧紧勒住毛皮油光锃亮的喉咙，然后他放下绳索，双手紧紧抱住树干。

山宝被捕获了。

这只野兽惊慌失措，奋身跃起奔向丛林，但泰山不会重蹈覆辙，再失去一根绳索，他从经验中学到了教训，母狮还没再跳一次，就感觉脖子被绳索勒得更紧了，她腾空翻了个滚，仰躺着重重跌到地面，泰山把绳索的另一端牢牢地捆在了他蹲坐的大树上。

计划即将完美实现，但当他抓住绳索，身体支撑在两根粗壮的枝干间时，他发现肌肉坚硬如铁的庞然大物山宝孔武有力，正拼命挣扎，又抓又咬，尖声咆哮，泰山想把她拉上树并吊起来，是件不可能完成的任务。

老山宝太重了。不像大象丹托尔那样，老山宝的身形较小，她张开四只巨大的爪子站着，没人能挪动她。

现在母狮又退到小道上来，以便自己能看清置她于侮辱境地的罪魁祸首。她被激怒了，突然咆哮着奋身跃入空中，扑向泰山，但当她庞大的身躯攻击到泰山蹲坐的树枝，泰山早就不在了。

他已经轻盈地攀上二十英尺高的细枝上，远离躁怒的俘虏。泰山嘲笑她，向她毫无遮蔽的脸上丢小树枝时，她曾有一度仿佛要跃过树枝。

野兽又猛地跌到地面上，泰山迅速抓住绳索，但山宝现在已经发现困住自己的只是一根细长的绳索，没等泰山再次拉紧要绞死自己的绳索，她就已经抓住绳索，用巨大的爪子扯断了它。

泰山深受打击，他精心布局的计划泡汤了，所以他呆在原地，只能对着身下吼叫的野兽大声喊叫，扮鬼脸嘲弄她。

山宝在树下徘徊了几个小时，蹲坐在地上四次，几度奋身跃起扑向头顶的调皮鬼，他正手舞足蹈地跳着，但是扑到的只是轻柔刮过树冠的虚幻的风。

最终，泰山厌倦了这个游戏，离开前，他又挑衅地吼了一声，随手摘下熟透的水果，砸向敌人咆哮的脸，动作轻柔舒缓，然后迅速从百英尺的高度摆荡过树林，眨眼间返回到族群中去了。

他在族群中细数自己冒险的细节，鼓起胸膛，大肆炫耀，震慑住了几个痛恨他的死对头，而卡拉则在一旁骄傲地欢呼雀跃。

第九章　此人彼人

人猿泰山依旧生活在原始森林里，年复一年，森林几乎没有什么改变。而泰山，却越来越强壮和聪明。通过阅读，他了解到更多关于森林之外的奇妙世界，虽然不知道它在哪里，但它一定存在。

对于他来说，生活里从没有单调和乏味之说。有那么多的溪流和湖泊，他总是可以抓到皮沙鱼。山宝和他那些堂兄表弟们呢，从不省心，总让人提心吊胆。不过，大伙儿的生活每一分钟都过得多姿多彩。

山宝他们老是追赶着他，当然，大多时候，是他在追逐着他们。尽管泰山从未伤到一毫一发，但“千钧一发”的危险时刻却时有发生，毕竟他们长着的可是凶残而锋利的爪子。

论奔跑的速度，母狮山宝可谓是动作敏捷，努玛和希达算是风驰电掣，而泰山，那便是有如闪电！

一只叫做丹托尔的大象，也和他成了朋友。怎么回事？

不得而知。反正，森林里的居民都知道：多少个月夜，人猿泰山和大象丹托尔，一同漫步。若是一路平川，泰山便爬上丹托尔那宽厚的脊背，高高地骑在上面。

数年来，泰山经常待在父亲的小木屋里。父母的遗骸，幼猿的骷髅，仍然躺在那儿。泰山静坐在一旁，不敢触碰。待到十八岁，他已然能够轻松阅读，书架上那些林林总总、内容各异的书，他几乎都能读懂了。

当然，他也学会了写字，流畅而清晰。不过，他学会的是印刷体，至于手写体，他没能掌握。原因嘛，就是在他的宝藏之中，没多少英文手迹，只有零星的几幅字帖，他读起来都费点儿劲，就更没必要花那么多心思和精力，去学习另一种书写方式了。

就这样，到了十八岁，对于母语英语，这位英国贵族少爷发现自己虽然不会说，但已经能读会写了。除了自己，他从未见过任何人。因为他所在的部落活动足迹非常有限，而且周围没有大江大河，内陆的土著居民难以顺流而下，涉足于这片森林。

这儿依山傍水，陆路不通，是雄狮、花豹、毒蛇出没的乐园。远远看来，这片森林表层覆盖着枯枝败叶，小径曲折，像是一座迷宫，所以人迹罕至。是的，它还没有向人类发出请帖，邀请勇敢的先驱者来打破这儿的静谧。

一天，泰山像平常一样，坐在父亲的小木屋里，正聚精会神地读着一本奇妙无穷的书。就是这一天，这片原始森林那亘古不变、绵长悠久的寂静，被永久地打破了。

在遥远的森林东部，突然出现一支奇怪的队伍，单列成行，正往一座矮矮的山包爬去。

打头阵的是五十名黑人武士，一手拿着木头长矛（枪头用温火烘烤过，非常坚硬），一手拿着长弓和毒箭；背上背着椭圆形的盾牌，鼻子上挂着大圆环。满头褐色的鬈发，发间插着一簇簇五颜六色的羽毛；额头上刺着三条竖状的彩色花纹，强健的胸前则画着三个同心圆；牙齿很尖，一看就是久经磨挫，再加上厚厚的嘴唇，一副凶神恶煞的野蛮人模样。

紧随其后的是，好几百名妇幼儿童。妇女们的头上都顶着器具，有的是饭锅，有的是象牙。走在队尾压阵的，又是一百名武士，服装打扮和前面的先锋部分相差无二。

这样一种布局显露这支队伍更担心有人从背后袭击。虽然，前方也潜伏着不可知晓的敌人。事实上，也的确如此。这群人前不久才从虎口逃脱：白人士兵们将他们囚禁，三番两次地骚扰他们，强搜橡胶和象牙。终于有一天，他们忍无可忍，群起而攻之，消灭了一个白人军官，还有他手下的土著部队的小分队。

接连几天，他们大摆人肉宴席，尽情犒赏自己。可没想到，很快，一支更为强大的部队，在夜色的掩护下，攻下了他们的村庄，一雪前耻。

就是在当天夜里，这些黑人武士们照样沉浸在宴飨之中，疏于防范。结果，这个曾经雄霸一方的大部落只剩下为数甚少的武士和孱弱无力的妇孺之辈。这样一来，他们只好撤离村庄，躲进丛林，虽然前途未卜，但在那里，他们还拥有宝贵的自由。

诚然，对这些黑人来说，他们是为了追求自由和幸福，才走入这片丛林；但对于祖祖辈辈生存在这片丛林上的原住民来说，则意味着惊慌和死亡。

这支小小的队伍，直穿无迹可寻的大森林的心脏，缓慢前行，整整走了三天三夜。直到第四天的清晨，他们来到了一条小河边。不像之前那些地方，这儿树木稀疏，有很多空地。

于是，他们停了下来，决心在这里重建新的村庄。短短一个月，他们便开辟出一大片空地，盖起了茅屋，筑好栅栏，种下了芭蕉、红薯和玉米。就这样，他们在这个崭新的家园里，开始了旧日的生活。这儿没有白人，也没有士兵，更没有成天逼迫着交出橡胶和象牙的工头们。那些工头们可真是狼心狗肺啊。

几个月过去了，黑人们还是没敢离新村庄太远，去森林深处瞧瞧。尽管如此，有几个伙伴，还是已经丧命于雄狮山宝的利爪之下。因为，这片森林原本就是嗜血成性的雄狮、残忍冷酷的花豹出没之地，从此，作为入侵者的面皮如墨的武士们，躲在栅栏后面，不敢轻易离开。

可是，有一天，库隆伽（Kulonga）——部落酋长木巴戛（Mbonga）的儿子——溜进这片深不见光的茂密森林，向西走去。一路上，他都小心翼翼，左手持矛，右手握盾，紧贴着光滑黝黑的身躯。他的背上，还挎着一张长弓，盾牌上挂着箭袋，里面装满了细长、笔直的利箭。箭头上，涂着一层厚厚的柏油似的东西，任何活物只要一沾上这样东西，就会立刻丧命。

黑夜降临，库隆伽已经离父亲的村落很远很远了。但他的脚步仍未停歇，向西而去，一直走到深夜，困了乏了，才爬上一棵大树杈，蜷缩着身体，睡起囫囵觉来。

此刻，再往西三英里，柯察克的部落也在睡觉。

第二天清晨，这群猿又开始了一天的活动，在森林里东游西逛，寻求食物。泰山一如往日，来到小木屋里学习。一路上，他会随手采摘食物，等到了海滩边，他的肚子也饱了。猿猴们三三两两，四散开去，却始终处于能听见危险信号的安全地带。

沿着大象踩踏出来的小径，卡拉挪动着沉重的身躯，朝东走去，她忙手忙脚地翻找着残枝败叶，看有没有可口的甲虫和蘑菇，就在这时，耳边突然传来一声细微而奇怪的声音，她不由得大吃一惊。

这是一条长达五十多米的、笔直的小路。在树荫的遮蔽之下，她看见一个可怕的身影正鬼鬼祟祟地朝自己走来。那是一个之前从未见过的怪物。

原来是库隆伽。

卡拉根本就不敢细看，她猛地转过身，心神不宁地疾走。她没有飞奔，而是像她的同类一样，在一件事还没弄清之前，最好暂时退避三尺，不要逃跑。

库隆伽也看见了卡拉，他当然是紧跟其上。这可是送到嘴边的美味。今天，他可以大开杀戒，饱餐一顿了。他撒开腿，穷追不舍，举起长矛，随时准备扔出去。

一个小弯过后，又是一段笔直的小路。因此，库隆伽始终都能紧紧盯住卡拉。就在这时，他将矛用力往后一甩，手臂上的肌肉全都鼓了起来，然后猛地一震，长矛直奔卡拉飞去。

库隆伽真是个差劲的猎手：长矛仅仅擦伤了卡拉的肚皮。

母猿感受疼痛，变得愤怒，大吼一声，回转身来，朝着这个来意不善的家伙猛扑过去。一瞬间，从林里响起一阵窸窸窣窣的声音，是同伴们听到了卡拉的厉声尖叫，纷纷挂荡着树枝，赶向出事地点。

说时迟那时快，就在卡拉反扑的同时，库隆伽以迅雷不及掩耳之势，取弓、搭箭，眨眼间，弓如满月，一支毒箭直射这只巨猿的心窝。

卡拉惨叫一声，直直地扑倒在地上。看到这一幕，同伴们大惊失色。

尖叫着，怒吼着，猿猴们群体向库隆伽扑了过去。可是，那个行事谨慎的野蛮分子，早已像只吓破了胆的羚羊，以比他的箭更快的速度飞跑开了。

他见识过这些浑身是毛的“野人们”的厉害。他只有一个祈求，那就是离它们越远越好。

猿群在丛林里紧咬着他死追，可最后却一个个败下阵来，只得暂时放弃追逐，返回悲剧发生的地方。

在这之前，除泰山之外，他们就没见过任何人。现如今，他们有一种模模糊糊的认识，那就是一定有一种行为怪异的动物，已然侵占了他们的丛林。

在海滩边的小木屋里，若有若无之间，泰山好似也听到了那一场恶战，知道自己的部落发生了重大变故，心急火燎地赶去事发地。

他刚一落脚，就看到同伴们围在一起，嘴里呜呜呀呀地在控诉着什么，被围在正中央的正是已经惨死的卡拉。

泰山内心的悲伤和愤怒真是不可名状。一次又一次，他将怒火化为仰天长啸，向仇敌发出挑战。他攥紧拳头，不停地擂打着自己壮实的胸膛，紧接着，扑在了卡拉的怀里，长久地呜咽着，这颗原本孤寂的心灵，又多了一道巨大的创伤，令人无限垂怜。

自从来到这个世界，唯一给予过他温暖和母爱的，就是卡拉。现在，他却永远地失去了她。这是泰山有生以来经受的最沉痛的打击。

虽然卡拉是一只又凶又丑的母猿，可她对泰山，却一直展现着自己的善良和美好。而泰山呢，也如同大多数英国男孩儿一样，对自己的母亲充满了敬重和爱戴，绝无半点逊色。原本属于那位漂亮贤淑的爱丽丝夫人应得的一切，泰山都毫不吝啬地奉献给了卡拉。尽管大多时候，他们不会表现在语言上。

最初的痛苦终于有所缓解，泰山竭力自我克制，向那些目睹卡拉死因的猿猴们询问。猿猴们的词语少得可怜，但泰山还是弄清了真相。原来是一个奇怪的、头上插着羽毛、身上却光溜溜的黑猿，用一根又细又尖的树枝，射死了卡拉；然后，就像敏捷的巴拉（Bara）——小鹿一样，朝着太阳升起的方向逃跑了。

泰山没有迟疑，飞身跃进浓密的树叶之间，穿过浩淼的临海，循迹而去。大象踩出的每一条小道，无论怎么弯曲，泰山都牢记于心。他也深深知道，凶手只有沿着这些小路，才能逃出森林。他要做的，就是飞速横穿密林，半道截住那个黑人武士。

一侧悬挂着先父的猎刀，双肩盘着自己的长绳，在丛林上空的树木之间腾挪。一个小时后，他再次发现了那条林间小径，嗖的一声，跳到地面上，仔细查看路上的泥土。

最后，他追到了小河边，河畔的泥土非常松软，留下了一串脚印。这种脚印很奇怪，在整个丛林中，只有他一人能留下。但眼前的这些印记，比自己的大多了。他的心怦怦直跳，难道，他现在拼命追踪的是一个人——自己的同类吗？

没过多久，泰山又发现了两串同样的脚印，只不过方向相反，脚印的边缘还落下了一小块土，印迹还是崭新的。这样看来，他跟踪的这个家伙，应该已经折返回来了，就在前面不远的地方。

泰山又一次跃上大树，无声无息地快速穿行在小路之上。

在不到一英里的地方，泰山发现了那个黑人武士。他正站在一块小小的林中空地上，手中的长弓已经拉开，要命的毒箭将要离弦。

空地的对面站着奥尔塔——一只野猪。它正耷拉着脑袋，龇着獠牙，嘴里冒着白泡，伺机进攻。

泰山满脸诧异地呆望着站在地面上的那个奇怪的生物。他的体型和自己相差无几，可脸和肤色却又迥异不同。泰山在书里看到过黑人的画像，可那上面印的都是些单调的、没有生命的东西，而眼前的这个人却身体强健、焕发着活力，皮肤黝黑发亮，简直不可同日而语！

这个人正准备开弓射箭的时候，在泰山的眼里，与其说他像书上印的黑人，不过说他更像图画书里的“弓箭手”。泰山回想起了那句儿歌：

弓箭手开头是个A

太有意思了！这个发现不禁让泰山高兴得手舞足蹈，险些暴露了自己的藏身之地。

正在此时，树下的一场激战即将拉开序幕。那只强健有力的黑臂，已经拉开了弦，奥尔塔冲了过去，毒箭飞射出去，像闪电一样射中鬃毛倒竖的野猪。

这支箭才刚离弦，只见库隆伽又搭上了另一支。几乎就在同时，奥尔塔已经猛扑过来。黑人纵身一跃，与野猪头擦肩而过，然后，回身一箭，正中奥尔塔的脊背。紧接着，黑人飞快地爬上了旁边的大树。

奥尔塔忍住疼痛，又一次向可恶的敌人发起冲锋，可只跑出十来步远，就踉踉跄跄，摔倒在地，浑身抽搐，片刻就断了气。

库隆伽这才从树上爬了下来。他取下身上的刀，从野猪身上割下几大块肉，就地生了火，烤熟肉，大吃了一顿。剩下的就扔在地上走了。

泰山饶有兴致地观察着这一切。他内心像团熊熊燃烧的怒火，恨不得立刻手刃仇敌，但与此同时，他又暗藏了一种更强烈的愿望，那就是要从这个黑人身上学到一些本领。他打算继续跟随这个野蛮的家伙，弄明白他的来处。然后找个时机，等他放松警惕，泰山便能将那张要命的弓和箭拿到手里，藏到一边，这样就能对付他了。

库隆伽美餐之后，沿着路往左拐，便消失了。泰山轻手轻脚地跳下树，也从奥尔塔身上割下了一大片肉，大口嚼了起来。

泰山没有像库隆伽那样烤着吃。泰山之前也见过火——不过是在阿拉（雷电）劈倒大树的时候。可现在，在密林深处，居然有人燃起金黄色的火焰，这团炽热的火焰吞噬掉木头，只留下一堆灰烬。那个黑人，居然把那么香喷喷的肉拿来烤着吃，多么匪夷所思！也许，这个黑人弓箭手是阿拉雷神的朋友，他们是在一块儿吃肉呢。所有发生的一切，令泰山深深触动。在他内心深处，一直在琢磨着这些事。

不过，管他呢！泰山可不能照那种愚蠢的办法将这么好的肉糟蹋了。于是，他狼吞虎咽地吞下了一大堆生肉，又把剩下的那些埋在了路边，等到返回部落的时候，顺便带回去分享给同伴。

紧接着，格雷斯托克勋爵在光滑无毛的大腿上擦了擦油腻腻的双手，又踏上了追踪之路。几乎在同一时刻，在遥远的伦敦，另一位格雷斯托克勋爵——真正的格雷斯托克勋爵的父亲的弟弟，正在餐厅就餐，因为排骨没有煮透，就退给了厨师。一顿美味佳肴过后，他用手指尖在盛满清水的银钵里蘸了蘸，放在鼻边闻了闻，然后用一块洁白的锦缎擦了擦。

泰山像个邪恶的精灵，在密林树木之间腾挪转移，整整一天都没跟丢库隆伽。

他看见库隆伽又射击了两次，一次射中一只鬣狗，还有一次是射中一只猴子。在这两次中，中箭的动物几乎都是当场毙命。因为库隆伽的毒药是最新研制的，毒性非常大。

泰山有意放慢速度，轻轻摇荡在树枝间，和库隆伽拉开了适当的距离。这个时候，他一直在琢磨着这个神奇的制造死亡的利器。他当然懂得，仅仅是利箭射中的小窟窿，是不会让森林里的野兽当即血流毙命的。这些野兽之间，经常撕咬纠缠，很多时候，伤势都非常严重，但用不了多久，他们的身体又会得到恢复，和原来一样健壮。

如此说来，一定是小木片做成的箭头上洒上了什么神奇的东西，这样才能一伤到活的东西，就能取其性命。他一定要揭开这个谜底。

当天夜里，库隆伽选择了一棵舒服的大树枝睡觉，而泰山则蹲在他上面更高的树枝上，严密监视着他。

库隆伽一觉醒来，惊觉自己的弓箭都消失了，这个黑人武士真是又恼羞又恐惧，当然，恐惧多于恼怒。树上树下，他翻来覆去地寻找，全都一无所获。既没发现弓和箭的影子，也没发现任何半夜贼人的踪迹。

库隆伽心急如焚。他的长矛在刺杀卡拉时就已经丢弃，现在弓和箭也被偷了，随身携带的武器就只剩一把刀了。他唯一的希望，就是以最快的速度回到父亲木巴戛的村庄。

他估算着，这儿离家应该不远了，便加快脚步，小跑起来。

在他身后，仅隔几米远的泰山从密不透风的树叶下探出头，蹑手蹑脚地跟在后面。

库隆伽的弓和箭到底去哪儿了？它们在离地大约五十

英尺的高空上悬挂着，被牢牢地绑在一棵参天大树的树冠之上。大树靠近地面的树干被削去了一大块树皮，树枝也被砍了一刀。显然易见，这是泰山的行为。除此之外，他还在林间小路上留下了路标，最终标明他藏匿东西的地方。

库隆伽拼命赶路，泰山穷追不舍，两人一上一下，步伐惊人地相似。不同的是，泰山已经将绳子盘在了右手心，随时准备开始这场杀戮。

不过，泰山还是想弄明白这个黑人武士的目的地，所以并不急于下手。没过多久，他便得偿所愿了——出现在他们前面的，是一大块空地，空地上搭建着许许多多奇形怪状的窝棚。

看到这片空地，库隆伽内心一阵狂喜，而此刻，泰山几乎就停在他的头顶上方。森林在这里突然到了尽头，前面就是那个新建的村庄，土地都已被耕种。

泰山必须马上行动，否则他的“猎物”就会逃之夭夭。还好，泰山的生活历练并没教会他遇到紧急情况要三思而后行。他不假思索，当机立断地抛下了绳索。

库隆伽刚从树影之中冒出个上身，双脚还没踏上酋长的领土，一根细绳便从头上最低的那根树杈那儿蜿蜒而下，紧紧套住了自己的脖颈。

库隆伽的惊恐和尖叫都被卡在了嗓子眼儿里，永远都没有机会叫喊出来。泰山一节一节地拉住绳子，被吊在半空的黑人拼命挣扎。泰山以最快的速度拽回了绳子，迅速爬上一根粗壮的树枝，将这头还在激烈摇晃的牺牲品抛进隐蔽的树冠之间。

他把绳子紧紧绑在粗大的树枝上，爬下来，取出刀，对准库隆伽的心脏，用力刺下去，为卡拉报了仇。

库隆伽死后，泰山细细打量着这个黑人。这可是他第一次看见人。他相中了库隆伽那把带鞘的刀和腰带，便将它们据为己有。他也喜欢那只铜脚锡，便取下来，戴在了自己的腿上。对于库隆伽额前和胸口的那些图案，他也看了又看，感到特别惊讶。更为惊讶的是，他发现这个人居然把牙齿锉得那样尖。至于羽毛头饰嘛，泰山瞅了好一会儿，也拿过来戴在了自己头上。然后，他准备割下库隆伽的肉。因为，他饿了。而这里，刚好有肉——丛林法则是鼓励他吞吃自己猎杀的食物的。

我们能用哪种道德标准衡量他呢？这个猿人天生一副英国绅士的心脏、头脑和身躯，却每天都混迹于野兽之群，和猿猴们一起长大！

就拿图布兰特来说，泰山讨厌他，他也讨厌泰山，在一场公平的搏斗中，泰山杀死了图布兰特，可是他从没想过要生啖图布兰特的肉。这是不是因为，像我们憎恶残食同类一样，他也不吃自己部落的成员。

但是，为什么不能吃库隆伽呢？在泰山的眼里，他和那只野猪——奥尔塔，那头小鹿——巴拉没什么两样。难道这个黑人就不是森林里数以万计的野物中的一员吗？为了填饱肚子，他不也和其他动物一样，互相猎杀吗？

刹那间，内心腾升的那种疑虑，让泰山缩回了伸出去的手。他读过的那些书，不是告诉自己，他——泰山就是一个人吗？而这个弓箭手也是一个人啊。

人能吃人吗？哦，他可不明白。可是为什么会犹疑呢？他再次想对库隆伽下手，胃里却泛起一阵恶心。到底是为什么，连泰山自己，也难以言传。

只是，他清楚地明白：不能吃眼前这个人。就这样，祖辈相传的本能战胜了他未经驯化的成长习性，让他免于违背大千世界中的永恒法则，虽然他对这个法则的存在毫不知情。

没过多久，他便解开绳索，将库隆伽的尸体平放在地上，又爬上了大树。

第十章　恐惧的幽灵

泰山站在高高的枝头，远处开垦出的田地和村庄里茅屋尽收眼底。

他发现森林的一边有一个村庄，那里住着他的同类。泰山很想知道，他们过着怎样的生活，他们居住的“房子”到底有什么特别之处。在好奇心的驱使下，他毫不犹豫地朝小村庄的方向攀援而去。

从小，他就与丛林中的猛兽为伴，残酷的生活告诉他，那些人是敌人。但他与他们形体一致，不由得大胆推测：如果他站在这些黑人面前，一定会受到欢迎。

人猿泰山并不天真冲动。他从没有感受过人与人之间的亲人般的关怀。在他眼里，除了大象丹托尔，部落以外其他的动物都是敌人。

这倒不是因为他对这个世界充满了仇恨，他只是十分了解动物世界弱肉强食的生存法则罢了。在原始森林里，捕猎为单调的生活增加了一些乐趣。当然，他也能够理解别的动物有跟他一样的想法，所以，自己也极有可能是他们眼中的猎物。

这样的生存之道有些奇怪，但泰山既不会愁眉苦脸，亦没有嗜血成性。捕猎能带给他快乐，在猎杀动物时，他那英俊的脸总会浮现出迷人的笑容。这说明他的内心还存有善良。大多时候，泰山捕猎是为了获得食物，不过，他偶尔也会展现出人类恶俗的本性，大开杀戒，把自己的快乐建立在其他动物的痛苦之上。

当泰山为自己而战的时候，他是保持绝对严肃和冷静的，千万不要看轻了这位对手。

在接近木巴戛的村落时，泰山提高了警惕，因为一旦暴露，将面临一场殊死搏斗。他身手敏捷，前进时比平时更加谨慎，库隆伽的遭遇让他见识了毒箭的威力——命中率百分之百，死亡率百分之百。

最后，泰山找到了一处绝妙的哨所，那是一棵枝繁叶茂，长满了藤蔓的大树。攀在树枝上，他可以把自己完全隐蔽起来，放心地观察村庄的一切。对看到的一切，泰山满是惊讶和好奇。

村里的小路上，小孩子光着屁股追赶打闹。妇女有的在把晒干的大蕉捣碎，有的在用面粉做糕点。田地里，一些妇女正忙着锄草、收割。

妇女们用干草做成围裙，围在腰间，身上带着各种金属的脚镯或手镯，还有一些女人，脖子上挂着金项圈。有的人甚至还在鼻子上穿了个洞，戴上金属环做装饰。

他们的奇装异服让泰山惊奇不已。泰山发现，在一棵大树下，几个男人正在睡觉。而林地最外围的地方，站着几个装备齐全的士兵，很明显是在保护村子的安全。

泰山最后得出的结论是：干活的都是女人，做家务，做农活的人里连半个男人的影子都找不着。

最后，他注意到了一个离他不远，正在忙碌的女人。

她正在煮什么东西，架在柴火上的小锅里，红色的黏稠液体正咕嘟咕嘟地响。她身边放着许多木箭。女人把箭头浸没在锅中的液体里，然后晾在另一边，用树枝搭成的架子上。

泰山看得十分投入。他终于发现了弓箭手里极具杀伤力武器的秘密所在。他还注意到，女人在做这件事的时候很小心，极力避免碰到锅里的液体。有一次，一个女人的一根手指沾到了一点液体，她恨不得把整只手都泡进水里，接着用树叶拼命地擦拭那个小点。

泰山敏锐的判断力告诉他，木箭强大的杀伤力来自于他箭头浸染的毒素。木箭射进“猎物”的身体，毒素致使猎物迅速死亡。

他对这种能快速致人死亡的“木头”产生了强烈的占有欲望。如果想办法让这个女人离开一会儿，那他就能乘机拿到一些。

他开始思考怎样让她走开一会儿。就在这时，农田里传来了尖叫声，他急忙朝那边看去，一个黑人士兵站在一棵大树下，那棵树正是他将害死卡拉的凶手杀死的地方。

那个哨兵挥舞着手中的武器，还时不时指向地上，那里似乎躺着什么东西。

村子里炸开了锅，男人们带着武器从茅屋里冲了出来，朝着哨兵的方向飞奔过去，老人小孩紧跟在后面，很快，村子里一个人也看不见。

泰山知道，躺在地上的一定是死去的库隆伽。不过，此时他的注意力完全被毒箭吸引了，这是他拿到毒箭的绝佳机会。

他从树上悄无声息地来到那口煮着毒药的锅面前；然后停步不前，细心地打量起这个小村庄。

村子里一个人也没有。泰山发现旁边有一间茅草屋的门敞开着，于是小心地向那个屋子靠拢。

他并没有急着进去，而是在门口仔细听了听屋里的动静，确定里面没有人之后，他顺着墙壁溜了进去。屋子里光线很暗。

墙壁上挂满了各种武器——矛、形状各异的刀、两块小盾牌。房间的中间是一口煮饭的锅。再往里走，是一张用干草和草席铺成的床。地上还有几块人的头盖骨。

泰山好奇地东张西望，恨不得把每样东西都拿起来把玩一番。对那支长矛，泰山最有兴趣，不仅掂量了一下它的分量，还用鼻子闻了闻。要知道，在丛林里生活，他的鼻子早已经被“训练”得格外灵敏了。因为待会儿要带一些毒箭回去，泰山只好忍痛割爱。

泰山把墙上的东西都扔到屋子中间，堆在一起，然后把锅扣在上面，还在锅上放了个骷髅头。接着，他把从库隆伽那里拿来的头饰戴在骷髅头上。

泰山退后几步，看着这堆东西呵呵地笑，看得出来，他对这个作品很满意。

屋外突然远远传来歇斯底里的哭喊声，泰山意识到：在这个地方已经待得够久了。他站在门口，朝村口望去。

还没有看到那些黑人的身影，但听得到他们穿过田野，回到村庄的脚步声。他们就快要回来了。

他如闪电般跑到院里，抱了一大捆毒箭，离开前还踢翻了炼制毒药的那口锅。然后攀上大树，隐匿了踪迹。就在这时，黑人穿过栅栏门，走进村庄。他回过头寻找着什么，好像一只小鸟在捕捉危险信号，以便及时逃脱。

村落的路上，四个黑人抬着死去的库隆伽，其他人跟在后面。他们的神态很奇怪，有的还流露出很难受的样子，发出“呜呜”的声音。他们来到泰山刚离开的那间茅屋，原来，那儿是库隆伽的住处。

有五六个人进了屋子，然后慌慌张张地尖叫着冲了出来。吓得大家赶紧围了过去，但没有人敢再进屋子，都站在院子里，对着屋子指指点点，七嘴八舌地说着什么。最后，终于有几个大胆的士兵向门口靠近，站在门口朝里张望。

一个浑身戴满各种金属装饰品，胸前还戴着一串人手“项链”的老头儿率先钻进了屋子。

他是木巴戛，这个部落的酋长，也是库隆伽的父亲。

人们都沉默不语。没过多久，木巴戛带着一脸愤怒和恐惧的表情出现在了众人面前。他对那几个士兵说了几句话，他们马上对院子的大小角落展开了地毯似的搜索。

很快，他们就发现：除了炼毒药的锅被踢翻了，一些毒箭被偷走了，其他的东西都没有丢。最后，这群惊吓过度的黑人回到了木巴戛身边。

木巴戛对发生的这些事感到非常困惑。他儿子被勒死，还被脱得光溜溜的，满是刀伤，尸体在自家门口被发现，尸体上甚至还留有余温——要知道，倘若有一丝丝的响动，村子里的人都是听得到的——等他们把尸体搬回家，又发现库隆伽的家里发生了怪事。他们越想越害怕，人心惶惶，发育落后的大脑无法解释这些现象，很自然地想到了恶灵作怪。

黑人们三五成群，低声议论着这些怪事，他们的眼睛时不时向四周望去，露出恐惧的神情，似乎恶灵就在周围。

泰山隐藏在大树上默默地看着他们，对黑人们的行为，他不是很理解。那是由于他不知道什么是迷信，对悲伤、恐惧等情感的变化，也只有朦朦胧胧的感觉。

太阳正在当空，泰山还没有进食。他想起了自己藏匿的美食——野猪奥尔塔，离这儿还有一段距离呢。泰山不再留恋，转身离开黑人的村庄，很快，身影就消失在了苍茫的森林里。

第十一章　泰山称王

天黑之前，泰山回到了部落。其实还可以更早一点，他挖出野猪肉美餐一顿后，又攀援回树上，取回藏在那里的毒箭，花费了些时间。

泰山来到族类面前时，已是全副武装。

他气喘吁吁地跟大伙儿讲述自己孤身涉险的经历，将战利品一件件展示在他们面前。

柯察克见状，轻哼了一声离开了。他并没有善罢甘休，对泰山——这位部落里特立独行的成员，柯察克的脑袋里无时无刻不在思考如何挑起仇恨。

第二天，伴随着天边出现的第一缕晨光，泰山开始练习射箭了。起初，他屡试屡败，很快，他掌握了诀窍，渐渐能够百发百中。不过，他拿来的那些箭，也在练习过程中，很快就所剩无几了。

巨猿的部落沿着海滩觅食。这倒给泰山提供不少便利，他不仅可以坚持训练射箭，还能继续从父亲留下的好书中吸取知识。

在这段时间里，泰山在小屋橱柜后发现了一个藏起来的金属盒。钥匙就在锁上，试了几次，他顺利地打开了盒子。

盒子里装着一张旧照片，照片上的年轻人下巴光溜溜的，没有一根胡须。除此之外，还放着几封信、一个小本子。不过，最贵重的，应该是一条金链子，链子上坠着一个镶满钻石的金盒子。

泰山看得很仔细。

尤其是照片上的那个人，他眼睛含笑，看上去那么坦诚和乐观。一下子就博得了泰山的喜爱。他就是泰山的父亲。

那条项链也不错，泰山见过黑人佩戴饰品，所以他也像模像样地把链子挂在自己的脖子上。钻石贴着黑黝黝的皮肤，发出夺目的光彩。

信上的内容他看不明白，以前阅读的书都是印刷体，对手写体，他几乎是一无所知。把书信、照片放回去后，集中精神研究小本子。

本子上写满了字。那些“小甲虫”他都见过，可是他们组合成的词汇，却是他从未见过的。所以，他对上面写的内容一窍不通。

尽管泰山很早会查字典，但本子上的字在字典里居然一个都找不到。这让他十分纳闷却又无可奈何，他只好把本子也放回去，并暗下决心，总有一天，要将它弄个明白。

他不知道，本子上记录的是他的身世，是他现在备感迷惑的生活的秘密所在。这是约翰·克莱顿——格雷斯托克勋爵的日记，他日记的文字是法文。

泰山把盒子还回原处，却把爸爸微笑的样子刻在了心底。他期待着某一天，把日记上的真相公之于世。

还有一个更重要的任务需要完成。他得到黑人的村子里再弄一些箭。

第二天他出发的时候，天刚蒙蒙亮，不到中午，手脚麻利的他就到了林中那片空地。他仍旧藏在上次的那棵大树上，看着妇女们忙碌地给箭淬毒。

这次的运气不太好，村子里没有发生重大的事情，村民全都待在家里。泰山在树上看了几个小时，那个女人一直都守在那口大锅面前。他找不到任何机会。

天色越来越暗，外面干活的人也回家了，猎人们从树林中钻出来。等所有的人都回来了，他们就把栅栏门从里面关上。

村子里，几乎每一间屋子的中央都有一口锅，一个女人守着正在炖的肉。人们咬着手里的大蕉饼和红薯布丁。

忽然，空地那里传来一阵嘈杂声。

泰山注意到了那边。

那是一群去北边打猎的人，他们抓到了活的猎物，耽搁了回家的时间。

村子里的人打开栅栏放他们进来。当看清带回来的活物是一个人后，人群里爆发出阵阵欢呼。

那个人竭尽全力，还是无法挣脱。当他被带到村子里面后，女人和小孩举起木棍和石头向他冲去。泰山——生活在原始森林里的野蛮人，都为同类的暴行感到无地自容。

在丛林中，只有豹子希达对折磨自己的猎物乐此不疲。其他动物们的观点是，让猎物尽快死去。

泰山从书里了解到了一些人类的生活习惯。

他认识了人类的城市，知道那里有许多装着轮子的房屋，有的房顶还长着会吐黑烟的大树。他知道海洋，人们造出的“建筑物”能够在海洋上远行，他还知道，这些“建筑物”大小不同，作用不同，有自己的名字，轮船、汽船或是小舟。他第一次跟在库隆伽后面，穿越整个森林的时候，是希望能够到达人类文明所在的地方。

然而，造化弄人，库隆伽带他到达的村子不仅没有远离他居住的丛林，就连一个像样的小木屋都没有。这样的结果，难免让泰山有些失望。

当他发现这些人的行为残暴不堪，连野兽都不如时，对他的同类，他最后一丝的尊敬消失不见了。

那个可怜的人，被黑人绑在木巴戛屋前的一根木头上。士兵们围着木头一边叫一边跳，他们手上拿着闪着寒光的刀子或尖锐的长矛，随时准备刺向猎物。

妇女们在外面围了一个更大的圈，她们不停地击打手中的小鼓，还发出古怪的喊声。这画面让泰山想起了“哒姆——哒姆”狂欢节。他知道这个猎物没有什么好结局。也许在活着的时候，他们就要开始吃他的肉了。猿类从来不这么做。

那个人已经吓得半死了。围着他的那些士兵，随着手鼓的节奏跳着舞，他们的姿势只能用野蛮来形容。他们慢慢缩小包围圈，当一个人举起手中的长矛刺向俘虏时，其他的士兵得到了信号。

几乎是同一时刻，大家刺出了手中的矛。可怜的人，眼睛、耳朵、胳膊和大腿都被刺穿了，他的身体因为极度的痛苦而扭曲成一团，那些黑人却残忍得一寸皮肤都不肯放过。

血腥的画面刺激着妇女和儿童，她们获得了强烈的快感，发出尖厉的叫声。

在筵席开始前，士兵们的乐趣还停留在奄奄一息的俘虏身上。他们想着法子折磨他，一个比一个凶残。

当所有人都在欣赏木柱上俘虏的惨相时，泰山等到了下手的机会。夜幕已经降临，没有月亮，狂欢者点燃的篝火，忽明忽暗。

矫捷的泰山从树上跳了下来，双脚落在湿软的泥土上，几乎没有发出一点声音。他将箭收在一起，这一次，他是有备而来，他准备了好几根结实的长藤，足以把箭捆在一起。

等他包好箭准备离开时，心里又升起一个恶作剧的念头。他想再次戏弄一下这群野蛮人，让他们意识到自己的存在。

把箭在大树下放好后，他又一次来到库隆伽生前住的那间屋子。

屋子里没一点亮光，但他很快就找到了自己想要的东西，一刻都没停留，朝门口摸去。

就在这时，他敏锐地听到一阵脚步声。几乎是下一秒，一个女人就出现在屋子门口。

泰山慢慢退回到房间内，他身体尽量贴着墙壁，一只手慢慢摸索，将父亲留给他的那把猎刀紧紧握在手里。女人在屋子中间停了下来，找着什么东西。天黑了，她对这屋子的摆设又有些陌生，只好胡乱摸索，东西没有找到，反倒离泰山藏身的那面墙越来越近了。

泰山几乎都能感觉到空气中那个女人身体的温度。他将手里的刀子高高举起，女人忽然转身到另一边摸索。终于，她找到了，发出“哦”的一声，转身离开。

当她走到门口时，泰山看清了，她手上拿着一口锅。

他跟在女人的身后，朝外面走去，借着灰暗的光，他看到女人们从各自家中拿来了煮饭用的锅。她们将锅里装满水，然后放在篝火上煮。那个俘虏被吊在一棵树上，他受尽折磨，身上一块完好的皮肤都看不到，估计早就停止了呼吸。

没有任何人发现泰山，他朝刚才藏匿毒箭的大树跑去。离开之前，他又一次踢翻了院子里的那口锅。然后像只灵巧的猫，纵身爬上树。

泰山攀着一根高高的树杈，透过茂密的树叶，下面的情景一览无余。

女人们准备烹煮俘虏的肉，男人们因为野蛮的舞蹈耗费了太多体力，此时都一声不吭地闭目养神。村庄顿时安静下来了。

泰山决定施展一下多年来在丛林里练就的掷野果“弹无虚发”的本领，他举起刚才偷来的那样东西，朝一个士兵扔过去。

只听“砰”的一声，那东西砸中了一个士兵的脑袋，他闷哼一声，倒在地上。接着，骨碌碌滚到了那群女人中间，在俘虏的跟前停了下来。

人们惊慌失措地看着“肇事者”，等看清是什么玩意儿后，都纷纷发出惊叫，朝各自的屋子逃去。

那是一个骷髅头，在黑糊糊的夜晚，从天而降，正落在某个人头上，把他砸晕了，然后滚落在地上，直瞪瞪地看着他们。这实在是对黑人愚笨大脑的挑战，他们内心的惶恐不言而喻。

人猿泰山乐呵呵地满载而归，而黑人部落却陷入前所未有的惊慌。他们深信，有一种令人恐惧的神秘幽灵存在于村庄附近的森林里。

后来，他们发现锅再一次被踢翻了，箭又一次被偷走了。更加确定，一定是他们没有经过某位管辖这里的天神允许，就贸贸然地将村子移到这里，触犯了天神。从此，他们每天都去丢箭的那棵大树下给天神供奉食物，以求宽恕。

可是，黑人心中的恐惧并不能因此完全消除。此时的泰山还不知道，未来的某一天，他和自己的部落要为这次的玩笑付出代价。

这天晚上，泰山露宿在离黑人村子不远的森林里。第二天清晨，他走在回家的路上，沿途只找到了一些野果和几条小蚯蚓。他饥肠辘辘，只好到一根圆木下找东西吃。就在这时，他听到窸窸窣窣的响声，抬头一看，母狮子山宝，离他不过二十步的距离。

山宝蹲在丛林中的一条小路中间，一对黄眼睛里喷射出凶狠的光芒。他毫无顾忌地盯着泰山，用血红的舌头舔着干裂的嘴唇，悄无声息地向泰山靠拢。

泰山丝毫没有胆怯，他早就不是那个一根草绳走天下的泰山了。毫不隐瞒地说，他最近也在找老山宝。

他飞快地搭弓射箭，瞄准目标，在山宝出击的一瞬间，他射出的毒箭正中目标。没等山宝反应过来，他灵巧地闪过身体，射出了第二支箭。

这个庞然大物发出一声巨吼，又向他扑来。泰山的第三支毒箭，射瞎了山宝的一只眼。不过山宝并没有就此倒下，反倒是泰山离他太近，来不及从它身下躲开。

山宝巨大的身躯压在泰山身上。泰山不敢懈怠，他拔出猎刀，朝山宝狠狠刺去。直到用尽最后一丝力气。休息了一会儿后，逐渐清醒的泰山知道，这个凶猛的家伙再也无法伤害自己的族群了。

他从巨狮的身下抽出身来，这只猛兽现在是他的战利品，想到这里，心底的喜悦就止不住地往外冒。

他昂首挺胸，一只脚踩在这个倒在自己面前的老对手的身体上，漂亮的脑袋往后一甩，发出一声声号叫，那是巨猿在胜利时的呼喊。

呼喊声在森林里回荡。枝头的小鸟听到，停止了歌唱。丛林中的野兽听到，回到自己的巢穴。他们深知不是身强体壮的类人猿的对手。

在遥远的伦敦，格雷斯托克勋爵正在上议院发表演讲。他那软绵绵的声音让人无动于衷。

泰山太饿了，就算山宝再寡淡无味，他也并没有太挑剔，很快就吃了个肚儿圆。他有些疲倦，很想马上睡一觉，不过先得把战利品收拾一下。泰山很早就练就了剥皮的绝技，没花多少力气，他就剥下了一整张狮子皮。接着，他把狮子皮挂在树杈上，然后窝在里面，美美地睡起觉来。

大概是太累了，睡觉前又吃得足够饱。这一觉泰山一直睡到了第二天。他从树上下来，却发现想用来当午餐的狮子肉，已经被森林里的其他动物吃得只剩骨头了。

走了半个小时，泰山射死了一只小鹿。那可怜的小家伙还没发现敌人，就被毒箭射中了脖子。

受惊的小鹿没跑几步，一命呜呼了。泰山毫不客气地饱餐了一顿。

填饱肚子后，泰山朝两天前离开部落的方向走去。很快，他就找到了自己的伙伴。他得意地炫出了狮子皮。

“看，”他高声叫道，“柯察克部落的族人们，来欣赏伟大的猎手泰山的战果吧！你们谁曾杀死努玛的族类？泰山是最勇敢的，那是因为，泰山跟你们不一样，他不是猿，而是真正的……”泰山突然停了下来。演讲没有办法继续下去，因为在猿语中，根本就没有“人”这个词。泰山只会写“人”的英文单词，根本不知道怎样读。

好在这并不妨碍部落成员相信泰山的话，因为那张巨大的狮子皮足以证明他的勇猛。

唯有柯察克游离在队伍之外，对泰山蚀骨的仇恨和嫉妒深深地折磨着他。

他再也无法控制即将爆炸的情绪，猛地发出一声嗷叫，朝围在泰山身边的猿群扑去。

那些猿面对突如其来的袭击有些手足失措。还没有逃亡，就在柯察克的魔爪下死伤惨重。

柯察克发疯似的又抓又咬，到处寻找泰山的踪迹。很快，他发现仇家正神态自若地坐在不远处的一根树杈上。

“有本事下来啊！泰山！”柯察克挑衅道，“下来尝尝我牙齿的厉害！勇猛的战士会临阵逃脱吗？”他嘴里不断吐出最歹毒的话，试图激怒泰山。

泰山一言不发，他从树上跳了下来。那些吓坏了的族类，站在高高的枝头，因为即将到来的激烈搏斗提心吊胆。柯察克二话不说，朝着个头比他小很多的泰山扑了过去。

柯察克的优势在于他发达的肌肉，尽管他的腿不是很长，但当他站起来的时候，面前这个将近七英尺的巨兽还是让人恐惧。他肩背宽阔，短脖子后有一个坚硬无比的肉团，几乎布满了整个脑袋。这使他的头看上去像是一个从肉堆里长出来的小球。

他张开肥厚的嘴唇，冲着泰山咆哮，露出满嘴可怖的尖牙。那双小眼睛因为仇恨充满了血色。

泰山没有再往前走，即使他也有结实的肌肉，但六英尺高的身体，在柯察克面前，还是显得有些弱小。

他手上只有一把猎刀，刚才展示狮子皮的时候，他的弓箭还没来得及收起来。想要打败柯察克，他得运用智慧。

格雷斯托克勋爵拔出那把细长的猎刀，发出跟柯察克一样令人后怕的咆哮声，跳跃起来，迎接敌人的进攻。他的身手灵活，及时躲开柯察克妄想困住他的那两条毛茸茸的手臂，并抓住这个空当儿，一把抓住了柯察克的手腕，将尖刀插进了他心脏附近的位置。

柯察克并没有坐以待毙，他张开粗壮的手臂，向泰山猛冲过来，企图从他手里抢过猎刀来。

他那张可怕的大掌，正对着人猿的脑袋拍过来，如果拍中，泰山的半个脑袋都要碎掉。

泰山出其不意，迅速地低下了脑袋，躲过了这次进攻，然后握紧拳头，朝着柯察克的心脏位置猛击。

柯察克的脚步有些不稳，肚子上的那一刀让他感觉很虚弱，几乎要倒下了，但还在做最后的挣扎，终于，他挣脱出了一只胳膊，跟泰山扭打在一团。

他用一只手臂将泰山紧紧捆住，血盆大口里的尖牙暴露出来，企图咬断泰山的喉咙。泰山先他一步，用强有力的手死死掐住柯察克的脖子。

他们僵持着，一个想咬死对方，一个极力躲开对方利齿的同时，猛掐对方的脖子，企图令他窒息而亡。

巨猿的力气优势逐渐突显出来。他的獠牙离泰山的咽喉只有一英寸的距离了。就在这时，他的身体一阵颤抖，然后身子歪向一边的地上。

他死了。

泰山从他的尸体上拔出那把猎刀，它已经帮助他战胜好几个比自己更强的敌人了。他像对待山宝那样，将一只脚踩在手下败将的脖子上，发出胜利的呼喊。

自此，年轻的泰山成了真正的“猿王”。

第十二章 人的理性

泰山统领的部落里有个叫泰可兹（Terkoz）的成员，对新的泰山政权很不满。他一直隐而不发，是对泰山的猎刀和毒箭感到胆怯。泰可兹只敢私底下发发牢骚，在一些琐事上流露出不满的情绪。即便如此，泰山深知，只要遇到合适的机会，他一定会揭竿而起。所以泰山对他始终保持着高度警惕。

泰山成为部落首领后，这群巨人猿的生活并没有太大的改变。倒是族人们获得了比以往任何时期都更充沛的食物，这都是得益于泰山自身强大的智慧和捕猎技巧。正因如此，他得到了部落里大多数猿猴的支持。

在漆黑的夜晚，泰山带着族人去黑人的田地里摘食物。泰山给他们定的唯一规矩是：吃多少摘多少，绝对不允许浪费。他们都能够严格遵守。

对他们的偷窃行为，黑人虽然感到很恼火，却并没有因此放弃种植丰富的作物。不得不承认，泰山对巨猿的约束，是黑人维持种地信心的重要原因。

在这段时间里，泰山又趁着夜色，多次去村子里偷取毒箭。他很快就发现，在他出入的那棵大树下，会源源不断地供应美味的食物。后来，他便毫不客气地把它们吃光。

土人们发现供奉给天神的食物被吃掉了，又吓了个半死。要知道向天神供奉食物来赎罪，是迷信的人们谋求心里安宁的做法，天神要真的很给面子，把食物吃掉，那恐怕要天下大乱了。所以，村庄里又被恐惧的疑云笼罩了。

除此以外，加工好的毒箭总会时不时地丢失一部分。一个行踪不定的幽灵总会不定期地出来捉弄他们一番。状况不断的生活让村庄里的人被恐惧压得喘不过气来。最后，去更深处的丛林建造新的营地的设想，被木巴戛他们提上了议程。

黑人武士开始向南边的丛林探寻，在打猎的同时，留心适合居住的新土地。

从此，原始森林的寂静被陌生、可怕的叫喊声破坏殆尽。不仅泰山的部落经常被骚扰，飞禽走兽的生活也陷入了混乱。

森林里不乏凶猛的动物，它们出现的时候，兔子、小鹿等小动物会去别的地方避一避：等它们离开后再返回自己的巢穴。

而人的到来，让大多数动物选择永远离开这里。巨猿也是如此。他们对人唯恐避之不及。

泰山带着自己的族类，徘徊在海滩附近。他之所以不愿走太远，是他对小木屋的一切难以割舍。直到有一天，一个族类发现他们赖以依靠的小河附近被黑人侵占了。他们砍掉树木，开垦新土地，搭建新房屋。再待在这里无疑是危险的。无奈之下，泰山带着他们往内陆方向走，终于到了一个安宁的处所。

每个月，泰山都会安排一天时间，去小木屋看书，然后去黑人那里偷取毒箭。只是，随着黑人们的警惕性提高，想要补充毒箭越来越不容易。每当夜晚来临，他们就把制作好的毒箭藏到有人看守的屋子。

泰山只好白天就蹲点在黑人的村落，弄清他们藏箭的地点。

他曾两次趁黑人熟睡的时候，到他们身边偷取毒箭。不过，他很快意识到这么做太冒险。所以改变了策略，他利用绳索，套住那些独自打猎的黑人，杀死他们，获得他们的弓箭和装饰物。然后在深夜，送他们的尸体回村庄。

这么一来，黑人部落又陷入了惶恐。倘若泰山的“造访”再频繁一些，他们很可能再次抛弃这个被“幽灵”诅咒的村庄。

泰山父母留下的小木屋建造在海边，暂时没有被黑人发现。但是泰山很担心自己离开这里后，黑人们会发现木屋，抢走他的宝藏。所以，他花了更多的时间独自待在小木屋里，对部落的事情管得越来越少。不久，部落就因为食物供应减少，产生了内部斗争。只有泰山亲自出马才能解决问题。

终于，有几只“猿长老”亲自跟泰山提议，随后的一个月时间，他没有再去小木屋。

好在做类人猿的首领所要处理的“政务”并不多，也不算复杂。

比如，扎卡（Thaka）在下午的时候来投诉芒戈（Mungo），因为芒戈跟他的新娘私奔了。遇到这种情况，泰山就要召集族类，一起决策。如果他的新娘不回头，那他就下令，就此作罢。或是让芒戈用自己的女儿作交换。

不管他最后的裁决是什么，当事人都会高高兴兴地接受，然后散去各忙各的事情。

没过多久，塔诺（Tana）捂着流血的肚子哀叫着跑来了。她被自己的丈夫冈图（Gunto）咬了一口。泰山命人将冈图带来，冈图却说，那是因为塔诺太懒，不找食物，也不给他挠后背的痒痒。

泰山给他们同等的惩罚，并警告冈图，如果再有家暴之类的事发生，他一定让他领教一下毒箭的厉害；而塔诺也得当面保证，以后会尽心尽力服侍丈夫。

这些看似鸡毛蒜皮的家庭琐事，倘若不能尽快解决，矛盾就会越来越大，最后甚至给部落造成灭顶之灾。

不久，泰山就意识到，当猿王后自己能自由安排的时间越来越少了。所以他有些讨厌这个职位。他更希望待在父母的小木屋里，面朝大海，感受大自然带来的清爽和舒畅，同时，他也喜欢遨游在书的海洋里。

泰山成长着，他渐渐意识到，他与部落族类之间的沟壑越来越大。他们的兴趣完全不同，他们也完全理解不了他飞速运转的大脑里经常涌现的奇思妙想。他们的语言贫乏，很多时候，泰山有了好想法却无人倾诉，他内心深处的远大抱负没人能懂，更不要说他们带着他去领略书籍的美妙世界。

他在部落里找不到知心的朋友。小的时候，他们还可以跟他一起抓昆虫，一起探索大自然的奥秘。可长大了，他们的智商和知识水平与泰山根本就不在一个世界里，交流变成了一件索然无味的事情。

如果养母卡拉还在人世，泰山一定会牺牲所有，尽心尽力地陪在她身边；但她死了，他童年的那些伙伴也变得凶悍、粗暴。如此一来，他情愿一个人静静地待在临海的小木屋里，也不想再跟这群野蛮的巨猿天天家长里短。

让泰山还坚持的理由很有趣——泰可兹对他的嫉妒和反抗激起了他的斗志，作为一个英勇的英国男人，他是绝不会在敌人面前认输的。

鉴于泰可兹的强势——有几个强壮的公猿曾向他发起挑战，却都被他摆平了。泰山认为，他是自己绝佳的接班人。

对泰可兹，泰山想“以理服人”。即使他对自己日渐强大的身体和敏捷的身手很有信心，相信凭借自己的一双拳头也能打败他。

但是，事情并没有朝理想的方向发展。有一天，局势超出了泰山的控制，他面临着两个选择：永远离开部落，或是留下来，保全自己的美誉。

事情是这样的：

那天，泰山跟族类在森林里活动，他们都在安静地进食，泰山在清澈的小溪边抓鱼。突然，从东面传来一声尖厉的喊叫。

大伙儿马上朝着东方跑了过去，原来是泰可兹正在打一只年老的母猿。他紧紧抓住她的头发，巨拳雨点般落在她身上。

泰山走上前去，举起一只手，试图阻止他继续行凶。那只母猿跟泰山并没什么关系，她的丈夫年纪太大，根本就保护不了她。

泰可兹明明知道，部落里不容许殴打别的母猿。但泰可兹瞅准了她丈夫没有还击之力，便肆无忌惮地欺负她——她只不过是拒绝把自己捕到的兔子给他吃。

泰可兹见泰山没有毒箭护身，对他的制止视若无睹，蓄意挑起纷争。

泰山没有再用手势警告他，而是直接对着泰可兹发动了进攻。

上次这样的恶斗，还是跟猩猩大王波尔加尼。

泰山随身携带的猎刀可以跟泰可兹尖利的獠牙拼一拼，而他的敏捷要对付的是泰可兹的浑身蛮力。

这场近身搏斗，泰可兹在力量上占有绝对优势。如果故事的结局受个人品质影响的话，泰山——年轻的格雷斯托克勋爵，会悄无声息地消失在这片原始森林，就像那些普通野兽一样。

然而，人类智慧的力量是至高无上的。它足以保证泰山从泰可兹的巨拳和獠牙下逃生。

他们很快就滚在地上扭打起来，牙齿、拳头、腿脚，任何对战斗有利的，能用的都用了。因为双方都深知，这场战斗，不是你死就是我活。

泰可兹被猎刀扎了十几刀。泰山也被咬得浑身鲜血淋漓。他的一块头皮被抓掉了，耷拉在眼睛上。

不过，他还保持着清醒的头脑和敏捷的身手，每次都及时避开了泰可兹的獠牙。他们甚至还停下来喘了口气。泰山就在这个空当儿，想出了一个恶招：从背后袭击，先用牙齿转移他的注意力，然后用猎刀刺穿他的身体。

泰可兹根本没有预料到泰山会这么干，所以他没有任何防范，泰山的计划比预想的实施得更顺利。

等到泰可兹看清他的企图时，已无回天之力了。既打不着他，也咬不着他，只好在地上打滚，妄想挣脱束缚。泰山紧紧抱着他，避免被甩出去。最后泰可兹猛烈一撞，泰山还没来得及刺进去的刀子被甩了出去。这下，他完全赤手空拳了。

他从身后制住泰可兹的手臂，同时用手和前臂将他死死压住。他压根儿就不知道，这姿势在摔跤运动中有个名称——半尼尔逊。在紧急的情况下，他做出了这个姿势，并立刻发现它的价值，是它挽救了他的性命。

第十三章 同类到访

第二天，泰山醒来，浑身骨头像散了架似的，但他仍一瘸一拐地朝海边的小屋走去。

因为浑身是伤，他的动作很迟缓，一直到第二天早上才到达小屋。

他在屋子里待了好几天，只有饿得受不了的时候才出门去找些野果充饥。

十天过去了，泰山恢复了体力，但是头上的伤口还没有完全愈合，那条可怕的伤口，起于左眼上方，从头顶延伸直右耳。正是那块被扯掉的头皮造成的后果。

在小木屋闭关的时候，泰山曾试着用狮子皮为自己裁剪出一件披风。可是那张皮又干又硬，他不知道如何处理，只好放弃。

他想将自己与那些低级动物里区别开，思考过后，他觉得首先得穿戴上人类才有的衣服和饰品。他想到了，可以从木巴戛领导的村庄里获得这些东西。

他用老办法，从独自打猎的黑人那里获得了许多形状各异的饰品，然后学着他们的样子，戴在自己身上。

他脖子上依然挂着生母——爱丽丝夫人留下的金项链。身上斜背着一个别致的箭袋，这个箭袋原来的主人已经在泰山的绳索下丧生了。

泰山用牛皮条编了根带子，系在腰上，父亲留下的猎刀也挂在带子上，不过他已经特意为它做了个刀鞘，最后，他把从库隆伽那里得到的长弓斜挎在肩上。

格雷斯托克勋爵的这副打扮有些奇怪，使他看上去像一个随时准备打架的流浪儿。他的头发披在肩上，因不想让头发挡住视线，就自己用猎刀“剪”了个刘海，遮住了好看的脑门。

他的身材非常完美，笔直挺拔，鼓出的肌肉显示出他强大的力量。他既拥有古罗马战士的力量，又拥有希腊神话里俊美天神的外表，是力量与速度的完美结合。

泰山是原始人，同时兼顾猎手、勇士的身份。

他漂亮的脑袋上总显示出镇定的表情，眼睛如湖水般清澈，闪烁着智慧的光芒。倘若在这片原始森林里，还存在剽悍、争强好斗的人类始祖，泰山一定是他们崇拜的对象。

泰山在意的不是这个，他所担忧的是没有人类的衣服穿，这样他就无法向巨猿们表明自己是人，是跟他们不一样的高级生命。

再这么下去，他担心自己真的变成了猿。他观察发现，所有猿的脸上都是长满了毛的。而他脸上也开始萌发出了毛茸茸的东西。但是黑人，那些真正的人类，除了个别人，每个人脸上的皮肤都是光滑的。

即使画册上也有一些下巴、两鬓和嘴唇周围长毛的人，泰山还是觉得很忐忑，他每天都会把猎刀磨得亮闪闪的，然后将嘴巴那里的胡须剃掉。

他还不知道这是在“刮脸”，虽然技术不够高明——经常刮不干净，还划开小伤口，但这张脸总算跟人类保持一致了。

直到感觉从恶战中完全恢复了，泰山才离开小木屋，向木巴戛的村子出发。他没有使用树枝和藤蔓做交通工具，而是选择在林间小路上漫步。突然，他遇到了一个黑人猎手。

那个黑人一脸的惊恐，泰山还没来得及准备弓箭，他就撒腿跑了，一边跑一边发出奇怪的叫喊，似乎是在呼喊自己的同伴。

泰山攀着树枝，跟上他，这才发现，还有几个人，听到黑人的喊叫后，开始疯狂地逃命。

他们根本就没有察觉到，自己已经被泰山跟得死死的了。更没有注意到，泰山已经守在他们必经的一棵大树上。

两个人已经这棵树下跑过去，泰山选择对第三个下手，他甩出去的绳索不偏不倚地套住了黑人的脖子，他用力一拉，绳结被拉紧。

黑人发出了痛苦的惨叫，引得前面的两个人回头看，他们看到这个伙伴的身体像被幽灵附身了，直愣愣地朝茂密的枝叶里升去。

他们吓坏了，好在没有忘记逃跑。

泰山显得很镇定，他把男人从绳圈上放下来，将他的武器和饰品据为己有。最令他开心的是，那个人腰间披着一条鹿皮加工而成的漂亮腰围，这毫无疑问是他的战利品。

现在，他的衣着打扮跟人类没什么区别了，他那高等动物的身份展露无遗。泰山现在最想做的一件事就是，回到部落里，让族类看看自己这身漂亮的服装。

他把那个男人的尸体扛在肩上，走向木巴戛的村庄。又到了他储存毒箭的日子了。

还没进到村子里，他就远远地看见，一群人围着刚才逃走的两个黑人，这两个家伙气喘吁吁，因为恐惧，浑身直打哆嗦，正结结巴巴地向其他人描述他们的可怕经历。

那个死去的同伴米兰多（Mirando）本来走在他们前面，不知怎的，突然尖叫着往他们这儿跑，说他看见了一个赤裸裸的白人拿着武器追赶他。于是，他们疯狂逃命。

米兰多跑在他们后面，突然发出一声令人后怕的叫声，等他们回过头时，就发现米兰多往树上飞去，他的手和腿在空中乱抓乱蹬，舌头从嘴巴里吐了出来。最后终于没有发出任何声音，可怕的是，周围没有看见一个活物的身影。

村民们听了他们的叙述，又变得惊慌起来。老谋深算的木巴戛却觉得，这是他们在危险面前甩开同伴，为自己的自私编造的理由。

“你们的故事讲得不错。”他说，“只是，你们没有说实话，肯定是狮子扑向米兰多的时候，你们丢下了他，只顾自己逃走。真是胆小鬼！”

木巴戛的话还没说完，树上传来“咯吱咯吱”的声音。黑人们抬头一看，吓得惊慌失措，就连木巴戛看到了也不寒而栗。米兰多的尸体从半空中落下来。“啪”的一声，掉在他面前。

他们吓得四散逃窜，争先恐后地躲进丛林里。

泰山趁机进了村庄，不仅拿到了想要的箭，还把大树下的贡品吃了个干净。

在离开之前，他给米兰多的尸体摆了个姿势——靠着栅栏站在那里，好像正躲在门后偷看去丛林的那条道路。

泰山一路上打着猎，回到了小木屋。

那些惊吓过度的黑人终于魂魄归体了。他们颤抖着身体，从米兰多恐怖的尸体边走过，回到村庄。直到发现贡品和毒箭再一次丢失了，他们才恍然大悟，米兰多在丛林里看到的那个赤裸的白人，一定就是作怪的幽灵。

他们深信，见过幽灵的人都会死去，村子里丧生的那些人，一定是看到他的真面目，所以被杀人灭口了。

黑人们认为，幽灵的目标不是夺人性命，而是得到食物和毒箭。所以，木巴戛命令村民们，在大树下既要放上贡品，也要献一捆箭。这个习惯一直延续了下来。

如果你去了非洲，还会发现偏远丛林里的一个小村庄，在村口的一个小茅屋前，有一口锅，锅里摆放着食物，旁边放着一捆手工制作的木箭。

泰山离小木屋所在的那片海滩越来越近。他发现海滩上的情形异乎寻常。

在那个小港湾里。一艘巨轮停在海面上。人们正站在海滩上，往岸上拖一艘小船。

更令泰山诧异的是，他发现了一群跟他一样肤色的人，他们在海滩和小木屋之间往返。

这些人跟他在画册里看到的一样。他攀爬到离他们最近的一棵树上。

这群人一共有十个，他们的皮肤晒得很黑，面露凶相。此时，他们聚集在小船边，一边发出愤怒的声音，一边挥舞着拳头。

过了一会儿，其中一个身材矮小，表情猥琐的人拍了拍他身边大高个儿的肩膀，然后他们吵了起来。

小个子指向海滩，高个儿被迫转过身来朝这边看，就在这时，那个长相让泰山想起老鼠的小个儿从腰带上拔出手枪，对着高个儿开了一枪。

高个儿双手猛地举起，膝盖一抖，倒在沙滩上，死了。

这是泰山第一次听到枪响，不过，这种陌生的、如同雷鸣般的响声没有给他造成丝毫惊慌。

但是白人们的行为让他内心有些不安，他陷入沉思，并暗自庆幸没有把他们当做亲兄弟，没有傻乎乎地伸开双臂迎接他们。

他们跟黑人没什么区别，既不比猿类彬彬有礼，也不比山宝仁慈。

小个子杀死高个子之后，沙滩上曾经一度陷入沉寂。

过了一会儿，一个人拍着小个子的后背哈哈大笑，然后他们放开了攀谈起来。

接着，他们把小船拖到水里，朝大船划去。泰山看见大船上有许多人在甲板上走来走去。

等他们撤离了这里，泰山才从树上下来，悄悄溜进小木屋里。

屋子已经被那些人翻了个底朝天，书、笔被扔到地上，他收集来的武器也被扔得到处都是。

看着乱七八糟的屋子，泰山的胸中燃烧着愤怒的火焰，他脑袋上那条明显的疤痕凸显出来，变成了一条丑陋的红线。

突然，他想起什么似的，跑到橱柜最下面一层摸索，直到确定那个小铁盒还在那里，才舒了口气。他打开盒子，面带笑容的男子的照片和看不懂的日记本还在。他最宝贝的东西没有被别人动过。

这时，他灵敏的耳朵收到了一个细小的、陌生的声音讯号。

从窗户那儿朝海港看去，巨轮上放下了一条小船，接着很多人从大船上爬下来，钻进小船里，他们准备运送更多的人上岸。

泰山观察了一会儿，发现他们还把很多的箱子、包裹丢进小船里。然后朝海滩划来。泰山想了想，在一张纸上用铅笔写了几行字。他的字迹工整，是标准的印刷体。

他把这张纸条钉在门上，然后带着宝贝铁盒，以及他从黑人那里拿来的弓箭、长矛离开了小屋。

小船到达海滩后，一群人杂乱无序地上了岸。

这次来的一共有二十个人，其中有十五个是长相丑陋、手脚粗俗的水手。

另外五个人各有各的特点。

其中有一个满头银发的老头，他戴着一副眼镜，佝偻着背，身上披着一件不贴身的大衣，好在衣服还比较干净。他头上那顶礼帽使他与这片原始丛林格格不入。

第二个上岸的人个子高挑，穿着一套白色的帆布衣。他身后紧跟着一个发际有些上挑，一惊一乍的老男人。

一个大块头的黑人妇女跟在他们后面上岸，她穿着一身与所罗门颜色有些相近的衣服，眼珠骨碌碌地转着，流露出恐惧之情。她一会儿看看丛林，一会儿看看那些粗鲁的、正在搬箱子的水手。

一个看上去十九岁左右的女孩是最后上来的。她不是自己走上来的，而是由一个年轻人抱上岸的。所以，真称得上是鞋没沾水就上岸了。她冲着年轻人甜甜一笑，仿佛一切尽在不言中。

这群人朝着小木屋走去。他们显然已经在上岸前做出一个共同的决定，现在就算有别的想法，也要暂且放到一边。几个水手搬着箱子和其他行李，跟在他们身后。他们走到门口，把行李放下，这时，一个水手发现了门上钉着的小纸条。

“嘿，快过来！”他大声说道，“来看看这个，我敢发誓，刚才可没有这玩意儿。”

大家聚在一起，认真地看着纸条上的字。可惜他们中，能认识几个字的都算是知识分子了，所以折腾了半天，也没弄清楚那些字的意思。后来，一个水手喊来了穿戴整洁的那个老头儿：

“嘿，教授，你来看看，这狗屁纸条上写了些啥？”

老头儿慢吞吞走了过去，还有几个人也好奇地跟了过去。他扶了扶鼻梁上的眼镜，盯着那张纸条，过了一会儿，他转过身子，嘴巴里嘟嘟囔囔地：“真是奇怪……这是怎么回事呢？”

“嘿，你这个老东西。”那个之前喊他过来的水手接着说，“我是叫你把上面的字念给我们听，不是叫你自个儿看。快点大声念出来，你这个混账东西。”

老头儿转过身说：“是啊！尊敬的先生。很抱歉，我考虑不周，可是……可这张纸条上的内容太奇怪了。”

他又把那张纸条上的内容看了一遍，如果不是那个水手牢牢抓着他的衣领，他恐怕又转身走了。水手就在他的耳边喊道：

“你这个蠢货，快点大声念给我们听。”

“好的，好的！”老头儿对水手的粗暴不甚在意，扶了扶眼镜，大声读道：

这间屋子属于杀过很多野兽和黑人的猎手泰山。

不要动里面的东西。

泰山正看着你们。

人猿泰山

“泰山是个什么玩意儿?”讲话的是发现纸条的那个水手。

“一个会讲英语的人。”年轻人说。

“那为什么是‘人猿泰山’呢？”女孩问道。

“这我就不清楚了，波特小姐。”年轻人说，“或许是一只从伦敦动物园里逃出来的猿，它把欧洲文明带到原始森林来了。波特教授，您觉得呢？”他朝老头儿问道。

阿基米德·波特教授（Professor Archimedes Porter）扶了扶眼镜。

“哎，是的，正是这样。这事儿太奇怪了，但的确如此！太奇怪了！”老头儿说，“真是难以置信。但上面的确就是这样写的，我也解释不清楚啊！”教授扭头朝丛林看去。

“不过，爸爸，”女孩说，“你这等于上面都没说呢！”

“唉，孩子，唉！”一听波特教授说话的语调，你就知道，他对这个女儿十分宠爱，“这高深的问题何必为它费神呢！”他又迈开脚步，缓慢地朝另一边走去。他的眼睛盯着自己的脚，双手背在身后。

“依我看，这老东西懂的也不比我们多。”那个长相猥琐的水手凶狠地说。

“请你说话注意点！”年轻人说，他对这个水手的语气很不满。“我们的船长，还有所有的副手都被你杀死了，现在不仅财物是你们的，连命都掌握在你们手上。可是你敢再对波特教授和他的女儿放肆，我一定不会善罢甘休的。就算是手无寸铁，我也要跟你们搏斗。管你是不是有枪。”说完，他朝前走了几步，吓得那个出言不逊的水手退后了几步，即使他身上带着两支枪和一把大刀。

“你真是个胆小鬼！”年轻人冲着他喊，“你永远没有勇气正面你的敌人，而我，哪怕是背对着你，谅你也不敢碰我一根汗毛。”说完，他故意背朝水手，镇定自若地离开，似乎是在试探水手。

水手悄悄伸手握住了一支枪的枪托。看着得意扬扬的年轻人，他两眼恨不得喷出火来，把对方烧死。在他身边的同伴，都看着他，他还犹豫不定。从本质上讲，他甚至比威廉·塞西尔·克莱顿（Mr. William Cecil Clayton）预想的还要懦弱。

此时，附近的一棵大树上，泰山正从枝叶间窥视着他们。他注意到他写的那张纸条给他们带去了一番骚动。虽然他不太懂那些人讲了些什么，但他们的动作和表情已经足以说明很多问题。

那个长相猥琐的水手残忍地杀害同伴的行为激起了泰山的不满。当他看到他又跟那个小伙子吵架的时候，对那个水手的厌恶更深了。

泰山并不知道枪的威力，书上有描述，但毕竟有限。当他看到那个水手手中的枪时，不禁回想起来今天看到的可怕的一幕，他很担心，年轻人会像那个高个儿的水手那样，被他一枪打死。

为了保护年轻人的安全，泰山为那个矮个儿的水手准备了一支毒箭。可他的视线受到了这棵大树茂密枝叶的干扰，要是贸贸然将箭射出去，很有可能会打草惊蛇。于是，他选择了用长矛当武器。

那边，克莱顿走了十几步远，矮个子的枪已经拔出了一半。周围的水手都紧张地看着张扬跋扈的两个人，悲剧很有可能在下一秒就会发生。

波特教授的身影消失在人们的视线中了，他那位喜欢一惊一乍的助手——赛缪尔·费兰德（Samuel T.Philander）也跟着走进了丛林。

黑人妇女爱丝梅拉达（Esmeralda）在小屋旁，忙着从箱子中清理出波特小姐的东西。波特小姐原本正和克莱顿一起往前走，忽然转过头，瞟了矮个儿水手一眼。

就在这时，几乎同时发生了三件令人瞠目结舌的事儿。矮个儿用手枪瞄准了克莱顿，波特小姐吓得尖叫，一支长矛快速刺中了矮个儿的右肩。

枪声响起，好在是对着天空放的一枪，没有人因此受伤，不过那个水手却被长矛刺中，倒在地上，疼得缩成一团。

克莱顿转头往回冲。水手们拔出枪，警惕地瞄准了丛林的方向。矮个儿疼得嗷嗷叫。

克莱顿趁乱捡起了地上的那把枪，塞进自己怀里，然后装作很迷茫的样子，看着那片丛林。

“究竟会是谁？”珍妮·波特（Jane Porter）轻轻地问道。年轻人看到她站在自己不远的地方，两眼瞪得溜圆，惊恐地看着大家。

“据我猜测，是人猿泰山。他正看着我们呢。”年轻人有些焦虑，“我好奇的是，那支长矛刺出时，它的目标是谁？倘若是斯纳帕斯（Snipes），那他对我们而言，就是朋友了。”

“哎，不知道波特教授和费兰德先生到哪儿去了？要是在丛林里遇上了什么危险的人或动物，那可怎么办？哎！教授！费兰德！”他朝着丛林喊了声，却没有人回答他。

“这可怎么办？波特小姐。”年轻人紧锁眉头，看上去既焦急不安，又心怀犹豫。

“我不能让你单独留在这里，面对这些杀人恶魔。你又没办法跟我一起去丛林，但必须得尽快找回波特教授，不然他在丛林迷路，那就更难办了。更何况他身边还有个顽固不化的费兰德。哎！我说话是太直接了一点儿，可我们现在的处境实在是不太乐观。等找到你的父亲，我一定要跟他说，他不能再这么随性了，不然只会让危险来得更快。”

“你说得很对！”女孩回答道，“我不会在意。只要爸爸能考虑问题周全一点，他太爱我了，为了我会牺牲他自己，有时候我在想，难道一定要把他绑在树上来确保他的安全吗？”

“我有个好主意！”克莱顿喊起来，“你会开枪吗？”

“会，有什么问题吗？”

“我有枪。我把它给你，等会儿我去丛林找你爸爸和费兰德先生，你和爱丝梅拉达就待在小木屋里，哪儿也不要去。就这么决定了，去叫爱丝梅拉达回来。我得赶紧出发，希望能追上他们。”

珍妮按照他的计划行事。克莱顿安顿好这一切后，就转身走向丛林。

几个水手正在帮矮个儿拔出长矛。克莱顿向他们借枪。

矮个儿死里逃生，气焰更嚣张，他冲着克莱顿一顿狠批，然后教唆自己的同伴，不要借枪给他。

船长被杀后，斯纳帕斯自封为王。他的动作太迅速，以至于那些水手还没来得及讨论他到底有没有资格这么做。

克莱顿不以为然，他捡起地上的长矛。然后就这么带着最原始的装备，朝丛林进军。

他不停叫着教授的名字。小木屋里的两个女人听到的喊声越来越小，她们知道，克莱顿在丛林里越走越深了。最后，他的声音完全听不见了。

阿基米德·波特教授一行两个人，争执了半天，走上了一条与小木屋方向相反的路，他们完全没有意识到自己已经迷路了。

他们越往前走，离非洲西海岸越近，不久就到了海边，可怎么都找不到小木屋的踪迹。费兰德坚信，他们在往偏北的方向走。事实上，小木屋在他们北面两百码的位置。

他们又争吵起来，可谁也没想到大声喊几声。他们各持己见，互不退让。赛缪尔·费兰德先生不顾波特教授的意见，拉着他朝开普敦的方向走去，要知道，那儿离这里至少一千五百英里。

珍妮和爱丝梅拉达待在小木屋里了，她们想从里面将门顶牢。于是四处寻找工具。爱丝梅拉达往屋子里瞅了一眼，突然发出一声尖利的喊叫，然后迅速躲到珍妮的身边，把脑袋藏在她的肩头，像个被吓坏了的孩子。

珍妮转过头，看到了那个引起爱丝梅拉达尖叫的东西——地板上躺着一具骷髅。仔细看看周围，床上也有一具。

“我们待的这个地方真是恐怖！”珍妮在心里默默念叨着，她也有些害怕，不过没有表露在脸上。

爱丝梅拉达还在惊叫，紧紧抓着珍妮。过了一会儿，珍妮挣开她，走到屋子里的小摇篮跟前，她已经猜到摇篮里会有什么。一副更小，更可怜的骨架。

无须多说，三副骨架足以说明这里曾经发生过的事情有多么悲惨。想到自己现在就在这所小木屋里，周围还潜伏着不知名的苦难，随时可能将他们打倒。珍妮的身子止不住地颤抖。哎！这间小木屋里隐藏着多少秘密，多少恐惧呢！

她有些不耐烦地跺了跺脚，似乎想驱走内心的胆怯。然后，她走到爱丝梅拉达面前，对她说：

“快停下来，爱丝梅拉达，别再叫了！”她喊着，“你这样大呼小叫的只会让事情更糟。”

她不再说话，想起同行的能保护她的三个男人都去了可怕的森林，她的声音有些颤抖。

女孩很快找到屋子里有一根笨重的门闩，她们俩慢慢摸索，把这根近二十年没有发挥过作用的门闩插到了门上。

接着，她们拥抱在一起，坐在矮长凳上，一言不发，静静地等待。

第十四章　丛林遇险

目送克莱顿进入丛林后，“阿罗号”上的船员开始商量下一步的行动，大家在同一个问题上取得了一致——马上回到停在港湾的“阿罗号”上去了。在船上可以避免受到长矛的偷袭。所以，珍妮·波特和爱丝梅拉达刚到达小木屋，正研究如何关好屋门的时候，那些胆小的家伙已经上了刚才的两条小船，匆匆忙忙地离开了。

这天对泰山而言，经历了太多。一幅幅画面在他的脑海中闪现，画面最清晰，色彩最艳丽的，是那个漂亮的白人女孩的样子。

在这片丛林里，终于出现了他的同类，他看清了上岸的那个年轻人和老人的样子，确定他们就是的同类的样子。

但是，他们跟自己以前看过的同类人一样残忍。如果没有武器，那就不会存在被杀死的人。然而一旦他们手上持有武器，那情况就大不同了。

那个年轻人捡起了斯纳帕斯留在地上的枪，藏了起来，等那个女孩走进小木屋时，他悄悄地把手枪塞到她的手中。泰山把这一切看了个清清楚楚。

只是，他不太明白这些事情背后的故事。出于直觉，他对年轻人和老头儿产生了莫名的亲切感，而对那个女孩，产生了自己都弄不清的渴望。至于那个大块头的黑人妇女，看在他跟小女孩有某种关系的份上，他也不排斥。

那些面目可憎的水手，在泰山看来，他们阴险的手势和凶狠的表情已经为他们贴上了敌人的标签。他决定继续关注下去。

泰山对他们钻进密林十分迷惑，他自然不会想到，于他而言一目了然的丛林小径在那些人眼中无异于一个迷宫。

水手已经离开，女孩和黑人妇女也躲进了小木屋。泰山对那个去了丛林的年轻人产生了兴趣，他跟在年轻人身后，想弄个究竟。借助树枝，他很快就发现了这个英国人的行踪。

不一会儿工夫，泰山看到了筋疲力尽的克莱顿，他汗流浃背，正靠着一棵大树休息，泰山躲在茂密的枝叶里，对这个新朋友，他很想伸出友好的橄榄枝。

克莱顿在不停地叫喊。泰山后来才知道，那是在呼唤那个老头儿。

他正想亲自帮他找到同伴，突然发现一只浑身金黄的野兽正潜伏在克莱顿附近。

那是豹子希达，泰山灵敏的耳朵发现了他的行踪，但那个年轻人却一点儿都没有意识到危险近在咫尺。泰山很纳闷，这么大的动静他怎么就没听到？泰山也为希达笨手笨脚的动作感到好笑。

白人的听觉怎么能跟泰山相提并论呢？在“猎物”面

前，希达蹲下身子，准备扑上去。突然，泰山发出了一声可怕的尖叫，那是猿类挑战敌人的信号。希达行动失败，只好灰溜溜地躲进稠密的灌木丛。

克莱顿身子一顿，浑身的血像被冻结了一般。他第一次听到这么恐怖的啸声。即使他并不胆小，这声音依然让威廉·塞西尔·克莱顿——格雷斯托克的长子，体会到了什么叫心被冷冻了。

一只猛兽突然间从自己身边一跃而过，令人汗毛倒竖的啸叫在耳边响起，这对克莱顿来说，是一次巨大的考验。此时的他还没有意识到，这声尖叫将他从死亡边缘拉了回来。他更不会意识到，声音真正的来源是自己的堂兄——真正的格雷斯托克勋爵。

天色逐渐暗淡下来，克莱顿感到有些害怕，他还没有找到波特教授，夜晚的丛林显得危机四伏。或许他应该回到小木屋里去，保护势单力薄的珍妮。

他感到左右为难，既不想丢下波特教授，又不想让珍妮身陷泥潭。“阿罗号”的那些叛徒不知道会做出什么事呢？

他又自我安慰，说不定波特和费兰德已经返回了。不是没有这个可能性，在他继续寻找之前，他必须确定这一点。最后，他以为自己终于朝着小木屋的方向，跌跌撞撞地走去。

可他竟然是往更深处的丛林前进，要不了多久，他就会到达木巴戛的村子。此时，聪明的泰山意识到，这个人迷失了方向。

虽然他无法理解，但他清楚，他还没有笨到扛着一根长矛就去挑战那些野蛮黑人。更何况他笨拙的样子，让人一眼就能看出，他根本不会使用手头的这件武器。他走的那条路也不是另外两个老头儿走过的。他们早就离开这里了。这些克莱顿自然没有泰山看得清晰。

泰山有些为难，他必须设法将自己的堂弟引到海滩上去。否则，他不敢保证他能从下一个凶险境遇中逃生。

此刻跟在年轻人的右边的是一头雄狮，离他不过十几步的距离。

克莱顿发觉自己被一只猛兽跟踪了。他听到寂静的丛林里，野兽的吼叫声在回荡。他停止前进，举起手中的长矛，紧紧盯着传出声音的灌木丛。那儿黑糊糊的，什么都看不见。

天啊！在丛林里孤独地死去，身体被野兽的利齿撕得支离破碎，猛兽的爪子踏在你的胸口，他们呼出的热气喷在你的脸上。

刹那间，克莱顿感到周围陷入死一般的寂静。他丝毫不敢懈怠，绷紧了身体，紧握着长矛。没过多久，丛林发出窸窸窣窣的响声。雄狮从他的背后摸了过来，摆出了猛扑的姿势。一直到这个时候，克莱顿才发现自己的敌人，是一只强壮灵活的雄狮，它褐黄色的脑袋上长满了深色的鬃毛。他们之间的距离不到二十英尺。

雄狮的肚子贴着地面，缓缓向前挪动身体。当它与克莱顿的目光在空中相遇后，它才停下了脚步，悄悄收回两只伸出去的后腿。

年轻人看着这只猛兽，进退两难，他不敢用长矛去刺他，也没有逃跑的勇气。

他头顶的树枝就在这时发出声响。他想，一定是新的威胁。他不敢去看头顶上发生了什么，只好两眼死死盯着雄狮那双绿莹莹的眼睛，生怕它有所动作。就在这时，半空中响起了拨动琴弦的声音，雄狮的身体被一支毒箭射中了。

疼痛和恼怒让这只野兽提前发动了攻击。克莱顿磕磕绊绊，躲过了一劫。等他缓过神来，再去看它时，头顶跳下了一个半裸的巨人，他落下来，骑在雄狮的背上。

接着，泰山用强有力的臂膀，把雄狮的脖子勒得紧紧的。雄狮的后腿被吊住，身体倒悬起来了。它拼死地挣扎，在泰山看来就跟小猫挠痒痒一样。

借着璀璨的星光，克莱顿见证了这神奇的一幕。

站在他面前的泰山是力量与智慧的化身，在他与雄狮的搏斗中，体力起到的作用是不值一提的，而他对武器的灵活使用，使他占了绝对的上风。

他依然保持勒紧雄狮脖子的姿势，只不过，空出来的左手紧握着猎刀，朝着它裸露的左肩一阵猛刺。狂暴的野兽用尽所有的力量来突围。最后蹬直了后腿，作垂死的挣扎。

如果搏斗的时间再长几秒，输赢的结果也许就被改写了。可是当一切都尘埃落定的时候，狮子带着惊悚的表情，软巴巴地倒在地上。

泰山从雄狮的尸体上站起来，摆出了胜利的姿势，发出不久前令克莱顿惊慌失措的呼喊。

克莱顿的面前出现了一个年轻男子，他上身赤裸，准确地说，浑身上下只有腰间裹着一块布。他的身上挂满了土著们常用的饰品。但他的胸前，还挂着一个小金盒，上面镶满了钻石。

泰山把刀子放好，然后装好弓箭。

克莱顿向这个陌生人表达了感激之前，他叽叽咕咕地说着英语，赞美泰山的英勇和敏捷。泰山似乎有些无动于衷，只是耸了耸肩，好像在说这种小事不足挂齿。不过，也许是他对克莱顿说的话一窍不通。

收拾好自己的弓箭后，克莱顿眼中的这位野人又拔出刀子，手脚麻利地割了十几条狮子肉，然后狼吞虎咽起来。他甚至冲克莱顿招手，请他一起分享美味。

看到他用洁白的牙齿津津有味地咀嚼着血淋淋的生肉，克莱顿产生了一个强烈的念头：他就是“人猿泰山”，小木屋里留下的字条是他写的。

那么，他应该是懂英语的呀！

克莱顿又对着他用英语说了几句话，回复他的却是类似于猴子的叽咕声，还夹杂着野兽的号叫。

他对英语一无所知，那就不可能是泰山了。

泰山吃饱肚子后，站起来，对着克莱顿来时的路指了指，然后准备离开这里。

克莱顿没有理解他的意思，徘徊不前。他误以为泰山要让他继续赶路。泰山走了几步，发现身边的人没有跟上，又折回来，拉着他的衣服往前走。直到他认为克莱顿明白他要表达的意思。

克莱顿却以为自己被俘虏了。他只好跟上泰山的脚步。他们慢慢前进，森林已经完全一片漆黑。在黑暗中，不少野兽紧跟着他们，它们的爪子踩在草丛里、落叶上，发出细小的声音，同时，树枝“咔嚓”被折断的声音、野兽们粗犷的号叫都紧紧围绕着他们，克莱顿感觉到一阵阵压迫。

忽然，“啪”一声微弱的枪声传入克莱顿的耳朵，接着，是死 般的寂静。

浓浓的夜色也包围着海边的那所小房子，两个被吓傻了的女人坐在矮矮的长凳上，抱成一团。

黑人妇女哭泣着，不停地抱怨这个倒霉的日子。她离开了心爱的马里兰①，来了这么个鬼地方。白人女孩的表情还算

① 马里兰：是美国的一个州，属于美国中大西洋地区。——编者注

镇定，但她的内心却因为强烈的不安感到无力。她为那三个去了幽深丛林的男人担忧。整个夜晚，丛林里的原住民，都在不断发出奇怪的、令人害怕的叫声。

第十五章　森林之神

这声枪响让克莱顿极为担忧，虽然知道可能是某个水手开的枪，但他想起自己曾给过珍妮一把手枪，万一是她面对野兽或坏蛋的袭击，打响的枪呢！

克莱顿感觉到，他的救命恩人也受到了枪声的影响。枪声过后，他的脚步明显加快，这使跟在他后面的克莱顿磕磕碰碰，还是落后了一大截。

克莱顿害怕再次迷失在丛林里，所以大声呼喊前面的“野人”。令他开心不已的是，泰山并没有丢下他，他从一根树枝上轻盈跳下，正好落在他面前。

泰山看着眼前的年轻人，似乎在思考怎么办。过了一会儿，他弯下腰，示意克莱顿搂住他的脖子。当克莱顿趴在他的后背，他纵身一跃，跳进了葱茏的树冠里。

这个年轻的英国勋爵从未有过这样的经历。虽然他看不见，但他知道自己在这个野人的背上，正以超出人类的速度前进。

泰山却对这样的速度不太满意。他从一根树枝上一跃而起，在空中划出一条优美的弧线，转眼间就落到了另一根树枝上。接着，他踩着盘根错节的树枝，像高超的杂技演员表演走钢丝一样，摸黑走了一百码远。

开始的时候，克莱顿感觉有些胆怯。很快，当他发现泰山的技术纯熟，就从心底升起了赞赏之情，甚至还有些嫉妒，跟他相遇后，泰山表现出了极为强大的体力和过人的智慧。

在漆黑一片的原始森林里，他背着一个成年男人，却如履平地，一点也不比自己在伦敦街头散步困难。

当头顶的树叶稍微稀疏一些时，皎洁的月光铺在克莱顿的面前，让他看清自己正在“走”的这条路，从上往下看，下面黑糊糊的，仿佛是个无底洞。他觉得呼吸都变慢了。因为要赶时间，泰山选择了一条捷径，这段路的很多地方离地面至少有一百英尺。

当克莱顿对他们的速度表示相当的惊讶甚至惊喜的时候，泰山却在想平时他还可以更快一些的。因为背着克莱顿，他必须选择能够承受两个人体重的树枝。

没花多少时间，他们就到达了海滩前的空地。泰山的听力过人，他听到了狮子破窗而入的声音。他从足以让克莱顿吓得半死的高度跳了下来，却没有让克莱顿感觉到一丝震动。当克莱顿从泰山背上下来后，看到的只剩一个朝小木屋奔去的背影，那便是泰山。

年轻人也赶紧跟上去，他的眼前出现了那只企图从窗户钻进屋里去的猛兽的两条后腿。

勇敢的珍妮在这场危难面前已经彻底放弃了求生的希望。就在这生死存亡的时刻，她发现巨兽的身体竟然在慢慢地往窗户外移动，好像有什么力量在从窗外拉它。过了一会儿，她看见了窗外两个年轻男人的头和肩膀。

克莱顿转过屋子墙角，来到窗户前时，正看到泰山双腿撑着墙角，一双铁手抓着狮子的尾巴，用力往外拽。

克莱顿赶紧上前帮忙。泰山很严肃地对他说了一大通话，似乎是在下达什么命令，可他一个字也没听懂。

最后，狮子被他们拖了出来。克莱顿对泰山大胆而直接的见义勇为行为佩服得五体投地。

泰山与珍妮素不相识，却敢赤手空拳将凶猛的“百兽之王”从窗户里揪出来，这不是最伟大的英雄主义是什么？

在克莱顿的眼中，事情的意义完全不同。珍妮不仅是他的同胞，更是他最心爱的女人。尽管知道，狮子能轻而易举地将他和人猿干掉，他还是会上前试一试，因为他要救珍妮。事后，他回忆丛林中目睹泰山跟巨狮搏斗的情形，这才意识到，泰山的勇猛也是坚定他战胜偷袭珍妮的猛兽的原因之一。

泰山还在叽里咕噜地对他发号施令。克莱顿只能一脸茫然地看着他。

泰山是想告诉呆头呆脑的克莱顿，可以去取他的毒箭刺母狮的身体，他还指挥后者用自己身上那把猎刀刺狮子的心脏。他必须紧紧抓住狮子，腾不开手去做这些事。他很清楚，克莱顿没多大力气，要是让他来拉狮子，恐怕一秒钟都坚持不住。

慢慢地，母狮子的肩膀也被拖出来了。

此时，克莱顿面前出现了一幅人猿赤手空拳与愤怒的母狮决一死战的画面。泰山想起了跟泰可兹的那场决斗。狮子结实的肩膀离开窗户的一瞬间，泰山松开了手。

他如一道闪电，从狮子的背后展开攻击，摆出“半尼尔逊”的姿势。

母狮子发出愤怒的嘶吼，它被泰山压在身下。泰山镇定自若，用强而有力的胳臂将它的脖子死死勒住。

狮子一边伸出爪子抓，一边在地上打滚，想把泰山从身后弄下来。可那双胳臂像是黏在它身上了一样，渐渐的，它感觉呼吸困难，脑袋越来越低。

泰山将手臂抬高，狮子的反抗更显得无力。

在月光的映照下，克莱顿看到了泰山肩膀上隆起的肌肉，结实的肌肉绷得紧紧的，像坚硬的铁疙瘩。他一直在用力，终于，“咔嚓”一声，母狮的颈椎骨被折断了。

克莱顿在短短一天的时候，听到了“人猿”两次胜利的咆哮。紧接着，他听到了珍妮痛苦的呼喊。

“塞西尔——克莱顿先生！天呐！这到底发什么事了？到底是什么事？”

克莱顿跑过去用力拍着门，同时大声告诉她，危险已经过去了，可以打开门。她很快抬起沉重的门闩，开了门，一把将克莱顿拉进屋里。

“刚才那可怕的声音是怎么回事？”她紧紧抱着他，小声问道。

“那是你的救命恩人发出胜利的呼喊。波特小姐，我去请他进来，你当面致谢。”

珍妮惊魂未定，不肯单独留在屋子里，于是跟着克莱尔一起出来。他们在窗户下看到了死狮子，却没有看到人猿泰山的踪影。

克莱顿找了一圈，没有看到他。两个人只好回到相对安全的小木屋里。

“那声音真令人毛骨悚然！”珍妮说，“我想起来都浑身哆嗦。人怎么可能发出这样的声音呢？这太难以置信了！”

“事实的确如此！波特小姐。”克莱顿说，“这不是人喊出来的，而是‘森林之神’的胜利之歌。”

他将自己邂逅泰山的事情原原本本地说了一遍。他详细地描述了泰山两次救他的情形，对泰山黝黑的皮肤、浑身使不完的劲儿、敏捷的身手、聪明的大脑赞不绝口。

“我还没太明白。”克莱顿最后说，“我之前确信他就是‘人猿泰山’，可后来发现，他对英语的听和说完全不懂。那样的话他肯定不是了。”

“也罢，随他去吧！”珍妮说道，“他对我们有救命之恩，愿上帝保佑他平安地活下去。”

“阿门！”克莱顿也虔诚地祈祷着。

“哦！上帝保佑，我这是还好好地活着吗！”

爱丝梅拉达在地板上坐着，大眼睛滴溜溜地转，似乎是在问这对年轻人。她大概是被吓傻了。

波特小姐愣了愣，等反应过来，后者已坐在矮矮的长凳上，发出了呜呜的哭声和嘶哑的笑声。

第十六章 不可思议

距离小屋南面几英里，有两个老头，正站在细长的沙滩上，你一言我一语地争论不休。

横亘在他们眼前的是烟波浩渺的大西洋，他们身后环绕着非洲大陆，周遭笼罩在一片浓密的夜色之中，这是一片不透光的原始森林。

咆哮声、号叫声，混合着各种神秘的、无法形容的奇声怪叫，萦绕在耳边。为了重返“宿营地”，他们已经晃悠了好长一段距离，可总觉得方向错了。就好像突然闯入了一个完全陌生的世界，根本找不到“迷途知返”的希望。

这是生死攸关的时刻，不运用聪明智慧，是无法解决的，为此，费兰德教授正在侃侃而谈：“可是，我亲爱的教授，”他说，“我坚持我的看法：要不是斐迪南（Ferdinand）[①]

① 斐迪南：亚拉冈王。亚拉冈曾独立为国，后归属于西班牙。——编者注

和伊莎贝拉（Lsabella）[①]于十五世纪在西班牙大战摩尔人[②]，世界肯定会比如今的样子进步一千年。摩尔人心胸开阔，极为宽容，崇尚自由，他们的农业、手工业和商业都很发达。正是因为像他们那样的人，在今日的美洲和欧洲，我们才看到现代文明的可能。至于西班牙……”

“啧啧，亲爱的费兰德先生，”波特教授打断道，“正是我们信仰的宗教，阻碍了你刚才所说的种种行业的发展。它标志着……”

“天啊，教授，”费兰德双眼直勾勾地盯着丛林，“好像有什么怪东西，在向我们靠近。”

费兰德先生是近视眼，阿基米德·波特教授赶紧朝他指的方向确认了一番。“啧啧，费兰德先生，”他的话语里略带责备，“你总是把我的提醒当耳边风吗？在思考某个即兴问题时，你必须全神贯注，才能摩擦出灵感的火花。而对于一个伟大的思想家来说，即兴思索是常有之事。而现在，我又发现你多了一个毛病，就是竟然不顾礼仪，冒冒失失打断我的思路，胡扯些猫科四足动物。我刚才是想说……”

“天哪，教授！那是狮子吗？”费兰德先生惊叫道。他的视力很差，双眼不由得眯成了一条小缝，紧张地盯着黑糊糊的灌木从中那个隐约可见的身影。

“是啊，是啊，费兰德先生，如果你一定要乱用俗语，说什么lion[③]的话，那就随你的便吧。我刚才要说什么来着……”

“哎哟，天哪！教授，”费兰德再一次打断他的话，

① 伊莎贝拉：斐迪南五世之妻，后为西班牙北部的女王。——编者注
② 非洲西北部伊斯兰教民族。——编者注
③ 费兰德先生口中的lion指的是狮子，而波特教授则以为他说的是勇士。——编者注

“请您务必听我把话说完：毋庸置疑，即便是我们先将‘猫科食肉动物’的话题讨论完，再来探讨世界性的灾难，那些在十五世纪就已战败的摩尔人，现在仍不可避免地生活在灾难之中。”

就在这个时候，那头狮子已经悄无声息地走了过来。它站在那儿，十分好奇地观望着这两个离它只有十步之遥的老头儿。

月光如水，倾泻在海滩边。这幅画面多么奇特：两个老头，一头雄狮，在黄沙的映衬下，轮廓鲜明，对比强烈。

“你简直太不像话了，我不得不说你了。”波特教授大声嚷嚷，比前一次更愤怒了，“费兰德先生，在我有生之年，还从没见过这种动物获得了在外面闲逛的自由。如果真有这种事，我一定不会容忍对这种道德规范的肆意践踏，我会毫不犹豫地报告给附近的动物园工作人员。”

“说得太对了，教授，”费兰德先生说，“越快越好，立刻就去！”

费兰德先生攥住教授的胳膊，拔腿便走，想尽可能拉开与狮子的距离。

因为担心狮子紧随其后，费兰德先生几步一回头，脚步越来越快。

“哦，刚才说过，费兰德先生……”波特教授仍然抓住刚才那个话题没完没了。

费兰德先生又朝身后飞快地瞥了一眼。这时，狮子也加快了速度，始终和他们保持着同样的距离。

“他跟着我们呢！”费兰德先生吓得大气不敢出，撒开腿跑起来。

“啧啧，费兰德先生，”教授责备道，“像你们这样身份的人，如此慌慌张张，成何体统？要是被朋友们看到了，他们会怎么想？哦，让我们做事更从容更得体些吧！”

费兰德先生频频回头。

狮子步履轻松，慢慢拉近了和他们的距离，现在只剩五步远了。

费兰德先生松开了教授的胳膊，像着了魔似的跑起来，速度快得简直可以和田径队的代表相媲美。

“我说过，费兰德先生……”波特教授自己也不由得放开嗓子，尖叫起来。在发怒的同时，他双眼的余光正好往后瞥了一眼，天啊，一双凶残的黄眼睛也在虎视眈眈，还有一张半张的嘴。这可是真正的近在咫尺！

月光下，阿基米德·波特教授身着燕尾服，头戴缎礼帽，跌跌撞撞地跟在塞缪尔·费兰德先生身后，在海滩上拼命逃跑。

在他们前方不远处，是一条狭窄的海岬，紧挨着丛林。波特教授看见塞缪尔·费兰德先生连蹦带跳，正往那儿飞跑过去，可能是想着能在丛林里找到避难所。就在那绰绰约约的树影里，有一双锐利的眼睛，正在津津有味地观看这场逃命赛。

是人猿泰山。他嘴边挂着笑意，对这场古怪的“猴子学样”的游戏充满兴趣。但他心里很清楚，短时间内，狮子是不会袭击这两个人的。熟谙丛林游戏的泰山一眼就看出了雄狮努玛已经酒足饭饱，所以才让这两个本可以一口吞掉的猎物在前方踉踉跄跄地逃跑。

雄狮可能会一直这样跟在他们身后，直到他累了饿了。只要不激怒他，他也可能很快就对这个无聊的游戏不再感兴趣，从而放过这两个老头。

当然，最危险的是，如果他们俩有一个人不小心摔了一跤，那这个“黄皮魔鬼”肯定会猛扑过去，一口咬死他。因为这样太刺激了，他经受不起这种诱惑。

想到这里，泰山连忙荡到一根临近地面的树枝上，这根树枝正好与那两个逐渐靠近的逃命汉成直线。塞缪尔·费兰德先生气喘吁吁地跑了过来，这时的他早已精疲力竭，根本就没力气爬树了。泰山一个“海底捞月”，攥紧他的衣领，将他提了起来，让他在自己旁边的树杈上坐了下来。

等波特教授跑过来，泰山又如法炮制将他提了起来。雄狮困惑不解，只得咆哮着跳了起来，想抓住正在消失的猎物。

老头们紧紧抱着粗树枝，喘着粗气。泰山背靠着树干，蹲在那里，饶有趣味地盯着他们。

第一个开口说话的还是波特教授。

“费兰德先生，我太伤心了。面对一个低等动物，你的表现居然如此胆小，毫无男子汉气概。还害得我拼了命追你，好继续和你探讨我们刚才的话题。听我说，费兰德先生，你先前打断了我的话，摩尔人……”

“阿基米德·波特教授，”费兰德先生冷冰冰地回应道，“有时候，忍耐是一种罪过，而罪过又会披上华丽的外衣。你谴责我胆小。你说你疯跑，只是为了追上我和我聊天，而不是为了从狮子的利爪之下逃生。请你注意点，阿基米德·波特教授！我可是个敢拼命的人。一忍再忍，虫子也会动弹，狗也会跳墙！”

“啧啧！费兰德先生，啧啧！”波特教授告诫道，“你真是太忘乎所以了。”

“我什么也没忘！阿基米德·波特教授。要不是尊重您在学术界的地位，和你的满头白发，我才不会如此委曲求全，竭力约束自己。”

教授沉默了片刻，接着满是皱纹的脸舒展开了，露出一丝微笑，但是夜色茫茫，谁也没有察觉到。没过多久，他开口道：“听我说，塞缪尔·费兰德，”语气里充满了挑战，“你要是想打架，那咱们就脱了外套，到地上去打。相信我，就像十六年前，在胖子伊文思（Porky Evans）的谷仓后头那条小胡同一样，我会将你打个鼻青脸肿。”

“阿尔克！[①]”费兰德先生吃惊得倒吸一口气，“阿尔克，你的话也太有意思了。你通情达理时，我很尊重你。可这二十年来，你好像将‘人情世故’一词忘得一干二净了。”

教授颤巍巍地伸出一只手，那只手瘦骨嶙峋的，倍显苍老。它在黑暗中摸索着，停在了老朋友的肩膀上。

“原谅我，费兰德。”他喃喃地说，“还没有二十年呢。只有上帝才知道，自从他将另一个珍妮从我身边夺走之后，为了女儿，为了你，我可是时时刻刻都在努力让自己尽量通情达理！”

听到这话，费兰德也伸出了自己那只苍老的手，紧紧握住了朋友的手。此时此刻，再无语言比得上这个动作了。

他们沉浸在心灵相通之中，半晌没有言语。狮子在树下紧张地踱来踱去。泰山一声不吭地蹲在密密的树叶里，就像一尊雕像，一动不动。

“在这千钧一发之际，多亏了你拉我一把。”教授终于开口道，“我非常感激你的救命之恩。”

“可我没拉你啊，教授。”费兰德诧异地说，“天哪，我们俩光顾耍嘴皮了，竟然忘了这事。我自己也是被别的力量拉上树的。这棵树上一定有什么东西，或是人，和我们躲

---

① 阿基米德的昵称。——编者注

在一起。”

“真的吗？”波特教授不由得喊出声，“你确定吗？费兰德先生？”

“绝对的，教授。”费兰德先生答道，“我想，我们应该感谢这个人。他可能就坐在您旁边呢，教授。”

“什么？你在说什么呀？啧啧！费兰德先生，啧啧！”波特教授边说边小心翼翼地挤向费兰德。

正在这时，一种可怕的声音响彻在两个老头的上空。这是人猿泰山发出来的。因为他觉得雄狮在下面徘徊的时候也够久的了，便仰面朝天发出了这种声音，意在挑战或是警告敌人。

这两个可怜的老头浑身颤抖，紧紧相拥，蜷缩在那棵摇摇晃晃的树枝上。借着月光，他们看到地面上的那头狮子在听到这令人胆战心惊的吼声之后，也停下了脚步，飞快地跑向丛林深处，没一会儿便消失得无影无踪了。

“看，狮子都吓得发抖。”费兰德先生轻声说。

“太不可思议了！太不可思议了！”波特教授喃喃着，神经失常地抓往费兰德先生，刚才的惊吓让他险些掉了下去。不幸的是，费兰德此刻的重心也不稳了，只要波特教授稍微施加点儿重力，这位忠心耿耿的秘书肯定会一头从树上栽倒下去。

就这样，他们俩在树上摇来晃去，最后抱成一团，同时从树上跌了下来，异口同声地发出尖叫，全无学者的风范。

很长一段时间，这两个老人都只能躺在地上，动弹不得。因为他们觉得，如果已经皮开肉绽、骨头尽断，那最好就不要再动了。

最后，还是波特教授动了动左腿，发现它还是和原来一样，然后抬起另一条腿，伸展了一下。

“太不可思议了，太不可思议了。”他又嘟囔着。

“感谢上帝，教授。”费兰德先生压低嗓门儿，满心欢喜地说，“这么说来，您还活着？”

“啧啧，费兰德先生，啧啧。”波特教授说，“我还没完全弄清楚呢！”

波特教授又急急忙忙扭了扭右臂，太好了！这条胳膊，也是完好无缺的。他屏住呼吸，仍然平躺着，甩了甩左臂，也是毫无障碍。

“太不可思议了，太不可思议了！”他说。

“您这是给谁发信号呢，教授？”费兰德兴高采烈地问道。

波特教授对这个幼稚的问题不屑一答。他微微抬起头，前后活动了六七次。

“太不可思议了！”他说，“我的脖子也能动。”

费兰德先生一直没有半点动弹。他根本就不敢这样尝试。如果一个人摔断了四肢，骨头都碎了，他还怎么能够动弹呢？

柔软的沙土遮住了他一只眼睛，他只好用另一只眼斜睨着还躺在地上的波特教授。

“多惨呀！”费兰德先生感叹道，“脑震荡，外加全身性心理失常。这可真是太惨了！可怜我还这么年轻！”

波特教授慢慢爬了起来，小心翼翼地弯着腰，像极了一只嗷嗷叫着与狗狗对峙的公猫。他坐在地上，上上下下将自己摸了个遍。

“一样没少，全在呢，”他高兴地喊道，“太不可思议了！”

于是，他站直了身，轻蔑地瞥了一眼仍然躺在地上的塞缪尔·费兰德：

“啧啧！费兰德先生。你还想舒舒服服睡个懒觉啊，这可不是时候。赶快起来，我们还得干正事呢！”

费兰德先生扒开沙土，睁开一只眼睛，气鼓鼓地盯着波特教授，然后也试着爬起来，哎呀，居然成功了！

波特教授那刻薄的讽刺，让他十分生气，他觉得太不公平了。他要报复，也得好好挖苦一顿教授不可。这时，他突然发现有一个奇怪的身影，正在偷窥他们，就在几步开外。

波特教授将缎帽里里外外仔细擦了一遍，戴到头上。看到费兰德朝他身后指指点点，便不耐烦地转过脸，看见一个巨人岿然不动地立在他的面前。那个巨人只在腰间围了块布，戴了几件金属配饰，除此之外，全身裸露。

“晚上好，先生！”教授摘下帽子招呼道。

巨人没有作答，只是打着手势，意思是让他们跟他走。然后，他径直朝海滩大步走去。就是他们刚才逃进丛林的方向。

“我想，我们还是跟着他走比较好。”费兰德先生说。

“啧啧，费兰德先生，”教授回答道，“刚才你还信誓旦旦地说宿营地在正南。我当时表示不同意，到最后还是勉强同意了你的观点。现在，我却坚信，我们必须朝南走，才能够和朋友们会合。所以，我是要继续往南走的。”

“可是，波特教授，也许这个人对这儿比我俩熟悉呢。看起来，他像是在这儿长大的。要不，我们先跟他走上一小段吧。”

“啧啧，费兰德先生，”教授又说，“别人一般很难说服我，但是我一般被说服，又不会轻易改变。因此，哪怕我要绕非洲大陆走一圈才能到达目的地，我也要选择朝南前进。”

泰山发现两个怪人并没跟上他，便折了回来，朝他们比画着，可两个老头还站在那儿争论不休。

泰山对他们的无知和固执失去了耐心，一把抓住费兰德哆哆嗦嗦的肩膀，还没等他弄明白对方是要将自己置于死地，还是留条活命时，脖颈上已经被套了根结实的绳索。

“啧啧，费兰德先生，”波特教授告诫道，“要是你屈服于这种侮辱，也太没骨气了！”

他的话音刚落，自己的脖子也被同一根绳索套了个结实。泰山拉着这两个老头，头也不回地往北走。

老头们又疲倦又羞愧，在死寂的世界中迈着步子。他们以为走了很久，实际上没过多时，翻过一道小坡，小屋就坐落在前面不到一百码的地方。老头们高兴坏了。

泰山解开了绳索，指了指小屋，便消失在附近的丛林里。

“太不可思议了，太不可思议了！”教授上气不接下气地说，“你瞧，费兰德先生，一如既往，我说的话总是对的。要不是你固执己见，我们也不会平白无故受此屈辱，还险些要了我的老命。以后你要虚心听从比自己更成熟、更有阅历的心灵的指引。”

这场历险以大团圆为结局，已经让塞缪尔·费兰德先生倍感宽慰，所以他也顾不得教授那些尖酸刻薄的话，挽起他的胳膊，匆匆走向小屋。

劫后余生的几人品尝着快乐，兴致勃勃地讲述着各自的遭遇，并纷纷推测这位奇怪的救命恩人，到底是谁呢？在这荒凉的海岸上，他们可没有熟人。直到曙光初晓，他们仍不觉疲惫。

爱丝梅拉达一口咬定这是上帝派来的天使，特意来保护他们的。

克莱顿笑道：“那是因为你没看见他囫囵吞枣地生吃狮子肉的时候，爱丝梅拉达。要是你亲临现场，你就会觉得，他和不食人间烟火的天使可差得十万八千里。”

“他的声音也没有半点来自天国的意味。”珍妮·波特接话道，她想起了那头母狮死后，“人猿”发出来的可怕的吼叫声，不由得打了个寒战。

“他的行为举止，和我想象中的神的使者也颇为不同，后者是端庄的，”波特教授说，“这位先生……哦，怎么可以拴着两位受人尊敬、造诣甚高的学者的脖子，就像牵牛拉马似的，拉着他们穿过丛林！”

第十七章 勋爵的葬礼

直到天色大亮，他们才打起精神，准备吃点东西。算起来，从前天早晨到现在，他们都还没顾上吃点东西、打个小盹。

饥肠辘辘的他们，拿出“阿罗号”的叛匪们给他们留下的一些肉干儿、罐头汤、蔬菜、饼干、面粉、茶和咖啡，就这样，他们匆匆忙忙地勉强填饱了肚子。

若干年前发生在这里的悲剧，让小屋仍残留着可怕的尸骨，为了让这房间可以勉强住人，大伙儿决定先将这“不吉利的东西”清理出去。

波特教授和费兰德先生很仔细地将那几具骷髅查看了一番，颇感兴趣地下了结论：那两具成人的骷髅都是白人，一具是男性，一具是女性。躺在摇篮里的那具极小的骨架，虽然没怎么看，但毋庸置疑，准是那对不幸夫妇的婴儿了。

在埋葬尸骨的时候，克莱顿发现了一枚很重的戒指，是那具男骷髅戴的，因为那个小金圈还套在一根细细的手指骨上。

克莱顿捡起戒指仔细一看，突然惊声尖叫起来，原来格雷斯托克家族的徽号清晰地刻在那枚戒指上。

此时的珍妮正在翻阅书柜里的书，还打开了其中一本。只见扉页上清晰地写着“约翰·克莱顿，伦敦”几个字。她赶紧打开另一本查看，格雷斯托克——这是书中唯一出现的姓氏。

“看这里，克莱顿先生，”她喊道，“为什么会这样？这些书上居然签的都是你的族人的名字。”

“看这个，这是格雷斯托克家族的戒指，上一次出现还是在格雷斯托克勋爵一世的手上，也就是大家公认为我的叔父约翰·克莱顿失踪大海之前。”克莱顿若有所思，一脸严肃。

“可这一切又怎么解释呢？原本消失在大海的人，现在居然出现在了非洲原始森林里。”姑娘几近疯狂地叫喊着。

“很简单，波特小姐。”克莱顿说，“格雷斯托克勋爵死在这里，而非葬身大海，地板上这具惨不忍睹的骷髅便是他的遗骨！”

珍妮指着床上那堆白骨，恭恭敬敬地说：“那么，这位就是格雷斯托克夫人没错了。”

“我常听父母讲起她的美貌与崇高的品德，啊，美丽的爱丽丝夫人，可怜的女人！”克莱顿悲戚地说道。

怀着一种深深的崇敬，他们把格雷斯托克勋爵夫妇的遗骨埋在这间非洲小屋的旁边，在他们中间放着母猿卡拉的婴儿的遗骨。整个过程，他们的神情都非常庄严肃穆。

费兰德将那堆细碎的婴儿的骨骼用帆布包了起来，做这些时，他不由得仔细观察了一番那个小小的头骨，然后将波特教授叫到身边，两人又压低嗓门儿争论起来：

“太不可思议了！太不可思议了！”波特教授说。

“天哪！”费兰德先生说，“我们一定要马上把这个发现告诉克莱顿先生。”

“啧啧，费兰德先生。啧啧！”阿基米德·波特教授反对道，“让尘归尘，土归土，过去已经死亡的就让它埋葬了吧。”

就这样，这位白发苍苍的老人对这座奇异的坟墓重复着这句“悼词”。

四个同伴与他并肩而立，一齐弯腰鞠躬，脱帽致敬。

泰山潜伏在树上，目睹了这场肃穆的葬礼的全过程，但他的目光与心思却全落在珍妮·波特那漂亮的面庞和优雅的身材上面。

有一种从未有过的激情开始在他那质朴的、未曾开化的胸膛里涌动，对于这种感情，连他自己都琢磨不透，很奇怪自己为何如此舍命去救那三个男人，可从这个柔弱的姑娘身边拉走那头狮子却自认理所当然。

在他看来，这几个男人肯定不但愚蠢，还都胆小如鼠，甚至还不如狮子努玛机灵。过去他一直因自己的高尚血统而骄傲，但如果要和这几个男人成为同类的话，肯定会让他对自己有所贬低的。

但这个姑娘不同，她所有的一切都是例外，他也不明白这是为什么。他只是觉得她特别需要保护，而自己，就是那个可以保护她不受伤害的人。

让他不解的是，没有谁会去偷这些残骸的，这些人为什么要挖这么大个坑，来埋这些骨头呢？

要是骨头上还有肉的话，就好理解了，防止鬣狗或者别的“丛林强盗”偷吃猎物时，丛林的伙伴们就经常采用这种办法。

填好坟坑，参与葬礼的人陆续返回小屋，爱丝梅拉达本来还在为陌生的却已然去世的勋爵悲痛哭泣，此刻往港湾方向不经意的一瞥，就让她当即停止了啜泣。

“那群坏蛋太欺负我们了，你们看，现在他们就要从这里溜走了。”她指着“阿罗号”大喊大叫。

此刻的“阿罗号”已经起锚，向着大海的方向缓缓驶离港湾的出入口。

“这群混蛋，答应留些炸药和武器给我们的呢，畜生。”克莱顿大骂道。

“都是些无赖，但是这主意肯定不是那个叫斯纳帕斯的人出的，这群人里就他还有点人性，他一定会将我们安顿好的，只要他没被杀死的话。”

“我以为他们会在起航之前来看我们一次的，真遗憾，如果可以把那些财宝留给我们该多好啊，要是被他们弄丢了，我就被毁了。”

珍妮绝望地看着父亲，面露悲伤。但她还是安慰道：“亲爱的父亲大人，没关系的，他们这种人什么事都干得出来，不仅可以为了钱财杀害主人，还将我们丢在这阴森的海滩，您求他们是没有什么用处的。”

“很好，很好，孩子！”波特教授说，“你是个不错的姑娘，不过毕竟你还是缺乏在严峻现实中求生的能力和经验。”说完，他转身朝着丛林方向慢慢走去，双眼死死盯着脚下的土地，双手则反置于修长的燕尾服之下。

看着他转身离去的背影，女儿苦笑一声，悄悄对费兰德先生说：“可不能再让他像昨天那样迷路了，一切都拜托您了，得把他牢牢看紧才行。”

“他的情绪越发难以自控了。”费兰德先生叹息着摇头说道，“他总能知道昨天夜里哪头狮子在外头闲逛，现在正要去向动物园管理员汇报情况呢！咳，小姐，我猜你肯定想象不到他有多难对付。”

“你错了，费兰德先生，我知道的。虽然我们都非常爱他，但只有您才能让他乖乖听话。因为不管您跟他谈论什么，他都非常敬仰您渊博的学识，所以无论如何，他对您做出的决定是坚信不疑的。我那可怜的父亲，压根儿就分辨不了博学和聪慧的内涵。”

此时此刻，费兰德心里既宽容，又迷雾重重。他回味着波特小姐的那番话，那话虽是恭维，却又颇具讽刺意味，他不知道是该受宠若惊呢，还是替自己打抱不平？他一边想着一边转身去追波特教授。

本来船对泰山来说，是个非常奇妙的玩意儿，再加上“阿罗号”驶离海岸线时，他察觉到那些人脸上的表情都异常惶恐。所以，他当即决定赶往海滩入口处，在北边一条突出的海岬上，近距离瞧瞧这艘船，最好是搞清楚它的去向。

于是，他荡着树枝，飞快地穿梭于丛林中，就在船刚要驶离海湾的时候到达了那条海岬。才得以将这栋在水上飘荡的“奇屋”看个了究竟。

甲板上大概有二十几个人在东奔西跑地拉船上的绳子。

微风缓缓拂来。船儿驶离海湾时，还未升起几片船帆。一出港口，所有的帆都被升起来了，如此一来，便可在大海里自由翱翔了。

灵巧的动作，完美的配合，泰山已经完全对这条船着了迷。若是允许，他特别想跑到船上仔细打量。没过多久，一缕青烟从北边海面上升起，这自然逃不过他锐利的双眼。他很好奇，这种东西是怎么出现在苍茫的大海上的？

还不到几分钟，泰山就发现船开始降帆了，船头也在掉转，果然，没多久，它就靠岸了，应该是“阿罗号”瞭望台上有人发现了这缕青烟。

令泰山迷惑的是，船头那人为什么要一直往海里扔一根挂着一个铁玩意儿的绳子。

在一片混乱中，抛锚、落帆，“阿罗号”抵抗住风的阻力，停靠在了海港口。

他们把一只装有大箱的小船放了出来。小船一下水，十二个水手便迅速划着桨，飞快地向着海岬的方向驶来。此时的泰山就潜伏在那儿的一棵树上。

小船越来越近，泰山清楚地看见站在船尾的就是“老鼠脸”。

很快，小船便被搁浅在海滩上了。船上的人迅速跳了下来，赶忙将大箱子扛出来，置于沙滩上。这些人正处于海岬的北面，所以，小屋那边的人压根儿就看不见这里的情形。

那些人满脸怒意地吵了一小会儿，“老鼠脸”和另外几个伙伴爬上泰山潜伏着的岸堤，左看看，右瞧瞧。

“这地儿不错。”“老鼠脸”指着泰山藏身的那棵树说道。

“放哪儿都行。”其中一个伙伴说，“若是别人在船上发现这箱宝物，就会拿去充公的。我们得抓紧时间，将它埋起来，赶明儿，若是谁能逃过绞刑架的制裁，那个人就有机会回来取走它，它足够你花上一辈子了。”

还有几个人站在船上慢慢吞吞，不知该怎么做。“老鼠脸”朝他们大喊了几声，他们才各自扛着铁锹和镐头极不情愿地走上岸来。

“你们这群蠢货，快点儿干。”斯纳帕斯，也就是“老鼠脸”大声呵斥着。

“喊什么喊！”有人受不了了，“你个天杀的死矬子，你是舰队总指挥吗！”

“必须让你们明白，我就是船长，你是船员，就是这样。”斯纳帕斯一张嘴就是一大串难听的话，他所有的话几乎都是叫喊出来的。

“伙计们，小心为妙！要知道如果我们自己打起来了，大家都不会有个好结果！”一个之前一直沉默的水手插嘴道。

“对极了。”另一个水手也不满于斯纳帕斯这种目中无人的行径，于是附和道，“倘若我们任由这个嚣张的家伙在这里折腾，大伙也不会有什么好结果！”

“你们在这里挖，要留意所在的位置，彼得（Peter）你来画图，标注一下。这样一来，我们以后就可以按照地图来找着它了。对了，汤姆（Tom）和比尔（Bill），你们带两个弟兄去把箱子抬到这里来。”斯纳帕斯指着树下的某个地方颐指气使起来。

“那你做什么呢？就只站在那儿当监工？”先前那个水手看不下去了。

“赶紧干活儿！难道你还指望作为你们船长的我，也拿把铁锹挖土，你是这个意思吗？”斯纳帕斯恶狠狠地说。

这话激怒了水手们，大家怒不可遏地抬起了头，没有人喜欢斯纳帕斯，尤其是他杀了他们的头儿以后，更是无所顾忌地嚣张跋扈起来，大家恨不得亲手宰了他。

“你的意思是不愿意和大伙儿一块儿拿着铁锹，把活儿干完吗？难道你肩膀上的伤已经严重到这个地步了吗？”向来和他对着干的塔兰特（Tarrant）气愤地说。

“怎么会呢！”斯纳帕斯开始警觉起来，手指也不自觉地握着手枪的枪把。

“那也就是说是上帝不希望你干活儿吗？”塔兰特说，“既然不想抡锹，那就拿镐吧！”

话音未落，他就抡起一把镐狠狠砸了过去，立刻将斯纳帕斯的脑门给砸了个稀巴烂。

塔兰特如此快速的冷酷行为，着实让水手们震惊了。后来还是另一位水手打破了沉默。

“这个混蛋是罪有应得！”他说。

一个水手默不作声地举起镐，开始刨土，土很松，他便将手头的镐扔掉，换了一把铁锹继续刨。其他的水手见状，也各自动手挖了起来。非常默契地再没提起这场凶杀案。最明显的区别是，大伙儿这时候的心情比刚才被使唤的那阵好多了。

大伙齐心协力，没多久就挖好了坑。塔兰特建议将坑挖得再大一点儿，这样可以把斯纳帕斯的尸体也放在箱子上面。

“这样多多少少可以迷惑一下正好挖到这个地方的人。”他解释说。

这么绝妙的主意一下就得到了大伙的一致赞同，一起把坑加长了些，刚好可以盛下那具尸体；然后又将坑向下挖深了些，用来放那个箱子。他们用船帆的篷布包着箱子放进坑里。放下去之后，箱顶距离墓穴还有一英尺，大伙儿便往里添土，直到和墓穴一样平，真可谓是天衣无缝。

两名水手先取下斯纳帕斯的枪和别的小佩件，将这些东西分给了挖坑的人，然后把尸体随便混乱扔进坑里了。

他们用土把坟坑填满，上去踩平一些，直到表面看不出有什么突兀之处。

接下来就是将挖出来的土四处撒开，又找来些干枯的树枝、灌木乱扔在“坟地”上，做得尽量自然，完全掩盖了这块土地曾被人践踏的痕迹。

处理好这一切之后，水手们立即赶回小船，飞也似朝“阿罗号”划去。

那一缕青烟已清晰可见，迎着微风，袅袅升起。那群经历过叛乱的水手们趁机将全部风帆扬起，向着西南方向逃命去了。

这一切全被泰山清清楚楚地看在眼里。从未见过这么多人，再加上他们的古怪行为，泰山陷入了深深的思索中。

他想，我是多么幸运能生活在静谧安详的大森林里啊！总好过整天面对那些比丛林的野兽还要愚蠢野蛮的人类。

令泰山纳闷的是，如果他们不想要那个箱子，干吗不把它直接扔进大海得了？为什么还要如此大费周章？再说，箱子里到底装了些什么东西呢？

肯定是这样的，他们需要这箱子东西。而现在把它藏在这儿，大概是希望以后再回来取这个箱子，泰山越想越兴奋。

泰山从树上一跃而下，马上对他们刚刚挖过的那块地进行搜寻，想看看能不能找到自己喜欢的东西。他很快就将他们扔在坟地上的铁锹找到了。

他想学着水手们的样子提起铁锨来挖，可总感觉非常别扭，还把光脚丫给碰破了。不管怎样，他还是抡着铁锹一口气往下挖着，很快那具尸体就露出来了。他将它拖出来后直接扔在了一边.

他接着开始往下挖，直到将箱子挖出来，然后把它拿出来放到尸体旁，并将下面的小坑用土填平，接着把尸体扔进去后填上土，用灌木和柏枝盖上，一切处理妥当之后才走到箱子跟前。

四个水手抬着都很吃力的箱子，在泰山手里却好像是空的一样，他在那把铁锨上拴了根绳子，斜挎到背上，然后提着箱子向密林深处走去。

他沿着小路一直走，花了不少时间，毕竟带着这些累赘是没法儿荡着树枝穿行的。

他朝东稍稍偏北走了好几个小时，才走到一堵密不透风的树木、藤蔓、匍匐植物交织而成的“高墙”前。沿着比较低的树枝吃力地往上攀援了十五分钟，便出现在猿群举行“会议”共商大事，或是庆祝“哒姆——哒姆”狂欢节的那个“小戏台”上。

离泥鼓或者说祭坛不远的地方是林中空地，他在那里开挖了起来。和刚刚填进坟坑的松土相比，这可费劲多了，可是人猿泰山硬是坚持着挖了下去，直到挖出一个能把箱子严严实实藏起来的深坑。

他为什么要做这种不辞劳苦的事呢？他甚至连这个箱子里装的什么东西都不知道。

人的体型与头脑，外界的环境和长期的训练把他练就成了一只猿，这就是人猿泰山。直觉告诉他，箱子里的东西肯定特别珍贵，不然那群人也不会要把它藏起来，长期的生存训练使他拥有超强的模仿能力，再加上强烈的好奇心，促使他想去打开箱子，看看里面装了些什么东西。

但天不遂人愿，那把大锁和结实的铁箍让他尝到了无能为力的苦头，好奇心得不到满足，好吧，还是先藏起来再作打算。

泰山一路走一路寻找食物，等回到那座小屋附近，天已经完全黑了。

克莱顿找到了一罐二十年没有人动过的油。这还是黑迈当年留给克莱顿夫妇的。那几盏灯也仍然很好用，看着小屋里像白天一样明亮，泰山简直目瞪口呆了。

他以前一直纳闷这些灯到底有什么用处。通过阅读和看图画，他知道那是灯，可是一直不明白，它们怎么就能放射出奇妙的“阳光”？因为有些画儿把它们画得能照亮所有的东西。

他走近靠近屋门的那个小窗，看见小屋被树枝和帆篷布临时隔成了两部分。

三个男人住在前面那个小间。两个老头儿还在喋喋不休地争论什么。年轻小伙儿背靠着墙，坐在临时搭成的一个长凳上，正在全神贯注读一本属于泰山的书。

泰山对这几个男人没有特别的兴趣，便去找另外两个窗户。姑娘在那儿，她的容貌多么漂亮！她那雪白的皮肤多么娇嫩！

她正在窗户下面属于泰山的那张书桌前写着什么。屋子尽头的一堆干草上躺着那个黑人妇女，正呼呼大睡。

泰山在姑娘写字的时候，盯着她整整看了一个小时，他多么想和她说点什么，但是不敢。他相信，跟那个年轻的小伙儿一样，她听不懂他说的猿语，而且他生怕吓着了她。

她终于把写下的东西放在桌上，站起身，走到床前。床上已经铺了几层松软的草，她又重新整理了一下。

接着，她将盘在头顶的金发解开，如瀑布飞泻而下一般，泰山眼中在微微闪光。回过神来才发现原来是飘洒下来的满头秀发，因灯光的照射，闪烁着纯金般耀眼的光彩，将她那张椭圆形的脸映衬得光鲜亮丽。姑娘的秀发及腰，曲线愈加迷人。

泰山已经完全迷醉在这情景中。直到她熄灯以后，小屋立刻就被黑暗包围着了。

泰山似乎还在守望着什么。他趴在窗户下面静静守候着，约莫半个小时后，终于听见她均匀的呼吸声，他知道她已经入睡了。

就着隔栅中间的空隙，他小心翼翼地把手伸进去，直到两条胳膊都无法进去半分。他在桌上辛苦地摸索了半天，终于摸到了珍妮写的那几张纸。然后如手捧珍珠似的一点点地将胳膊和手抽出来。

泰山把那几张纸简单而又用心地对折了几下，然后塞进箭袋，就像影子似的悄无声息地消失在月光丛林里。

第十八章　珍妮被劫

第二天一大早，泰山早早地醒来。那几张纸，已如山洪般侵占了他思想的全部，新的一天想到的第一样东西，还有昨天夜里入睡前最后想的一样东西都是它。

他迫不及待地掏出来，心怀忐忑坐立不安，只希望老天眷顾可以让他看懂美人所写的东西。

可是还没细看便让他尝到了失望的滋味。从他内心里发出的渴望，从未如此强烈，这个闯入他生活的仙女所写下的东西已占据了他的全部，想要看懂的烈火在他胸中熊熊燃起。不管是不是写给他的，他现在想做的，就是了解她的一点点思想和感情就够了。

多么奇妙啊，如此潦草的字，真心把泰山给难住了。怎么办呢，从来没有见过这种字迹，再说，书里的印刷体和他找到的那几封信里的手写体和这个都是不同的，这种字体的倾斜方向是完全相反的。

对他来说，能够熟悉那本书上的小“昆虫”已经相当不易了，虽然他并不懂其中的含义，不过那也是因为排列次序不同罢了。但是面对眼前的这些素未谋面的“朋友”，他却显得那么的无能为力。

经过约莫二十分钟的“严防死守”，那些素未谋面的“朋友”们突然就变得熟悉起来了，原来，写的字太潦草了，居然还可以让老朋友变得陌生起来。

值得高兴的是，他一个字一个字地慢慢认出来了，内心的喜悦不可言说，是啊，看来读懂它并不是什么难事了。

完全掌握仙女的书写规律是在半小时之后，此时泰山已经能够很顺畅地阅读下去了，虽然会有个别字不认识。

以下就是他所理解的那封信：

非洲西海岸，大约南纬十度（克莱顿先生如是说）

一九零九年二月三日

亲爱的海泽尔（Hazel）：

我是有多傻啊，居然给你写一封你永远都读不到的信，可是如果不把我这次倒霉的经历告诉什么人，抒发一下坐上“阿罗号”离开欧洲以后的感想，我估计自己是很难痛快起来了。

现在很有可能发生的一件事情就是，我们恐怕永远都回不到文明社会了，不管怎样，还是希望这封信可以记录些什么事情，也不管结局如何，就容许我这么写下去吧。

正如你所知道的，对于我们此次出门旅游，大家公认的看法是为了到刚果做一次科学考察。可爸爸不知从哪里得到了一套理论，认为在刚果河河谷的什么地方，埋藏着一种空前绝后的史前文化。但实际上，直到扬帆出海一看，我们才明白此行真正目的。

在巴尔的摩[1]的一个角落里，有一个老书呆子开了一家专卖古书古玩的店铺。他发现了一封一五五零年写的信，就藏在一本非常古老的西班牙手稿里。信中提到有一艘从西班牙驶往南美洲的大帆船，据说船上载有一笔巨大的财富，我猜大概是西班牙古金币和古银币之类的。后来这艘船发生了叛乱，让所有船员都陷入了无法挽回的困境，整件事都充满了荒诞不经的海盗故事色彩。

写信的人就是此行船员中的一人，并且在写信时他已经成为一艘西班牙商船的船长了，而收信人就是他的儿子。

事情已经过去很多年，他住在西班牙一座偏僻的小城，已然成了一位受人尊敬的老头儿，但爱财如命，死守了这么多年的如何得到这笔巨大财富的办法，还是不惜冒险告诉了他的儿子。

信中提到，船上发生叛乱是离开西班牙约莫一个星期的时候，叛匪杀死了所有反对他们的人，但愚蠢的是，这无异于搬起石头砸自己的脚，因为杀死了船长以及大、二、三副，剩下的这帮人谁也不懂得在大海里驾驶船只的技术。他们只得任凭风浪摆布，在大海里漂泊了整整一两个月。因为饥饿和坏血病，他们死的死，病的病，幸运的是大船后来漂到一座小岛旁。

大帆船因为与海滩的冲击而撞得稀烂，令人称奇的是，那十位幸存者在这种情况下还是设法抢出了一箱子财宝。

他们在这个小岛上把箱子藏好后就安顿了下来，结果一住就是整整三年，还是没人来将他们救走。

① 美国的一个城市。——编者注

因为疾病的侵袭，这些人接二连三地死去，最后只剩下这个写信的人了。这期间，这几个人曾经将那艘西班牙大帆船的残骸收集起来，经过改造后，做了一条小船，可是因为不知这座小岛的位置，一直不敢出海。

当最后只剩下那个写信的人的时候，他再也忍受不住这痛苦的煎熬，约莫经过漫长而又孤寂的一年时光，便毅然决然地坐着那条小船驶向茫茫大海，是啊，宁可用冒险来换取生命，也不想在这荒凉孤寂中等死。

幸运的是，他一直朝北航行，不到一个星期便进入西班牙商船从西印度到西班牙的航线，一艘开往西班牙的商船救了他。

他向他们讲述了遇难的经过，也只是提到海上失事后只幸存了少数几个人，后来漂到一座小岛之后因为疾病，其他的人也慢慢都死了，最后只剩下他一个人，全然未提关于叛乱和埋藏财宝的事。

根据搭救他的位置和过去一个星期的风向判断，商船船长断言他一定是从绿角群岛①中的某一座小岛漂来的。这座群岛在非洲的西海岸，大约北纬十六度到十七度。

那封信详细描述了那座小岛和宝藏埋藏的地方，还附了一张你不曾见过的粗糙而又古老的老式地图，地图上画了些树木、岩石，还乱涂着些十字交叉的记号，表明埋那箱财富的准确地方。

听完爸爸给我讲完此行的目的，我的心瞬间就凉了半截。要知道我爸爸总是沉浸在虚幻的世界中，很容易被人捉弄，我不希望他受到伤害。你无法想象，他竟然花了一千美

---

① 绿角群岛（Cape verde Lslands）：在非洲之西大西洋中，隶属于葡萄牙。——编者注

元去弄到这封信和地图。更夸张的是，他还向罗伯特·康勒（Robert Conlel）借了一万美元，并且还立了字据。

天啊，你知道我多恨康勒先生，他不需要什么抵押品，可是亲爱的，如果爸爸还不了这笔钱，这对于我们这个家来说意味着什么。

一路上我们都尽量往好的一面去想。当然，和我一样疑虑重重的不只我一个，在伦敦和我们搭伙的一心想冒险的费兰德和克莱顿先生就和我一样。

对了，话说回来，我们找到了小岛上的那箱财宝了，那是一个很大的橡木箱子，外面有好几道铁箍，包了好几层浸了油的帆布。跟三百年前埋下去的时候一样完好无损。

箱子里面装满的金币太重了，就是四个人一起抬也会把腰给压弯的。

死亡和不幸是这箱子给所有能与它沾上边的人带来的诅咒。由于离开绿角群岛才三天时间，我们的船员也发生了叛乱，将船上所有的头儿都杀了。

天啊，无法想象的可怕经历，我现在是无法将这一切描绘出来。

本来我们差一点点就没命了的，但金（King）——这伙叛匪的头头没让他们这么干。于是他们沿着海岸向南航行，在一个僻静的地方，发现一个很好的港湾，便强迫我们在这儿登陆，最后干脆将我们扔在这片荒凉的海滩上不管了。

就在今天，他们携带财宝逃之夭夭了，我相信克莱顿先生的说法，他们的命运终究只会和三百年前那艘西班牙大帆船的叛徒们一样，只会是一场噩梦，因为在我们登陆那天，船上唯一懂得航海知识的金也被杀死在海滩上了。

克莱顿先生是一个值得深交的好先生，真希望你也可以认识他。总有一天，他必定会继承勋爵的封号和财产。再说，他本身就十分富有，但我真的好难过，只要一想到他将成为一个英国勋爵。你应该知道我是多么瞧不起那些和有爵位的外国人联姻的美国姑娘啊。天啦，多希望他只是个普通的美国人啊。

不过呢，亲爱的，我知道这并不是他的错，毕竟除了出身，他给我们国家带来了各种各样的荣耀。我也一直这么认为，这都是对于一个男人来说所能得到的最高奖赏了。

这是一块神奇的土地，自从踏进这里以来，各种可怕的事情开始发生在我们身上。有一次，爸爸和费兰德先生在密林里迷了路，结果差点儿被一头狮子给吃了。

后来克莱顿先生也在迷路途中两次遭受野兽的袭击。而我和爱丝梅拉达则被一头凶残的吃人狮子给堵在一间破屋子里。当时吓得我们都要哭了，爱丝梅拉达就一个劲儿地说“吓死人了”。

还有一个非常神秘的人，真的好奇怪，克莱顿先生、爸爸和费兰德先生懂看到过他，但是我没有。他们是这样描述他的：白人，皮肤黝黑，拥有大象的气力、猴子的敏锐、狮子的勇敢，一个几乎完美的神！

他不会讲英文，感觉像个幽灵一般，他会在我们遇到困难的时候勇敢站出来，然后又会神秘地消失。

我们还有一个写得一手好字的奇怪邻居。为了让我们不要损坏他的东西，他还在这间小屋门上留了纸条，署名“人猿泰山”。我们还没有正式见过面，但我们相信他就在附近，当时有个水手正要向克莱顿开枪，突然从密林里飞来一支长矛将他刺伤了。

叛徒们留给我们的食物太少了，我们也只有一支手枪和三粒子弹，虽然费兰德先生一直在说，只有靠森林里随处可见的野果就可以活命，可是天啊，我们要怎么样才可以弄到点肉吃啊。

亲爱的，此刻的我太累了，必须躺到那张古怪的床上睡觉才行了，克莱顿先生给我铺了些草在上面，以后事态怎么发展，我会通过写信的方式告诉你的。

爱你的珍妮·波特

将这封信读完后，泰山坐在那里思索良久，信中提到了好多的新奇事，泰山的脑袋开始乱糟糟的了，他决定要慢慢地把这些事一件件消化掉。

原来他们还不知道我就是人猿泰山，泰山心想，我要告诉他们真相。

之前，为了挡风遮雨，他用树枝和树叶在那棵树上搭了一个小棚子，然后又从小屋里带了几件宝贝藏在椰子中，当然，这些宝贝包括几支铅笔。

现在，他从中抽出了一支，并在珍妮·波特的信下写道：我就是人猿泰山。

他想这应该就足够了，稍事休息后再把这封信送回那间小屋。

他们没必要担心食物的问题了，泰山想，我会随时供应到位的。

第三天一大早，就发生了一件令珍妮疑惑不解的事，前天晚上丢的信居然又回到了原位。当签名下面那一行字映入眼帘的时候，一股凉气瞬间流遍全身。她赶忙把那封信，准确来说，只是最后那页有她签名的拿给克莱顿看。

“想想看，”她说，“这个神秘的家伙可能趁我写信的时候一直躲在某个地方偷看我，天啊，只要想一想我就会全身发抖！”

“可以确定的是，他对我们是友好的。”克莱顿补充道，“最起码，他将你的信还回来了，并没有给你造成任何损害，而且，我刚刚出门的时候看见门口放着一只野熊，这应该足以证明他和我们之间的友谊了。”

从这天开始。泰山几乎每天都要送些野味给他们，有时候是一只小鹿，有时候是一只熊，一只豹子，有一回甚至送来了一只狮子。有时候也会送来些奇怪的叫不上名字的熟食，有时候又会从木巴戛的村子里偷来木薯饼。

给这几个陌生人打野味吃，给泰山的生活带来了不少欢乐。在泰山的世界里，能够为这个白人姑娘的幸福和安全而劳动，应该是最幸福快乐的事了。

此刻他多希望能够名正言顺地进入到他们的所在地，可以让彼此熟知的“小昆虫”来作为他们交谈的途径。

但毕竟他是在森林里长大的“野兽”，还是很难克服这种羞怯和胆小的天性。日子难熬，这样过去了数日，泰山还是不能更靠近一步。

与此同时，屋里的那几人对环境越熟悉，胆子也越来越大，去找食物和水果时也走得更远了。

心事重重的波特教授没有哪天不到丛林里去瞎转悠转悠的，因此也没有哪天不是徘徊在死神所设定的圈套内。至于从来都算不上健壮的塞缪尔·费兰德先生，现在已瘦得不成人形。况且还要为了教授的安全而担忧，如今的他，被困于焦虑与不安的循环中，却仍需尽自己最大的努力去挣脱那种恐慌。

我要在白天的时候去拜访他们的住所，泰山下定这个决心是在一个月以后。

像往常一样，下午的克莱顿又来到了港湾入口处的那个海岬眺望大海，看能否看到过往的船只。为了吸引过往船只的注意力，他将准备好的木头堆积如山，静待船只的出现。随时准备点燃。

此时的波特教授，正由费兰德先生挽着胳膊沿海滩向小屋南面溜达，嘴里还在苦口婆心地劝他赶紧转身回家，免得成为野兽们丰盛的午餐。

为了找果子，珍妮和爱丝梅拉达离小屋越来越远，跑到丛林深处采野果去了。

一心只想着那个美丽的白人姑娘的泰山此刻正在小屋门口默默地等待。现在，他一天到晚只想着她，却又担心她怕他。也就是这种担心使得他访问他们的计划临时改变。

他很快就等得不耐烦了。他盼望她赶快回来，一睹芳容，大饱眼福，他希望能够挨近她，甚至抚摸她。这位人猿不知道有神，但是他对这位“仙女”的崇拜决不亚于任何凡人对神的崇拜。

他在等她的当头给她写了一封信，也算是消磨了点时间。但他自己也说不清到底想不想把这封信给她，不过他是快乐的，因为他看到了自己的思想用文字表达出来，在他看来，在这封信里，他毕竟不是那样野蛮，那样愚昧了。他写道：

我是人猿泰山。我想念你。你是我的，我也是你的。

我希望我们可以永远一起生活在我的小木屋里，就我们两个，我是丛林中最伟大的战士，为你采野果，打野鹿，各种野味，我将为你而战斗。

从你的信中，我已经知道你叫珍妮·波特，这是写给你的，看完这封信你就会明白这一点的。

爱你的人猿泰山

写完纸条的他开始直挺挺地站在门口等待着，宛如一个年轻的印度人。就在此时，他听到了一个熟悉的声音，是的，那肯定是一只巨猿在树林里荡着低树枝穿行，多么敏锐的听觉啊。

泰山开始警觉起来，突然，一声女人的尖叫声划破长空，他扔掉了生命中的第一封情书，飞速跑向森林去了，身形宛如猎豹。

听到这声尖叫的还有克莱顿，没多久，波特教授和费兰德先生也气喘吁吁地跑回来了。隔着很远就开始大声招呼起来，询问着是不是出了什么大事，最坏的打算也在看到屋里情况的时候得到了证实。

是的，珍妮和爱丝梅拉达并不在。

克莱顿转身快步向密林跑去，两个老头则在后面边跑边大声喊着姑娘的名字。经过半个小时的寻找依然杳无音讯，最终还是一个巧合让克莱顿看见了躺在地上的爱丝梅拉达。

他停在了她的身边，脉搏和心脏都证实着她还活着，克莱顿先生使劲地摇着她。

“爱丝梅拉达！”他都已经贴到她的耳朵边上大声喊起来，“爱丝梅拉达，我的天啊，波特小姐去哪了？爱丝梅拉达，到底出什么事了呢？”

爱丝梅拉达睁开眼的那一刹那，眼睛直勾勾地盯着克莱顿，很快又将视线转向了旁边的密林中。

“噢，我的天啊！”一声尖叫后，她随即再次昏死过去。

“克莱顿先生，这可如何是好？”老教授茫然不知所措：“上帝啊，请您发发慈悲，告诉我们去哪儿找她，不要让我心爱的女儿离开我。”

“现在也只有爱丝梅拉达可以告诉我们所发生的事了，所以当务之急是叫醒她，爱丝梅拉达，爱丝梅拉达。”克莱顿边喊边抓着这可怜的黑女人的肩膀使劲摇晃着。

“噢，我的天啊，吓死我了，让我就这么死去吧，万能的神明，求求您让那张脸从我的记忆中消除吧，实在是太可怕了。”可怜的黑女人闭着双眼，手脚并踢起来。

“喂！是我们，快醒醒，爱丝梅拉达！”克莱顿按住她大声喊叫，“快睁开眼看看，站在你面前的是克莱顿先生，你的主没有在这里。”

爱丝梅拉达慢慢睁开双眼。

“啊，天哪！谢谢上帝。”她说。

“到底发生什么事情了呢，波特小姐又到哪儿去了？”克莱顿焦急地问。

“天啊，珍妮小姐居然没有在这里，我的上帝，我知道了，她肯定是被那个家伙抓走了。”爱丝梅拉达惊声尖叫起来，随即又开始号啕大哭，这么大个块头爬起来相当利索，与身材极不相符。

“她是被什么人抓走的？”波特教授已经急不可待了。

“一个全身都长着毛的巨人。”

“是不是大猩猩，爱丝梅拉达？”费兰德先生这个可怕的想法一出口，瞬间就安静了下来，将三个大男人吓得大气也不敢出。

“对的，就是那个古怪吓人的东西，据我猜测还是一只公猩猩，噢，我的小心肝，我那可怜的宝贝儿。”爱丝梅拉达又开始边哭边捶胸顿足起来。

克莱顿为了找到一点点大猩猩的踪迹，开始四处张望起来，但这是徒劳无功，他那点点森林知识帮不了什么忙，最多就只发现附近的青草被人践踏过而显得杂乱罢了。

接下来的时间就是寻找珍妮了，他们在丛林中找了一天，直到夜幕降临才结束，但徒劳无功的寻找令人无可奈何，毕竟，他们连珍妮被劫持的时候是往哪个方向走的都不知道。

他们回到“宿营地”的时候天已黑了许久，接连的叹息告示着坐在小屋里的这几个人的痛苦与绝望。

最后打破沉默的还是波特教授，与先前不同的是，他说话的腔调，与先前的夸夸其谈、不可理喻不同的是，更多了几分斩钉截铁的严肃，有一股箭在弦上不得不发的干劲儿，克莱顿顿生悲凉之情，是啊，那言语中所流露出来的悲伤失望，怎叫人不动容？

“我必须要睡觉了，明天天一亮我就带足食物去找珍妮，在找到她之前我是不会回来的。”波特教授态度非常坚决。

沉湎于各自痛苦回忆的伙伴们没有马上搭话，包括他自己在内的所有同伴都清楚地知道最后那句话的含义，我们的波特教授这一去即是永别。

后来还是克莱顿站起身来，将手轻轻搭在波特教授略微弯曲的脊背上。

“我誓必与你同行。”他说。

“虽然你很愿意，甚至是很希望和我一起去，但克莱顿先生，我万万不能让你去。光凭我们人的力量现在是不可能救出珍妮的了。但我不能听任我做不到，没有一个朋友在她身边，让我亲爱的小女儿一个人在可怕的丛林里孤零零地躺着。

“就让同样的葡萄藤和树叶覆盖在我们身上吧，我们会一起承受冷雨的抽打，我们会让她母亲欣慰的，因为等她找到我们的时候，我们死后仍在一起，一如我们活着的时候在一起一样。

“我已经决定了，只能我一个人去找她，因为我的女儿是世界上任何东西都无法取代的。”

“我必须和你一起去。”克莱顿的语气坚定，不容置疑。

眼前这位健壮、漂亮的威廉·塞西尔·克莱顿使得老头不由得看出了神，从他的言语和神情中看出了这个年轻人对他女儿的钟爱。

前段时间的波特教授，太过沉浸于自己那些所谓的“学术问题”的研究，忽略了那些预示着两人相互吸引的闲琐杂事，那些细心人早就应该注意到的细节才在这个时候一个接一个地涌现出来。

“这样的话请自便吧！”他说。

“算我一个。”费兰德先生说。

“这可不行，我亲爱的老朋友，如果我们都去找她了，就会无情地把可怜的爱丝梅拉达一个人留在这里，这绝非绅士所为，就效率来说，三个人未必比一个人的效果更好。”此时的波特教授俨然成了出色的指挥官。

“大家都先睡一会儿吧，残酷严苛的森林，我们没必要成为随时可能被吞噬的靶子了。”

第十九章　密林救美

自从泰山离开抚育他成长的部落以来，巨猿之间的斗争一天也没有停止过，事实也证明了泰可兹只不过是个反复无常的残暴分子，他只会专门欺负那些体弱多病的老猿，很快，就有很多无法忍受猿王欺凌的猿带着自己的家庭成员跑到密林中过平静的生活去了。

终于，泰可兹的暴行让人到了无法忍受的地步，就在这个时候，泰山临走前的留言出现在了某只猿猴的脑海里。

“若要反抗残暴的王，千万不要单凭自己的力量与之抗衡，一定要齐心协力去和他斗，两个，三个甚至四个，这样的话，没有哪个王敢侮辱你们的，要知道四只猿的力量是胜于任何王的。

泰山如此聪明的建议让那只猿猴如梦初醒，就讲给了另外的伙伴听。这样，泰可兹无论如何也想不到，在他回部落以后他会面临怎样的局面。

客套和寒暄都省了，刚回到家的泰可兹就受到了五只毛猿的死命攻击。

不管是人还是猿，欺软怕硬所具有的共同特性其实都是毋庸置疑的胆小怕事。泰可兹无心恋战，首要任务是逃离这些叛党以保性命，才刚开战就赶紧跑到密林深处躲起来了。

他中间有两次想重回部落，但那几只猿太凶悍了，每次都将他胖揍一顿，最终他只好放弃回去的念头，满怀愤怒与仇恨，开始了独自漂泊的生活。

不知道自己要去哪儿，就只能漫无目的地往前走，好几天下来，连弱小的动物也没捕到一只，心中更是满腔的怨恨。

遇到那个在丛林里采集野果的女人时，这外形像人的可怕野兽正在树枝上荡来荡去，还在气头上呢。

那时泰可兹正在她的头顶上，因此，当这个浑身是毛的巨大生物跳到她身边时，珍妮·波特还没发现什么异样，她不知道，在离她不到一英尺的地方，有一张狰狞的脸和血盆大口正在发出让人畏惧的咆哮。

一声惨叫，野兽已一把抓住她的胳膊将她拖到了眼前，就在他张开满嘴的獠牙想咬断她喉咙的时候，他心中升起了一个念头，当时他的牙齿已经要碰到姑娘白皙的皮肤了。

因为部落将他的几个妻子扣留了，这个无毛的白猿正好可以替代她们，成为他的下一任新娘，想到这儿，泰可兹将珍妮拦腰抱起，扛到毛茸茸的肩膀上跑开了。

爱丝梅拉达跟着珍妮一声尖叫后就昏死过去了，这是她一遇危险就犯的老毛病。

面对那狰狞的脸和恶臭的气味，着实把珍妮吓得不轻，所幸还没马上失去知觉，还算清醒的头脑可以想想对策来面对眼前的险情。

珍妮就这样被巨猿扛着在森林里穿行着，她没有挣扎也没有叫喊，只是觉得速度很快，因为刚刚巨猿的出现把她彻底弄糊涂了。她还一心以为这个家伙正扛着自己去往海滩的方向，还想着积蓄力量等到小屋的时候再求救，渴求着她那些救星的出现。

让她没想到的是，巨猿扛着她愈往丛林深处去了。

珍妮的惨叫引来了两路人，克莱顿和两个老人家朝着出事点匆匆忙忙穿过灌木丛赶来，泰山则顺着叫声直接到了爱丝梅拉达躺着的地方，不过她于他来说无关轻重，见她无大碍就没管她了。

根据对脚下那片草地和头上那些大树的仔细观察，他很快就明白了刚刚所发生的事，好比是现场亲眼目睹了一般，这一切要归功于父母遗传下来的聪敏以及长期周围环境下赋予他猿的敏捷。

紧接着，他就向着还在摇晃着的树木之中跳去，他所追踪的，亦是人的肉眼很难辨认的微小足迹。

猿猴从一棵树荡到另一棵树，抓着的树枝上靠近树梢的地方会留下痕迹，一般情况下都可以根据这个来判断追踪对象是否从这里经过，但仅此还无法判断方向。离开或者攀上一棵树都会将树枝朝树梢方向压弯，树干方向的则不同，即使痕迹不明显，方向亦能很明显地判断出来。

只要一点点迹象，泰山就能猜出被追踪者下一脚踩在哪儿，比如说这根树枝上就有一条被踩死的毛毛虫，他又去找被踩死的幼虫，所看到的最多不过是个小点儿。

判断猎物的逃跑方向还可以根据那些被手抓下来的小树皮，即树皮翘起的方向，有时候毛茸茸的身体擦过树干的时候会留下一撮毛，泰山就是根据这撮毛挂上去的方向来判断方向的。

他必须加快速度才能跟上被追踪对象留下的那些若有若无的迹象了。

就算那只野兽所留下来的蛛丝马迹极难辨认，但在泰山看来，这似有似无的踪迹也可以清晰可见，泰山那受过长期训练的鼻子灵敏着呢，因为顶着风，那些留下的气味根本无法逃脱。

有种说法是低等动物拥有天生发达的嗅觉器官，但实际上，经过后天的训练，高等动物也是可以得到这种能力的。

感觉器官在人类生存史上越来越不受依赖，为了免除体力上的责任，思维能力显然更受青睐，可以说人的感觉器官是在退化发展的，譬如没怎么使用的牵动头皮和耳朵的肌肉，现在几乎已经完全丧失了它本身所具有的机能。

各种向大脑输送感觉的神经布满在由耳朵至头皮下面生长的肌肉上，可惜的是不怎么用，导致无法得到充分的发展。

与之不同的是，泰山从刚出生就完全依赖敏锐的听觉、视觉、味觉等才得以生存下来，发展缓慢的思维能力在他的生存环境中并没有得到太多的依靠。

味觉应该是泰山的各种感觉器官中最没得到有效开发的。对于各种野果野味，不管是新鲜与否，他都会以同样的眼光来看待，若在文明行列的世界中，我们或许会将列入美食家的。

泰山就这样如风一般悄无声息地跟在泰可兹和他的猎物后面。尽管如此，逃跑中的野兽还是听到了他慢慢接近的声音，泰可兹的速度明显快了起来。

又过了约莫三英里，泰山终于追上了泰可兹，跑亦无用，泰可兹只能为了保护猎物不被抢走而战斗，这头巨兽选择在密林里的一块空地上跳下来，转身准备迎战，要是感觉无法战胜对手，放下猎物逃之夭夭也来得及。

这块空地仿佛是上天特意安排的搏斗场，在泰可兹还在用他那粗壮胳膊抓着珍妮时，泰山已如猎豹般跳了下来。

泰可兹一见是泰山，发现手中的猎物和泰山拥有相同的白皮肤，同样没长毛，得出的结论是这个猎物肯定是泰山的妻子，这是件分外让他高兴的事，终于找到一个机会报复他恨入骨髓的敌人了。

泰山这个神一般的男人一出现，让珍妮精神大振，恍如一杯烈酒下肚。

她明白，他就是那个救过他们的人，父亲、克莱顿还有费兰德先生早就向她描述过了的，也就是说他就是她的朋友，也是会保护她的人了。

泰可兹粗暴地将她往旁边一推，就开始和泰山开战了，与泰山人的形象不同，泰可兹浑身肌肉似铁，满嘴獠牙显得格外狰狞，珍妮当即心灰了一节，如此强大的敌人岂是我们人可以战胜的？

他们冲撞到一起的时候仿佛两头斗架的公牛，又如狼一般狠狠撕咬对方的喉咙，猿的兵器就是那满嘴的獠牙，而与之抗衡的就是人类的智慧所创造的利刃。

此时的珍妮双手拼命按住因紧张而急促起伏的胸脯，苗条的身材斜倚在旁边的大树上，眼睛则死死盯着那块密林空地上的战斗，一个男人为了她与一只雄性巨猿的生死搏斗，她的眼里既有惶恐，亦有赞美。

眼前的这个男人，肩背上的肌肉因为强劲的力量，好比生铁般异常突出，他用那筋腱宽阔的前臂死死掐住巨猿的脖子，肱二头肌如小山一般，还要尽力躲开那如锯齿一般的獠牙，这个时候，巴尔的摩女孩眼中朦胧的经过数千年岁月编织的文明面纱瞬间消失不见了。

猎刀一落，接连数十刀刺向泰可兹的心脏，最终巨猿倒在地上再也动不了了。而此时的珍妮则张开双臂，如原始女人般扑向那个为他而赢得战斗的男人。

泰山又在做什么呢？

将他的女人紧紧拥入怀中，无师自通般吻着她诱惑而渴望的唇。

半闭着眼睛倚靠在泰山怀中的珍妮在这一瞬间仿佛第一次理解了什么是爱情。

但很快那消失了的文明面纱又突然出现在眼前，毕竟是被文明洗礼过的女人，她唰的一下面色通红，挣脱出泰山的怀抱而用手将脸埋起来了。

刚刚还乖巧顺从地依偎在怀中的姑娘突然如此冷淡了，让泰山茫然不知所措了，要知道，对这位姑娘的爱恋一直是模糊而抽象的。

泰山靠近她，想要握着她的手，结果她却毫不客气的举起双手开始敲打他那宽阔的胸膛，宛如一只母老虎。

此时的泰山还是一脸茫然。

经历过刚刚那场朦胧而又似乎无法再发生的刹那之后，他打消了将珍妮快速送回去的本意，正如看上去他的好意是不会再发生的事情了一般。

那一刹那以后的泰山总觉得一个温暖而又柔软的身体一直紧贴着他，那让人倍感甜蜜的呼吸不断挑拨着他，从那时起，泰山的心中燃起了一团熊熊燃烧的生命之火，只因那个姑娘吻着他的双唇，新泰山降临的标记已在他灵魂深处留下烙印。

泰山伸出去的手再次被冷淡地拒绝了，此时的泰山只好学老祖宗的样儿了。

他将他的女人抱起来向密林深处走去。

第二天的早上，一声大炮的巨响把小屋里面的四个人都惊醒了。第一个冲出小屋的是克莱顿，他看见港湾外面停着两艘大船，且都已经抛了锚。

其中一艘叫“阿罗号”，另一艘是法国小型巡洋舰。许多人站在那巡洋舰上，张望着这边的海滩。已经跑过来的另外几个伙伴和克莱顿都明白，放这炮显然是为了吸引他们的注意力。

因为两艘船离海岸都很远，所以他们的望远镜不一定就能看见站在纵横交错的海岬上的这几个人和他们手里挥动着的帽子。

爱丝梅拉达把她自己的红围裙解下，并在头顶上拼命挥动。克莱顿为了让对方看见这个信号，急忙跑向北边那条海岬。他早就在那儿准备了一个柴堆用以发射信号。

那几位在后面焦急等待着的、屏着呼吸的同伴，以及克莱顿自己都觉得过了好久好久，他才跑到那一大堆干树枝和灌木跟前。

克莱顿冲出密林看见那两艘船时，万分惊恐地发现，巡洋舰已经起航，“阿罗号”正在升帆。

他赶紧点燃十几堆柴火，又急忙爬上一块最高的礁石，将衬衫绑在一根树枝上，拼命摇晃。

可是那两条船好似没看见一样继续向大海驶去。本已绝望的克莱顿发现，森林上空笔直地升起几根烟柱，这引起了巡洋舰瞭望塔的注意，马上有十几个望远镜齐刷刷地对准了海滩。

过了一会儿，克莱顿发现两条船都掉转了船头。巡洋舰冒着烟，向海岸慢慢驶来，“阿罗号”静静地停在海面上。

舰艇停在离海岸不远的地方。然后他们坐着一只小船，径直向海滩划了过来。

等到小船靠岸，一位青年军官走过来了。

“我想，您就是克莱顿先生吧？”他说。

“谢谢上帝，你们总算来了！”克莱顿说，“也许现在还不算太晚。”

“先生，您这是什么意思？”军官问道。

克莱顿告诉军官珍妮·波特被劫持和需要全副武装的士兵帮忙寻找的事。

“我的天！如果是昨天，还不算太晚。今天恐怕就很难再找到这位可怜的小姐了。太可怕了，先生，太可怕了！”军官难过地惊叫道。

克莱顿把港湾的进出口指给那位青年军官之后，跳上船，掉转船头向那个山石封锁的小港湾驶去。巡洋舰上又放下几条小船，都向小港湾络绎而来。

没一会儿，所有的人都上了岸，见到了费兰德先生、波特教授和独自饮泣的爱丝梅拉达。

巡洋舰的舰长是乘最后那条小船登陆的。他在知道珍妮被劫持的事情之后，立刻号召士兵们自愿报告，协助克莱顿和波特教授去找珍妮。

无论军官还是士兵，这些勇敢的、富于同情心的法国人，都积极要求作为“探险队”的一员而留下来。

舰长选了二十个士兵、两名军官——卡朋特（Lieutenant

Chatpentier）中尉和迪阿诺特中尉（Lieutenant D' Arnot），还派了一条船到巡洋舰上取弹药、卡宾枪和粮食。另外，他们每人还都配备着手枪。

克莱顿对他们怎么正好在这附近抛锚放炮感到奇怪，舰长达弗林（Dufranne）对克莱顿解释说，一个月以前，他们看见了向西南方向航行的挂着许多张帆的“阿罗号”。巡洋舰发信号让他们向这边开，可是他们不但不予理睬，而且升起所有的帆，飞快逃窜。

巡洋舰一直追到天黑，后来只得胡乱放几炮，暂且作罢。可是第二天早晨却没看见它了。他们沿海岸又来来回回巡逻了几个星期，渐渐地大伙儿把这桩事情抛之脑后了。可是前几天的一个早晨，瞭望哨突然报告说，波涛汹涌的海面上，有一艘船上下颠簸，看样子完全失去了控制。

巡洋舰驶近这条无主的弃船，惊讶地发现，这船正是几个星期前从他们眼皮子底下溜走的帆船。这条船后墙纵帆和前支索上的三角帆还都挂着。表面上看，它可能曾经设法顶风而行。可是帆脚索被狂风都吹断了，帆也被撕成了破布条。

鉴于那条船的甲板上没有任何动静，巡洋舰决定先停在那儿，等风平浪静后再说，因为在公海上，把自己的船员送上一条无主的船是一桩困难、同时也很危险的事情。就在这时，有一个人向他们发出紧急求援的信号，那人趴在栏杆上有气无力地挥动着信号旗。

舰长命令去救援的水兵乘一条小船，成功地登上了“阿罗号”。

这些法国人看到这条船上的景象惨不忍睹。

十几个已经死了和快要死了的人横七竖八地躺在前后晃荡的甲板上。死的和活的混杂在一起。有两具尸体看起来血肉模糊，像是被狼啃了似的。

巡洋舰的水兵很快就把船上的帆调整好，把这伙倒霉蛋里那几个还活着的家伙抬进船舱，放到他们的吊床上面。

等同伴为包裹过的死尸“验明正身”之后，便扔进了大海。

在法国人登上“阿罗号”时，活着的船员都昏迷不醒。就连那个打信号旗的可怜人也没等到他发出的信号是否起了作用，就失去了知觉。

法国军官很快就弄明白了造成船上这副惨相的原因。他们给那些昏迷不醒的人去找水和白兰地喝时，发现船上一无所有。

他们立刻向巡洋舰发出求救信号，要水、粮食和药。巡洋舰在浪急风大时还是放下一条小船，冒着危险去援救“阿罗号”。

法国人听了有几个喂过“营养品”之后恢复了知觉的船员讲他们的遭遇。我们已经知道前面那部分：“阿罗号”在杀死斯纳帕斯之后把他的尸体放在那箱子财富上面掩埋之后，便起航了。

这伙叛匪对巡洋舰的追踪感到极大的恐惧。发现船上的水和粮食已经不多，便极力甩掉这条尾巴，又横渡大西洋，走了好几天。后来，才又掉转头向东航行。

关于船的位置让他们争论不休，后来他们发现船上的水和粮食所剩无几了。因为他们向东航行了三天还没看见陆地的影子，便又掉转船头向北航行，他们以为肯定是被前几天的风吹到了非洲大陆的最南端。

他们沿着正北偏东的方向又航行了两天，这两天都是没有一丝风的大晴天，耽搁了整整一个星期的航程，而且水和食物都没有了。

情况变得越来越糟，有一个家伙发疯跳了海。然后另一个船员切开血管，喝自己的血。

他死了以后，尽管有人想把他的尸首留在船上吃，因为饥饿使他们变成了野兽，但人们还是把他扔进了大海。

他们已经没有一丝力气驾驶这条船了，一天之内死了三个人。第二天早晨，人们发现有一具尸体被谁割着吃了。

整整一天，船员们相互盯着，像捕食猎物的野兽一样躺在甲板上。第三天早晨，人们发现另外那两具尸体上的肉也被吃光了。

这种食尸鬼的“宴饮”稍稍使他们的体力恢复了一些。然而对水的需要是最大的痛苦。就在这时候，巡洋舰来了。

就这样，那几个恢复了体力的船员向法国舰长讲了他们可怕的经历。因为他们没办法告诉他到底教授和他的随行人员被扔在哪儿了。所以巡洋舰只得沿着海岸线慢慢行驶，用望远镜搜索每一寸海滩，并且不时放几声炮。

一到夜晚，他们就抛锚停航，是为了不放过海岸线任何一个目标。前一天晚上，他们终于来到了这片海滩。

估计那时候海岸上的人正在丛林里忙着找珍妮 · 波特，远处传来的枪声被他们自己在灌木丛里走动的声音淹没了。

巡洋舰的小船载着为这次探险准备的给养物资和武器回来时，他们双方都讲完各自的“历险记”了。

没过几分钟，这支由两位军官和二十名水兵组成的小部队便和波特教授、克莱顿一起，开始了这场毫无希望的探索，他们向毫无人迹的丛林进发。

第二十章 人性的回归

这个林中怪物把她从巨猿的魔掌下救出来，又像抓俘虏一样将她带走，当珍妮意识到这一点，便拼命挣扎，想从怪物手里逃脱。可是，她像一个才出生一天的婴儿，在那两条铁臂的控制之下，软弱无力，挣扎只能使她被抱得更紧。

过了一会儿，她就眯细一双眼睛，看这个抱着她在盘根错节的灌木丛中如履平地的怪人，便放弃了这种徒劳的挣扎。

但她看到的是一张极其漂亮美丽的脸庞。

那张脸是典型的、具有阳刚之美的脸，没有受放荡、凶残以及堕落的感情与欲望的污染。尽管人猿泰山杀野兽也杀人，但他完全以猎人的方式进行这种杀戮，并不带感情色彩。除非在极其特殊的情况下，因仇恨而开杀戒。而且泰山的仇恨并非蓄谋已久，含有恶意。因为那样的仇恨本身就是一种邪恶和残忍。

微笑一向是美的基础，而泰山杀戮时经常面带微笑。

姑娘特别注意到，泰山扑向泰可兹时，他前额上有一道红颜色的、特别显眼的伤疤，从左眼一直延伸到头皮。但现在，那条疤消失了，只留下一条隐约可见、细细的白线。

泰山的两条胳膊稍稍放松了一点，她也不再挣扎了。

有一次，但他微笑着垂下目光望着她的一双眼睛时。姑娘忙闭上眼，好像为了把这张漂亮的、可爱的脸“拒之门外”。

过了一会儿，泰山便爬上大树。珍妮觉得奇怪，自己怎么一点儿也不觉得害怕。甚至她开始意识到，在自己短短的一生中，没有比像现在这样躺在这个身强力壮的“野人”怀里更能获得安全感。等待她的将是什么样的命运，也许只有上帝才知道。泰山抱着她走向那神秘的原始森林深处。

她开始预测未来。丰富的想象力变幻出那么多的恐惧。她闭着的眼睛不由得抬起，凝视那张离她的脸这样近的、高贵的面孔，驱散了最后一片阴影。

他那英俊的面孔、坦率勇敢的眼睛洋溢着一种骑士的风度和气概。不，他永远不会加害于她。

他们走啊，走啊。在珍妮看来，眼前都是青葱草木筑成的铜墙铁壁。可是在这位“森林之神”面前，总是“柳暗花明”，一待他们过去，稠密的枝叶又都合拢起来，好像使了什么魔法一样。

上上下下，前前后后，全都是缠结在一起的树枝和藤萝。但几乎没有一根树枝碰到她身上。

当泰山这样步伐稳健地在丛林里穿行的时候，心里产生了许多新奇的感觉。现在他遇到了一个从未遇到过的问题。通过直觉，而不是通过理智，他认识到应该以人的标准而不是猿的标准，来面对这个问题。

现在，因为这是他常走的一条路。他在树木的“中间地带”穿行得更加轻松，使他冷却了因爱情而带来的炽热与凶猛的冲动。

他暗自思索，如果在泰可兹手里，等待她的将是什么样的命运？

他开始比较自己救她的目的和泰可兹抢她的目的有什么不同。他知道为什么那只巨猿没有杀死她。

在丛林里，雄性可以以暴力寻求配偶。可是难道泰山能以人的道德规范指导自己的行为吗？难道泰山不是人吗？而人怎样处理这种事情呢？他对此一无所知，觉得迷惑不解。

她不是挣扎着想从他的怀抱中逃走吗？她不是在极力表现她的憎恶吗？这个姑娘的行为其实已经回答了他。

人猿泰山抱着珍妮十分轻捷地跳到“竞技场”的草坪上——也就是巨猿们议事和欢度“哒姆——哒姆”狂欢节的“小戏台”。现在他们来到了目的地。

阳光透过葱笼的枝叶组成的迷宫，撒在“小戏台”上，显得十分柔和。尽管他们已经走了许多英里，可现在也才下午三点钟左右。

碧绿的草地看起来诱人、清凉、松软。就像从遥远的海岸传来的涛声，时起时伏，丛林里种种神秘的响声似乎都变得辽远而空阔，只有一种模模糊糊的回声。

一种梦幻般的安逸与恬静悄悄地从坐在草地上的珍妮心头流过。她抬起头看着魁梧健壮的男人，那男人高踞于她之上，她心里又增加了几分似乎十分完美的奇怪的安全感。

泰山跨过这块圆形的空地，走向对面几株参天大树。她这样眯细一双眼睛看他，宽阔的肩膀上，线条优美的头颅泰然自若，充满自信。他举止端庄，身材极其匀称，简直无懈可击。

在他宛若美神的外形之下，绝不会有凶残与卑鄙，一个多么完美的男人啊。她想，自从上帝创造出第一个人，还从来没有这样一个美的化身涉足于这个世界。

泰山一纵身跳到树上消失了。珍妮不知道他去哪里了。难道他把她扔在这荒僻的丛林里就不管了？

她紧张地四处张望着，似乎每一片藤蔓、每一丛灌木都藏着可怕的巨兽，它们正准备用亮闪闪的利齿咬她那温馨的软玉。而那些凶残狠毒的野兽偷偷爬过来的声音就是那每一点响动。

没有他，一切的一切竟是这样不同！

她神经紧张地坐在那儿，等待正蹲在灌木丛里的什么野兽扑过来结束她的恐惧与不幸，这个被吓坏了的姑娘却觉得过了好几个小时，而实际上泰山走了才几分钟。

她祈祷自己快失去知觉，从难捱的恐惧中得以解脱。

突然，背后传来一声轻微的响动。她跳起来回转身，大叫一声，准备迎接死神。

泰山怀里抱着一堆熟透了的鲜美野果，站在她面前。

珍妮觉得天旋地转，差点儿倒在地上。泰山扔下手里的野果，急忙抱住她。她没有晕过去，但是像一只受惊的小鹿，浑身颤抖，紧紧抓着他。

就像小时候他被母狮子山宝，或者毒蛇黑斯塔吓着了，卡拉安慰他一样。人猿泰山抚摸着她柔软的头发，安慰着她。

有一次，他把唇轻轻地贴在她的脑门儿上。她长长地舒了一口气，没有动，而是闭上一双眼睛。

她不想努力解释自己的感情。在这两条有力的臂膀里获得一种安全感，她就满足了，至于将来的事情，只能听从命运的安排。刚才这几个小时的经历已经让他知道，她可以信任这个林中怪人，像信任熟人中为数很少的那几个男人一样。

她突然朦朦胧胧意识到，这大概就是自己以前从来没有真正体味过的爱情。她感到十分惊讶，不由得微笑起来。一切竟是如此奇妙。

微笑着，她轻轻推开泰山，脸上是一副探询的表情，越发显得楚楚动人。因为她的肚子已经饿了，便倚在巨猿的泥鼓边儿上坐了下来，指了指撒在地上的野果。

泰山赶快把果子都拣起来，放到她的脚边，然后自己也挨着她在泥鼓上坐下，用刀子切开各种野果，为她准备午餐。

他们一直默默地吃着，不时偷看对方一眼。后来珍妮突然爆发出一阵快活的大笑，泰山也跟着笑了起来。

“真希望你会说英语。”姑娘说。

泰山一双笑眼漾起混和着渴望与悲哀的表情，摇了摇头。

珍妮试着和他说法语，又说德语。后来竟为自己错误百出、结结巴巴的德语大笑起来。

“不管怎么说，你听不懂我这种蹩脚的德语，跟柏林的德国人一样。”她用英语对他说。

泰山早已拿定了下一步怎么办。他想过小屋里那些书上所描述的男人、女人的行为举止。他想象自己若是那些男人在现在的情形之下，会怎样对待珍妮，并且要求自己按照他们的样子行事。

他又站起来，跳到树上。不过走以前打手势告诉珍妮，他很快就回来。珍妮一下子就理解了，因为他把自己的意思表达得很好。他走了之后，珍妮并不觉得害怕。

只是充满渴望的目光追随着他消失的地方，等待他回来，有一种孤独的感觉袭上心头。她从背后那声轻微的响动听出他回来了，像上次一样。她转过头，看见他从草地那边走了过来，还抱着一大捆树枝。

然后他又钻进丛林，过了几分钟便抱回一大捆柔软的茅草和蕨类。他又走了两趟，弄回许多柴草。

他把蕨和茅草铺到地上，做成一张松软、平整的“床”。然后在这张“床”几英尺之上，十字交叉搭了许多树枝，上面盖上很大的象耳树的叶子，又用树枝树叶将一头堵上，这样便搭成一个窝棚。

搭完窝棚，他们又紧挨着坐在泥鼓边儿上，试着用手势交谈。

她指了指泰山脖子上戴的那个十分精巧的、镶嵌着钻石的小金盒，珍妮对小金盒惊叹不已。泰山取下来递给了她。

她知道这条项链出自相当高明的工匠之手，小金盒上的钻石排列得极其漂亮，放射着绚丽的光彩。但是从钻石切削的方法可以看出这是过去时代的工艺品了。

她还注意到小金盒可以打开。她按了一下藏在暗处的小钮，啪的一声金盒弹开了，每一面有一幅袖珍小画刻在象牙上。

小画中的男人除了表情不一样外，长相和她身边坐着的这个男人十分相像。另一面是一位漂亮的女人。

她抬起头，看见泰山弯了腰，吃惊地盯着小金盒里的画像。他把项链从她手里拿过，仔细观察金盒里的画像，那样子清楚地告诉珍妮，他以前从来没有见过这两幅画像，也压根儿没想到这个小金盒还能打开。

珍妮大惑不解。她开始想象非洲原始森林里的一个野人怎么会有这样一件漂亮的装饰品。

更神奇的是为什么他连小金盒能够打开也不知道，而小金盒里的袖珍画像完全可能是这位“森林之神”的兄长，或者更像父亲。

泰山仍然直盯盯地望着那两幅画像。过了一会儿，他把箭袋从肩上取下来，把箭倒在地上，从最里面掏出一个用一根长长的茅草系着的，又用许多层柔软的树叶包着的小包。

他小心谨慎地解开小包，紧接着又是一层又一层的树叶，将其中的一张照片取了出来。他朝着小金盒里的那幅男人袖珍图指了指，接着他把照片递给了珍妮，独自拿着小金盒放在照片旁比对着。

姑娘看到照片后显得十分惊讶，图上的男人和眼前的这个人长得简直太像了。

她抬头望了泰山一眼，发觉对方正盯着她看，眼神里写满了疑惑和惊奇。他的嘴唇微张，似乎有话要问。

珍妮指了下照片，接着又指着画像，最后指了指泰山，意思是说，她还以为照片上的人是他。泰山摇了摇头，又耸了耸肩，接着从珍妮手里把照片拿回来，小心翼翼地包好，又放回了箭袋子的最里层。

他静静地呆坐了一小会儿，眼睛直勾勾地盯着草坪。而珍妮却把那个金盒子拿在手上，仔仔细细地检查着，期待着会有这链子主人的某些线索。

过了一阵子，她突然灵光一现，想到这个金盒子的主人肯定就是格雷斯托克勋爵，画像里是他和爱丽丝夫人。

也许这人只是在屋里碰巧捡到了。她太傻了，一开始竟没想到这些。

但为何这位“丛林之神”会和伯爵如此惊人地相像，关于这一点，她就无法理解了。然而，估计令她意想不到的是，站在她面前的裸体野人竟是一位英国贵族。

后来泰山抬起头仔细端详着珍妮，此时的她正看着小金盒入神，小金盒里两幅画像的意义他是揣测不出了，但对于眼前这个全身散发出阳光的女孩脸上所表现出来的痴迷，他还是可以理解的。

珍妮见他直勾勾地盯着自己，误以为他是想要回项链，于是拿给了他，泰山伸手接过项链，将它摊开，戴在了珍妮的脖子上，他微笑地凝望着珍妮，看着她得到惊喜之后的惊讶表情。

珍妮拼命地摇晃着脑袋，试图把金项链取下来。泰山可不让。她执意要取下来时，他便用力抓紧她的双手，不让她得逞。

于是她也不再坚持了，微笑着举起小链子轻吻了一下。

泰山不懂珍妮这样做的确切含义，不过他能猜测到这是对礼物表示喜爱。所以他站起来，举起金项链，满脸严肃地鞠着躬，样子像极了古代臣子，在珍妮亲吻过的地方又吻了吻。

夜幕降临了，他俩又摘了些野果吃。这些果子对于他们而言，既是粮食又是水。后来，泰山站了起来，将珍妮领进了他的小棚子门前，示意她进去。

这是好几个小时来，珍妮第一次领略到恐惧的袭击。泰山也看得出来珍妮在往后退，似乎是要逃离他身边。

与珍妮相处的这半天，让泰山告别了今天那个迎着旭日站起来的自己。

现在，他身体里每一个细胞都在发挥更加重要的作用，那是从人类那里遗传下来的基因，比野兽教授他的技能更实用。

虽然要在转瞬间从粗鲁变文明不太可能。但最后还是人的本能战胜了一切。他想要先博得心上人的欢心，势必要努力表现得更好。

于是泰山把刀柄从刀鞘里抽了出来，递给珍妮，然后又示意要她进到棚子里去。这是唯一一种他能想到的、让她明白他并无恶意的方式。

珍妮理解了他所表达的含义，接过那把狭长的刀后，钻进了棚子，在柔软的茅草上躺了下去。泰山则横躺在屋门口，将棚子的入口用身体拦住了。

日出时分，他们还原样不动地睡着。

珍妮醒来时，一时间没想起头一天的奇妙经历，四周这些奇特的东西让她觉得甚是稀奇——头顶上树枝盖成的棚子，身体下睡着的柔软茅草床，还有门口躺着的陌生的守护者。

随着时间的流逝，昨天发生过的一幕幕在脑海里浮现了出来，她心中燃起了一种难以叙说的惊讶之情，涌起了一股暖暖的感恩之心。深入此番险恶的境地，竟毫发无伤。这得归功于这个奇怪的陌生人。

她从棚子里钻出去没有找着泰山。不过这一次她觉得心里很踏实，因为她相信他不久就会回来的。

棚子前面的那堆茅草上还留着他刚睡过的痕迹。他就躺在那儿，守护了她一整夜。她心里明白，能安稳地睡到大天亮，全是他的功劳。

她心里想，有他守护着，谁还会感到恐惧呢？若换做是和其他男人，一同待在非洲森林深处，想必是一点安全感也没有吧。现在的她，甚至连狮子和豹子都不会放在眼里了。

她仰起头，瞧见他那健朗的身影轻巧地从身旁树上跳了下来。他见她正瞅着自己，脸上坦率、开朗的笑容又露了出来。就在昨天，就是这种笑容获取了她的信任。

他朝她走来，珍妮情不自禁地狂跳起来。以前别的男人这样走来时，她的眼睛从未如此明亮过。

他又摘了些野果子。于是他把野果放在门外，两人又一同坐着吃了起来。

珍妮琢磨着他接下来会做些什么？是把她送回海滩上的小屋呢，还是让她在这儿多留会儿？然而，她忽然弄清一个事实，她已不在乎她身处何方了。但此等大事，对她而言真的无关紧要吗？

现在，身处这个偏远的非洲“伊甸园”同这个笑容爽朗的“丛林之神”坐着一起吃新鲜野果，对她而言是一种莫大的幸福和快乐。

她觉得这一切都太神奇了。于理而言，她该火急火燎、胆战心惊，因为前路迷茫。

但恰恰相反，她心情欢畅，她朝着身边这个人充满宽容的脸微笑着。

早餐过后，泰山从棚里把他的猎刀取了出来。珍妮早将它抛之脑后了。她突然意识到，时刻提醒用来防身的恐惧已悄然远去了。

泰山朝着“格斗场” 边的大树走去，用手势提示她跟着。他用坚韧的手臂搂着珍妮的腰，瞬间一跃而起，一把抓住树枝。

珍妮猜到了，他马上要将她送回她的亲人那里去了，心里无缘无故惆怅起来。

他俩慢悠悠地荡漾着树枝，一晃就是好几个小时。

泰山速度并不快。他想尽量将时间延长些，努力去体验那两只手臂搂着他的脖子飘荡时，心里满满的甜蜜和愉悦。所以他绕过直达海滩的路径，围着南边折返过去，将珍妮送回了小屋。

途中他们下来歇息了好几次。这些对泰山来说，本来毫无必要，中午的时候，他俩又在溪边休息了将近个把小时，喝了些溪水，吃了些野果。

夜色降临时，他俩才抵达海滩。泰山从大树上跳下来，扒开那些茂盛的野草，向珍妮指明了回家的方向。

她拉着泰山的手要领他一起回去，好告诉父亲这个人将她从死亡边缘，甚至比死亡还恐惧的困境中解救出来，并且像母亲那样细心地呵护她。

但泰山身上那种兽类对人类居住地的畏惧感，再一次涌入泰山的心田。他往后退了退，还是摇着头拒绝了珍妮的好意。

珍妮走近他身旁，抬起头后，用哀求的眼神盯着他 。也不知道是为何故，只要一想起他还要回那个恐怖的森林，她心里就有一种难以抚平的痛楚。

他还是摇着头拒绝了。他把珍妮温柔地拉到身旁，深情款款地吻着她。

在亲吻珍妮之前，泰山先深情地凝望着珍妮，得到她的同意，才上前亲的她。

女孩犹豫了片刻，才看明白泰山是在询问她的意见 ，于是张开了双手，用力紧搂着他的脖子，紧紧地贴住他的脸庞，疯狂地亲吻起来，举止之间毫无羞涩。

“我爱你，我爱你……！”她呢喃着。

这时远处隐约传来紧密的枪响。泰山和珍妮同时抬起了头。

费兰德和爱丝梅拉达从屋里走了出来。

珍妮和泰山所在的大树下的那个视角，看不见海里抛锚的那两条船。

泰山用手指了指枪声传过来的那个方向，又朝自己的胸脯拍了拍，接着又往那个方向指了指。她知道他是要走了。他的眼神传出来的信息告诉她，他得去营救他的伙伴们。

他又吻了她。

“记得回来看我，我永远都等着你……”珍妮细声道。

他远去了。珍妮转过身穿过空地，朝着小屋方向走去。

费兰德先生察觉到有什么动静朝他们方向移动，但他并没有认出是珍妮来。这时天色已暗再加之近视的原因。

“爱丝梅拉达快回屋去，竟然有狮子，我的天啦！”

费兰德的语气把爱丝梅拉达吓得半死，更别提去证实这些话的真实性了。她赶忙跑进屋里，老头儿的“爱丝梅拉达”还没来得及说完，她砰的一声便把门关上了，并把门里边的门闩栓了起来。这声“我的天啦”是在爱丝梅拉达拴上门之后，慌张之下发出来的声音。

他拼命地敲击那扇沉沉的门。

“爱丝梅拉达！爱丝梅拉达！”他失声叫喊着，“快放我进去！我就要被吃掉了！”

爱丝梅拉达误以为这敲击声是狮子在追逐她，又昏倒过去了。

费兰德仓皇地回过头去瞥了一眼。

太恐怖了！那团影子越来越近了。这时候他爬到了房顶上，并抓住了上面某个救命的东西。

悬在半空中的他，就像是一只被吊在晾衣绳上的猫，手舞足蹈地乱窜。还不到一会儿，他抓住的那个东西就被他揪了下来，费兰德掉了下来，摔了狗啃泥。

就在他滑下去的瞬间，思绪将他拉回到自然历史教科书上触目惊心的某句话。按照经常发生在费兰德身上的惯性记忆误区，可以将那句话理解成：若是人类装死，狮子便会不食而走。

所以费兰德刚一着地就闭着眼睛装死。他跌落下去的时候，脸是朝上的，四肢是硬邦邦地伸直的。现在既然摔

“死”了，便只能纹丝不动，硬撑着了，那场景真叫人想忘都难。

整个全程珍妮都惊奇地观望着，费兰德先生那整套滑稽的表演真教人瞠目结舌，她终于抑制不住笑出声来了。虽然音量不是很大，但这点声音让费兰德从“假死”中解脱了出来。他一灰溜地爬了起来，环顾着四周，终于，他发现了珍妮。

“珍妮！珍妮 · 波特！天啦！”他尖声叫喊着。

他简直不敢相信自己的眼睛，珍妮还活着，他赶忙站了起来，朝她狂奔过去。

“天啦！你从哪儿冒出来的？你到底上哪儿去了？你怎么……”

“哎呀，费兰德先生。”珍妮打断了先生的疑问，“我一时间哪答得上这么多问题。”

“是啊，是啊，”费兰德先生说，“天啊！你能平安归来，我真是高兴得说不上话来了。这一切真是太神奇了，快跟我说说，你都经历了些什么？”

第二十一章 迪阿诺特遇险

这支搜索队由水兵们组成，为了搜寻珍妮 · 波特，他们艰苦地跋涉在密林中，虽然往下走着只会证明没有结果的事实，但原路返回的命令是无法下达的，不管是老头子的忧伤还是英国年轻人的失望，都会让好心的迪阿诺特（D' Arnot）狠不下心。

他现在确信的是她已经被什么动物吃了，不管怎样，要么找到尸体，要么找到遗骨。让水兵们由发现爱丝梅拉达的地方开始像撒网一样呈一字排开往前搜索，他们个个累得汗流浃背、气喘如牛，缓慢而又艰难地行走在藤蔓缠绕的密林中，直到中午才走了几英里，稍事休息后走出不远就有水兵发现一条清晰完整的路。

这条路很明显是由大象踩出来的，迪阿诺特中尉和波特教授还有克莱顿一同商议后决定顺着这条小路往下搜索。

小路由东北方向穿过丛林绵延而去，小路狭窄到搜索队只能排成一队移动。

走在最前头并且最快的是迪阿诺特中尉，在没有多少藤蔓和树枝的小路上更是加快了行程速度，跟在他后面的就是上了年纪的波特教授，两人之间的距离足有一百码之远。部队正在行进，六七个黑衣人突然挡住了走在最前头的迪阿诺特。

迪阿诺特大喊一声来向水兵们报警。但还没来得及掏枪，此时的黑人武士已经将他围起来绑走拖进密林了。

他的喊声惊动了后面的士兵。七八个水兵从波特教授身边窜过去，为了去解救他们的中尉沿小路一路狂奔而去。

迪阿诺特还没来得及告诉大家大声喊叫的原因，就被绑走了。大家也只知道前方有危险，待他们冲到迪阿诺特刚刚被绑架的地方，迎面飞来的一支长矛直接刺中一位水兵，接下来就是一阵飞蝗似的毒箭。

士兵们赶紧举起枪疯也似的朝着毒箭飞来的方向上空的灌木丛一阵乱射。

紧接着，后续部队都赶过来了，大家一起向灌木丛里隐藏的敌人扫射。这正是人猿泰山和珍妮·波特听见的枪声。

在后头压阵的是卡朋特中尉，他快步跑到交战点了解了敌人埋伏的详细情况后，命令士兵们跟着他穿过茂密的草木前行。

一转眼，短兵相接的战斗就发生在他们和木巴戛的五十多名黑人武士之间，毒箭和子弹如觥筹交错般形成一道道飞网。

奇形怪状的非洲大刀与法国步枪的枪托彼此猛烈地撞击着，一场让人触目的肉搏战正在丛林中上演着，黑人武士没多久就开始四处逃命了，只剩下法国人在那里清扫战场并计算损失结果。

刚来之时有二十个水兵，现在死了四个，受伤十二个，还有迪阿诺特中尉失踪。更加糟糕的是，下午走过的那条大象开辟的小路也找不到了，此时的天也快黑了。

此时最好的方法也就是就地宿营，静候天明了。卡朋特中尉下令清理出一块空地，并且在宿营地四周堆对了一圈灌木来作为屏障。

直到天黑很久以后才将这件事作完，他们在空地中间生起一堆火，借着火光堆好鹿砦。

待这些预防野兽和野人袭击的“项目”完工以后，卡朋特中尉布置了四个方向的哨兵，其他剩下的则又累又饿地躺地上睡着了。

伤员的呻吟声掺杂着被这儿的人声与火光吸引过来的野兽的号叫声，听来着实让人心烦，水兵们也只能稍微休息会儿，虽然累得眼皮都抬不起来了，伤感与饥饿伴随黑夜吞噬着这群可怜的人，但仍盼望着白天的到来。

先前俘虏迪阿诺特的那些黑人并没有加入后来的战斗，而是押送俘虏在丛林中行走片刻后便沿小路继续前行。

他们急急忙忙拖着迪阿诺特赶路，离打仗的地方越来越远，枪声混杂着的哭喊声也越来越低，没多久眼前很大一片的空地让他眼前一亮，一座围了栅栏的村庄就在空地对面，村庄里面的棚屋是那种茅草苫顶。

黄昏已近，还没等他们走到门口，放哨的人远远地就看见了这三个人，并且看出来了其中一个是俘虏。

栅栏内响起了一片欢呼声，一大群妇女和儿童一窝蜂涌上来迎接这三个人。

白人俘虏被带到非洲土著人的村庄，这应该在人类所有遇见的场景里是最可怕的，而今天就被这位法国军官遇上了。

奸诈而又虚伪的比利时国王利奥波德二世[①]手下的白人军官曾经施加在土著居民和他们亲人身上的种种残酷暴行，是迫使土著居民采用更加野蛮和残暴行为的祸根，曾施加在他们身上的暴行至今仍让他们刻骨铭心，迫使他们逃离刚果，导致曾经昌荣鼎盛的部落只留下些可怜的老弱残兵。

他们扑到迪阿诺特身上又掐又咬，用棍棒和石头打他，用利爪一样的手抓他。迪阿诺特身上的衣服被剥了个精光，无情的拳头、棍棒落在他赤裸的、颤动着的皮肉之上。迪阿诺特一声不吭，默默地祈祷着，只求速死。

但他所祈祷的死忙不会这么轻易实现，没多久就有武士将俘虏身边的妇孺撵开，留下他的性命，只为了制造比这更为壮观的场面，刚刚退去了第一股仇恨浪潮，他们又大声喊叫着朝他脸上吐唾沫，极尽全力侮辱他。

没过多久，他们就簇拥着将迪阿诺特，将他结实地绑在了村庄正中那根大粗柱子上面。至今还没有人可以从这根柱子上活着走下来。

那些妇女就负责回家取锅和水，其他人就将火都生了起来，估计另外的武士会带更多的俘虏回来，他们计划先吃一部分，将剩下的就晒成肉干。

因为还有武士在丛林里打仗，这场人肉宴席并没有马上开始，武士们直到很晚才回到村庄，环绕着这位必死无疑的军官的“死亡之舞”这才正式开始。

精疲力竭的迪阿诺特浑身疼痛，他此时已处于一种半昏迷的状态，艰难地抬起他那沉重的眼皮，眼前这一切更像是因神经紊乱而产生的幻觉，抑或是很快就会结束的可怕的噩梦。

---

① 利波德二世（Leopold II 1835～1909）：比利时国王，1865～1909在位。

眼前这涂得五颜六色而又凶神恶煞的脸，肥厚嘴唇所包裹的大嘴，黄牙也被挫得很尖，凶恶的眼睛还在那里叽里咕噜地转着，涂满亮油的裸体，吓人的长矛……毋庸置疑这肯定是一场梦。

那些武士组成了一个人圈，一边野蛮地手舞足蹈一边不停地旋转靠近，猛然间他感到一阵剧痛，顺着胳膊流下来了热乎乎的血，原来一支长矛已经刺中他的胳膊，这也把他拉回到了可怕的现实中，让他清楚自己所处的境地是何等的让人绝望。

一枪，两枪。他紧闭双眼，咬紧牙关，一声不吭。

他是一名法兰西战士，他用行动告诉这些人，面对死亡，作为一个军官和文明人应该如何面对。

不需要任何阐述，泰山也知道远处那枪声所表示的含义，嘴唇上珍妮·波特的深情之吻还暖暖的，他就已经荡着树枝穿过密林向着木巴戛的村庄飞驰而去。

那场肉搏战并不能引起他的兴趣，因为他清楚地知道战斗很快就会结束，他无法帮助那些被打死的白人，已经逃跑的也不需要他的帮助。

只有那些既没被打死又没能逃走的俘虏才能让他焦虑不安，他知道肯定可以在木巴戛村庄那放在正中的大柱子上找到他们的。

泰山已多次看见木巴戛的武士从北面带着俘虏回来，接下来就会看到围绕着那根吓人的大柱子，会有点点火光在闪烁，同样的筵席随之摆开。

他很明白开始宴饮的时间从不会拖到太晚，估计现在赶过去也只能替死者报仇而已了。

他急速向前奔跑着，夜色渐浓的热带地区所特有的美丽的月光透过树顶照射在摇曳的树枝上。

没多久，他远远看见一对闪光的篝火摆放在小路的右侧，泰山对水兵的事一点儿也不清楚，还以为这是波特教授和克莱顿在遇袭前生的火。

对于自己的森林知识泰山向来是自信满满的，因此总是可以根据自己的计划路线前行，不会发生偏离，他从距离火堆大约半英里的地方飞驰而过，事实上那是法国人在宿营地生起的篝火。

才几分钟泰山就已经赶到了木巴戛的村庄，天啊，到底算不算晚呢？这连他自己也说不清楚，因为黑人武士正在用矛刺绑在柱子上的人，此时那人已经一动不动了。

致命的一刀还没有刺向这个俘虏，他们的习惯泰山已经很了解了，他甚至连舞蹈进行到什么程度了都可以非常准确地说出来。

没多久木巴戛的尖刀将会割下俘虏的一只耳朵，这样，舞蹈也就意味着结束了，接下来俘虏会在很短的时间内被切去肢体，只剩下痛苦扭动的血肉。

生命不会在此刻消亡，死亡就是上帝的最佳恩赐。

泰山将绳子盘在距离柱子最近的一棵树上，距离有四十英尺，突然响起了十分可怕的猿的吼叫声，那些正在跳舞的黑人一听到这挑战的魔鬼般的声音，便如石头般呆立着，舞蹈也骤然停止了。

篝火明灭不定，只听见套绳在黑人头顶上的呼啸声，却怎么也看不见它的踪迹。

迪阿诺特睁开双眼，就看见站在他面前的大块头黑人突然仰面倒地了，仿佛被一只无形的巨掌扇了一下。

他一边挣扎，一边尖叫，左右翻滚着，很快便消失在浓密的树荫之下。

这一幕将黑人们吓得魂飞魄散，都像中了邪似的。

转眼间另一个黑人又出现在树下，然后直直的飞向半空中去了，消失在浓密的枝叶中。其他黑人吓得边喊边叫，没命似的朝栅门跑去。

就只剩下迪阿诺特一个人。

勇敢如他，在刚才听到半空中响起的那声怪叫还是会吓得毛骨悚然。

在某种神奇的力量将黑人送上半空并隐没在大树的枝叶间的瞬间，迪阿诺特感觉一股寒气从脊梁骨直冲头顶，好像死神从黑色的坟墓中升起，用滑腻湿冷的手指触摸他的肌肤。

迪阿诺特出神地望着那棵树将黑人吞没，还听见了枝叶间窸窸窣窣的响声。

树枝摇摇晃晃，看上去就像一个人从树上滚落下来。紧接着，砰的一声，只见那黑人四脚朝天趴倒在地，纹丝不动。

紧跟着，有一白人小伙从树上跳下来。

在火光的映照下，迪阿诺特看到一个肢体匀称俊美的年轻巨人，从树影下朝他快步迈了过来。

这又会发生什么？他是谁？可毋庸置疑的是，这个人只会给他带来新一轮的折磨和凌虐。

迪阿诺特静静地等待着，两只眼睛直勾勾地盯着这个朝他走过来的怪人。然而，在他的注视下，那个怪人坦诚、清澈的眼神竟没有半点闪躲和徘徊。

迪阿诺特的心稍微安定了一点，虽然凭他的直觉，在这样一张面孔之下，应该不至于藏有一颗歹毒的心，不过他仍旧没抱多大的希望。

人猿泰山二话不说，就把法国人身上的绳子割断了。迪阿诺特浑身是伤，由于失血过多，差点儿没摔在地上。泰山赶忙上前扶住了他。

迪阿诺特感觉自己的身体已经脱离了地面，轻飘飘的，像是要飞起来一样，接着便神志不清了。

第二十二章　搜救之宴

天色一亮，在清晨的阳光之下，法国人的这个位于茂林深处的小憩所着实是一个让人觉得凄惨、失望的地方。

等到能够看清四周之后，卡朋特中尉立即把水兵分成三路人马，向着各个方向去找寻那条小路。不到十分钟，小路找着了，“探险者们”便马不停蹄地朝海滩赶去。

他们吃力地行走着，速度非常缓慢。因为必须要扛着六个伙伴的尸体——半夜又死了两个。即便是这么慢的速度，他们也需要有人在一旁搀扶着。

最后卡朋特决定自己先回海滩搬救兵，之后再去找那些黑人，营救迪阿诺特。

一直到下午四五点的样子，这群神疲力乏的“探险者”们，才回到海滩前面的露营地。由于一回来就听说了珍妮相安无事的喜讯，大家也就暂时忘却了忧愁和痛苦。

当这支小小的队伍走出丛林后，波特教授和塞西尔·克莱顿便一眼瞅见了站在屋门前的珍妮。

珍妮欢快地大叫了一声，飞奔着去迎接他们。她跑过去搂着父亲的脖子，顿时泣不成声。从被抛弃在这恐怖无比又危险重重的海滩之后，她还是头一回哭得这么歇斯底里。

虽然波特教授在竭力控制自己的情绪。但他那紧绷的神经再加上渐渐衰退的精力，显然已经难以承受这些情感的侵袭了，最终他像个疲惫不堪的小孩，将那饱经沧桑的脸深埋在女孩肩头，静静地抽噎着。

女孩把父亲领进屋里。水兵们都向着海滩去了，正好几个战友也朝着他们走过去。

克莱顿想要父女俩单独待一段时间，于是他随着水兵们，一起去跟几位将领交谈，一直到他们的小船驶向巡洋舰去才结束——卡朋特中尉向他们详述了这次探险经历的种种不幸。

克莱顿悠闲地向着小屋走去，因为他心爱的女孩平平安安的，所以他的心里满是快乐。

他弄不清楚到底是何种魔力，让她免于一死。她能幸存下来，真让人惊讶。

快接近小屋的时候，他看到珍妮从屋里走出来，于是赶紧迎了上去。

“珍妮，”他喊道，“为了我们仁慈的上帝。快告诉我，你是如何逃出来的吧？我很好奇，万能的救世主为了眷顾我们，究竟用了什么办法将你救出来的？”

克莱顿从未不加上她的姓，直呼她的小名。假如这种称呼在四十八小时之前，从他嘴巴里叫出来，一定会让珍妮心里掀起甜蜜的柔情，可现在却着实让她大吃一惊。

她一边伸出一只手，一边淡定地说道：“克莱顿先生，真是多亏你对我父亲这种充满骑士精神的忠心。我父亲告诉我，你是如此的高尚，一点儿也不畏惧牺牲。我拿什么来报答你对我们的恩情呢？”

克莱顿留意到，珍妮并没有对他这暧昧但又很随意的问候，做出特别的回应。不过他也没有过分担忧。在他看来，这么多灾难发生在这个姑娘身上，现在还不是向她表达心意的最佳时机。

“现在能够看到你和波特先生平安地团聚，这已经是对我最大的报答了。”他说道，“波特先生那沉默而又毫无怨言的悲恸，让我觉得快要窒息。甚至不敢想象自己还能忍受多长时间。

“波特小姐，那是我一生当中见过的，最悲痛的时刻。此外，还有我自身所经历的最大的伤痛。不过，他那是一种绝望的痛苦，而这种绝望会让人产生怜悯。它让我明白了，这世上没有一种爱，甚至包括夫妻间的情爱，都比不过父亲在爱女身上所表达出来的甘愿牺牲的情操和慈爱。”

姑娘不由得垂下了脑袋。她很想问一个问题，但每当想起坐在“森林之神”身旁，欢乐地吃着可口的野果，深情对望的时候，这位先生和她的父亲却正在为她遭受磨难，想到这些，又使她难以启齿，这问题对他们而言，真是一种侮慢。

可谁又能预言爱情的力量呢？最终她还是情不自禁地说出了心中的疑团。

“森林里那个救你们的大怪人怎么还没回来，他去哪儿了？”

“我没听懂，你说的是谁？”克莱顿问道。

“就是那个救你们的人啦，也就是把我从大猩猩那儿解救出来的那个人。”

“噢？他吗？你至今还没有跟我提起过你的这段‘冒险

旅程呢’！”

“怎么你没看见这个大怪人？”她的神情显得很慌张，“他一听到远处深林里轻微的枪声，就从我身边跑开了。当时，我们正从眼前这片空地经过，他就朝着枪响的方向飞奔去了，我想他是去救你们了。”

她说话的语气真像是在哀求，眼神透露出紧张激动的情绪，尽管她在竭力遏制，但这一切都逃不过克莱顿的眼睛。他很好奇，她为何会如此慌张，为何对那个怪人的下落如此着急。

一种强烈的痛苦涌上克莱顿的心头，也在胸腔里翻滚，在他自己都没有意识到的情况下，对猿人泰山的嫉妒与怀疑已经在他的身体里生根发芽了。可泰山是自己的救命恩人啊！

“不，我们自始至终都没有看见过他，更别说跟我们待在一起了。”他故作镇定地说，“刚刚袭击我们的就是他自己部落的族类，或许他正和他们待在一块儿吧。”他竟然将这些自己都不相信的谎言随口说出来了，用意何在？恐怕连他自己都搞不清楚。

“不，这绝不是真的，你说的那些人是野人。”姑娘瞪大眼睛激动地盯着他喊道。不过这些反应在克莱顿看来，未免太夸张了。他甚是不解。

“波特小姐，我们对他一无所知，他不过是这森林里的一个怪野人，既不会讲欧洲各国语言，也理解不了我们所说的。他身着打扮完全像极了西非海岸的野人。”

“波特小姐，这方圆几百里之内，没有野人以外的人种存在。他若不是袭击我们的那个部落的一员，便是来自于另外某个野蛮部落。说不定他还是个食人肉的野人。”克莱顿口若悬河似的接着说道。

珍妮顿时脸色惨白。

“这不可能，我不相信，他还会再回来的，到时候你就会知道你的想法是不对的。你根本就不了解他，相信我所说的，他是文明人。”

尽管克莱顿是个风度翩翩的绅士，但珍妮这样不顾一切地去袒护这位怪人，还是让他心生嫉妒。瞬间，他便将那位“半人半神”的恩情抛之脑后了，竟然还轻蔑地笑了出来。

“波特小姐，或许你说的是对的，但是，我觉得我们完全没有必要为了一个生吃腐肉的家伙大动干戈。也许他就是个有些疯癫的流浪汉，说不定在我们忘记他之前，他早已把我们置之身后了。他就只是一头丛林里的野兽。”

珍妮没有作声，她的心在痛苦地呻吟。

她很清楚克莱顿只是在阐述他自己的观点。她第一次用评判的眼光去审视他，并且开始剖析她新发现的这种叫做爱情的东西。

她缓慢转过身，朝着小屋走去。她竭力想象着若是和“丛林之神”坐在客船的派对场地上会是何种情形。她似乎已经看到他拿手抓东西往嘴里塞，吃相就像野兽撕扯嘴里的猎物一样，还把那双油腻腻的手往大腿上擦。想到这些，她不由自主地打了一个寒战。

珍妮似乎预见了他正在把一个既粗俗又没文化的乡巴佬介绍给自己的伙伴们认识的画面。联想起这幅场景，珍妮情不自禁地往后退了几步。

进屋后，她往那张铺满蕨类和茅草的床上一坐，一只手按住了怦怦直跳的胸脯，触摸到了那男人送的小金挂坠的轮廓。

珍妮把挂坠掏出来，放在手掌心上，泪眼矇眬地拿着它端详了半天，接着便放在唇边狂热地亲吻着。她把那张可人的脸蛋埋进软软的蕨里，悲伤地哭了起来。

“野兽？”她呢喃着，“让上帝把我也变成一只野兽好了。不管是人是兽，我都属于你。”

她那天没再见克莱顿。晚饭也是爱丝梅拉达给送去的。珍妮让爱丝梅拉达转告她父亲，这次经历使她受到了惊吓，她觉得身体很不适，需要静养。

隔天清晨，克莱顿便带着救援部队前去营救迪阿诺特。加上十名军官和两名军医，这次总共去了一百二十名整装待发的士兵，另外还有够吃一星期的粮食。

这些人还带了行李和吊床，这些吊床到时候还有另一个用途，就是搬运伤员。

这支队伍可是决心满满的“愤慨之师”，与其说是一个救援队，更像是一个讨伐队。因为已经不是头一回走这条路，省去了探路的时间，中午一过，他们便抵达了昨天小战役的地点。

大象踏出来的那条小道从这直达木巴戛的村落。下午两点左右，领头军便已抵达森林空地的边缘区域。

卡朋特中尉当即派出部分士兵穿越丛林，辗转在对面村庄。还又派去一些看守栅门，余下的和他一同留守在原地南边。

卡朋特预计让埋伏在北边的兵力最后进入目的地。只等万事俱备，发起猛烈的攻势。全军进攻的信号以他们的枪声为准，好来个出其不意，攻其不备，将村庄一举拿下。

中尉带领将士们在密林里蹲守了近半个小时，等着冲锋的信号传来。这短短半个小时似乎过去了好久。黑人们有的在田里干农活，有的频繁地出入于栅栏门口。

终于传过来一声清脆的枪声，埋伏于西南面的士兵一齐猛烈进攻。

还在田里干活的黑人们赶紧扔下手中的农具，拼命往栅栏方向狂奔，他们在枪林弹雨中一个个倒了下去。士兵们跨着这些横七竖八的尸体往栅门冲着。

这场战役攻势快如雷电，出人意料，黑人还未来得及守住栅门，白人就已攻进村子里了。村寨里武装起来的村民又开始了新一轮的血肉战，混战演变成一股难解的麻绳。

黑人在栅门内的村寨里死守了一阵子。法国人手里的枪和短剑，将黑人的长枪手以及没来得及开弓的弓箭手们一一击毙。

不一会儿，血战变成了疯狂的溃退战，不就又成为了屠杀战。法国士兵看到穿在几个黑人身上的迪阿诺特的制服后，复仇的焰火愈发燃烧得猛烈。

儿童和妇女幸免于难。待沾满鲜血的他们筋疲力竭之后，这场屠杀终于落下帷幕了，木巴戛的村庄里反抗的勇士也都死去了。

他们搜遍了每一座茅房的所有角落，但就是连迪阿诺特的影子也找不着。挨个拿手比画着问俘虏，也杳无音讯。有个曾在刚果服务过的水兵，会讲些白人和居住在沿海地带的更穷困的部落之间进行思想交流的语言，不巧，黑人也懂这些话语。但一问起迪阿诺特的下落时，他们也是哑口无言。

与此同时，只要一被询问和迪阿诺特相关的问题，黑人就指手画脚，喋喋不休，显得战战兢兢的样子，大伙儿都有预感，这群人一定和迪阿诺特的死脱不了干系，还拿出了人肉盛宴的证据。

水兵们最终放弃了，只在村里宿营过了一夜。他们将所有的战俘都集中到一起，还派了重兵严加看守这三间茅房。另外栅门外也设了哨岗。整个村庄在死一般的沉寂中睡去。

只剩下因失去亲人的黑人妇女，传来断断续续的哀号声。

次日清晨，法国人启程反回营地。他们原本打算一把火将整个村庄化为乌有，但之后听到那些痛不欲生的俘虏的恸哭声、呻吟声，还是打消了那种念头。至少他们不至于风餐露宿，还有一个可以遮风避雨、躲避野兽的场所。

“敢死队”缓慢地行走在归途上。带来的十张吊床，拖慢了他们前行的脚步。这里一共有八个重伤病号，还有两个士兵横死。

克莱顿和卡朋特殿后。因为卡朋特和迪阿诺特从小就很要好。克莱顿为了尊重卡朋特的悲痛情绪，一直沉默着，像是空气。

见卡朋特这般伤心，克莱顿觉得肯定是迪阿诺特的死引起的，因为这样牺牲毫无价值可言。珍妮在迪阿诺特被困之前就已经获救。况且他是因职责以外的事情而死，仅仅是为了个萍水相逢的姑娘客死他乡。可当克莱顿把这些想法跟中尉分享的时候，中尉却摇头表示不赞同。

“先生，不是这样的。”他说道，“这样的牺牲迪阿诺特也心甘情愿。我难过的是不能代替他去死。先生，我希望你能深入了解他的为人。他不仅称得上是一位真正的军人，同时他也是一位真正的绅士。很多人都获得过这样的称号，但真正配得上的人却寥寥无几。”

“他的死并非无足轻重。为一个素不相识的美国女孩而牺牲，无论那是一种什么性质的死，都能使那些活着的战友在死亡来临时更加勇敢。”

克莱顿沉默了，不过在他心底，已产生了对这位中尉的敬佩之情，而且这种敬佩并没有随着时间的推移而变淡。

回到小屋的时候，夜幕已经降临了。在走出森林之前，他们朝天上开了一枪，提示营地和船上的人，营救为时已晚。按照事先约定好的，在距离营地还有一两英里的时候放枪。鸣一枪代表任务失败；鸣三枪表示营救成功；鸣两枪则表示既没找到迪阿诺特，也没找到俘虏他的那些野蛮人。

焦急的等着他们归来的人听到这一声枪响，心里都不是滋味，一脸严肃，见了面都沉默着。这些人把那些扛回来的战友——死的、受伤的，小心翼翼地放在船板上，将船向巡洋舰的方向驶去。

站在门口的珍妮问道："可怜的中尉呢，还不知道他的下落吗？"

"波特小姐，我们去晚了。"克莱顿悲切地回答说。

"快告诉我，到底出了什么事？"她又问道。

"这一切都太可怕了，原谅我，波特小姐，我说不出口。"

"你是说他受尽了折磨？"她细声问。

"在他死之前遭受了什么欺辱，那些伤害他的野蛮人到底对他做了些什么，我们也无从得知。"他无力地答道。他一脸的疲惫，对迪阿诺特的死感到万分地遗憾，这句话说出来的时候，语气中刻意强调了之前两个字。

"在他死之前！你这话是什么意思？他们难道，难道他……"

这时候她忽然想起克莱顿曾对她说过的，也许那位森林怪人和这些野人有关，心里不由得颤抖了一下，那些令人恐惧的字眼她简直没办法说出口。

"波特小姐，千真万确，那是些吃人肉的野人。"他几乎是凶巴巴地将这些话说出口的。因为他们不约而同地想起了那个怪人，前两天那种无法言说的嫉妒之心又一次把他淹没了。

我们绝不会将深谋远虑、彬彬有礼这些字眼同猿人联系在一起，就像克莱顿跟凶残毫无瓜葛一样。可克莱顿竟将这些话随口说出：“你不用再怀疑了，那个‘丛林之神’从你身边离开以后，肯定急急忙忙赶往人肉宴席去了。”

克莱顿的话一出口，惭愧之感便向他袭来，虽然他还没意识到这些话会有多伤姑娘的心。愧疚是因为毫无依据地诽谤了“丛林之神”，他曾救过五个战友的性命，完全没有伤害过任何人。

女孩仰着头冷冷地说道：“对于你武断的答案只有一个合理的解释，不过遗憾的是我不是男人，不然就可以跟你解释了。”说完立马转身回屋去了。

克莱顿是个英国人，还没等他揣摩出波特小姐这句话的深意，珍妮早已飘然远去了。

“唉！我被当成是骗子了。她这种评价也不能说是完全冤枉我了。”接着，他又心事重重自言自语道：“克莱顿，小笨蛋，我想你是疲劳过度，再加上神经过敏吧。可让自己丑态百出实在是毫无理由，你还是乖乖睡觉去吧。”

还没睡之前，克莱顿站在船帆边，轻声呼喊了珍妮几声，想跟她道歉来着。但是这简直像是与古埃及狮身人面像交谈，珍妮在里头不理不睬。他只好写张纸条从帆布下塞了进去。

珍妮瞥见那张小纸条后，仍旧没有理睬。她真的快要气爆了，觉得感情受到了巨大的打击。但是女人就是女人，最终还是把那张纸条捡起来了。

亲爱的波特小姐：

首先我澄清一下，我并没有在为我的过错辩解。我想稍微合理一点的解释就是我神经太敏感了，事实上，这些理由也说得过去。你就当我从来没有说过那些蠢话。我很难受，你知道吗，这个世界上我最不忍伤害的人是你，请你原谅我，好吗？

威廉·塞西尔·克莱顿

“他肯定是那样认为的，不然不可能跟我那样说。”女孩暗自分析着，“但那些不可能是真的，我相信那个小怪人，真相绝不是那样子的！”

纸条上的那句话着实吓到她了：“这个世上我最不忍伤害的人就是你。”

这句话要是放在一星期前，她肯定会高兴坏了，可如今却让她闷闷不乐。

她多希望和克莱顿从来未曾相遇过，但和“丛林之神”的邂逅也让她苦恼不已。不过，话又说回来，实际上她是开心的。她手上还拿着另一张纸条，这是人猿泰山献给珍妮的情书。从森林回家的第二天，珍妮在房屋门前的草丛里发现的这张纸条。

这个新追求者又会是谁呢？若是森林里另一个可怕的野蛮人，为获得她的芳心，他指不定什么事儿都干得出来呢？

“爱丝梅拉达，你快醒醒。”珍妮喊道，“真不让人省心，明知道这个世界充斥着痛苦忧伤，却还若无其事地睡意沉沉。”

“我的天啦！小姐，怎么回事，这里有只河马？在哪儿？”

“瞎说，爱丝梅拉达。这里什么也没有，你还是快睡吧，睡着惹人烦，醒来更是如此！”

“你说的有道理，宝贝，你究竟是怎么了？整个晚上都闷闷不乐的？”

“唉，我只是心情有点糟糕，爱丝梅拉达，你就行行好，随我去吧。”

“嗯，亲爱的，你神经绷得太紧了，还是早点睡吧。费兰德先生跟我们讲过，上帝啊，吃人的恶魔，不要怪罪我们的神经会如此紧张。”

珍妮走近她，笑着吻了吻这个忠诚的女人，跟她道了声晚安。

第二十三章　情同手足

待迪阿诺特清醒后，才发现自己躺在一张陌生软床上，这张床是由蕨和茅草铺成的，头顶上是一个由树枝搭的“A”字形小棚子。

顺着脚的方向望去，那是棚子的入口处，绿茵环绕的草坪一览无遗，再朝前则是由郁郁葱葱的古树围绕而成的墙壁。

由于身子太虚了，再加上满身的伤，完全醒过来后，迪阿诺特愈发感到身上一阵阵撕心裂肺的疼痛朝他袭来。由于遭受了毒打，现在的他甚至连身体里的每根骨头、每块肌肉都疼痛难忍。

毫不夸张地说，现在脑袋稍微扭动一下都有可能引发钻心的痛。所以他只好闭上双眼，静静地等着时间流逝。

他拼命回想昏迷之前经历的一切，想把整个过程理顺，好推断出为何他会出现在这里，这又是在哪里？珍妮现在脱险了吗？是否平安地和朋友待在一起，还是又遇险了？

后来，他终于回忆起发生在木巴戛村的惨况，接着他又想起了那位怪异的白人。想起当时就是在他的怀里昏睡过去的。

迪阿诺特无法预知命运即将发生什么。他环顾四周，这里真是一派荒无人烟的迹象啊。

丛林深处持续传来嗡嗡叫声——这是众多树叶集结而成的窸窣声，昆虫的鸣叫声，以及小鸟婉转的歌声，猴儿的嬉闹混合而成的、神奇的、能够抚慰人心的、沉沉的颤抖。就好像他躺在此地，远离这个神秘的世界，似乎只能听得到些若有若无的回音了。

他慢慢又陷入了安静的睡眠状态，一直到下午才醒过来。

他再次体验到了造成醒来时的那种让人迷惑不解的奇怪感觉，不同的是，这次他很快就回想起了刚刚发生过的事情，他向窝棚出入口张望时正好看见有个人蹲在草地上。

他那肌肉发达的宽阔脊背正对着自己，可以确定的是那个人的是皮肤是棕褐色的，知道这是个白人以后迪阿诺特不由得舒了口气。

迪阿诺特轻轻地喊了一声，那人转过脸，然后起身走到窝棚前，多么英俊的脸庞啊，迪阿诺特心想，这应该是有生以来见过的最英俊的一张面孔了。

他弯腰钻进窝棚，爬到这位身负重伤的军官旁边，把一只凉凉的手放在他的额头上。

迪阿诺特跟他说法语，他只是一个劲儿地摇头。对这位法国人来说，这可不是件好事。

迪阿诺特又试着和他讲英语，可这个人还是摇头。他又讲意大利语、西班牙语、德语，结果都不尽如人意。

迪阿诺特懂一点点挪威语、俄语、希腊语，还可以断断续续讲几句西非海岸黑人部落的土语。但这个人还是什么都不知道。

一看到迪阿诺特的伤口，他又离开窝棚不见了，约莫半个小时之后，他采回来了些野果，还用一个葫芦似的东西提了些水回来。

迪阿诺特喝了些水后又吃了点野果，没有发烧这一点让他自己都觉得很不可思议。他又在尝试着和这位保护人说话，交流还是不遂人愿。

那个人又匆忙离开了窝棚，不一会儿返回，手里居然拿着几块树皮，让人不可思议的是：手里还有一支笔。

他蹲在迪阿诺特身边，就开始在树皮光滑的一面写了起来，然后递给了法国人。

让迪阿诺特意想不到的是，那行字居然是用清楚的英语印刷体写的。

我是人猿泰山。你是谁？这种语言你懂吗？你懂这种语言吗？

迪阿诺特抓过铅笔就想写字，突然又停了下来，心想这个奇怪的人既然会写英文，那他应该是英国人了。

“没错，我能读懂英语，还可以讲英语，现在我们可以开始谈话了，首先请容许我感谢你为我做的一切。”迪阿诺特说。

不过那个人还是用手指着铅笔盒树皮一个劲儿地的摇头。

“我的天啊，你身为英国人居然不会讲英语吗？”迪阿诺特大声说道。

脑袋里灵光一闪：或许这人是个哑巴抑或是又聋又哑。

于是迪阿诺特在树皮上用英语写了如下几句话：

我叫保罗·迪阿诺特，是一个法兰西海军中尉。

是你救了我的命，非常感谢你为我所做的一切，我的一切都是属于你的。

看完泰山的回答，迪阿诺特越发迷茫了：

我隶属于柯察克管辖的巨猿部落，我也只会我们部落的语言，其他还会说一点点大象丹托尔的话，也可以听懂狮子努玛和丛林里别的野兽的话。但是我还从来没有和人讲过话，除了有一次靠打手势跟珍妮·波特“说”过点什么。这还是我第一次和我的一个同类用笔交谈。

真是难以置信，迪阿诺特看完以后大惑不解，一个成年人居然还没和别人说过话，更神奇的是他居然可以读书写字。

他重新看了一遍泰山写下的那几行字：“除了有一次……跟珍妮·波特……”这不就是大猩猩劫持到丛林里的那位美国姑娘吗？

迪阿诺特满心欢喜，这样说来他就是所谓的大猩猩了？

他拿起铅笔就写：“珍妮·波特在哪儿？”

“她已经回到住在人猿泰山那间小屋里的亲人们那儿去了。”泰山回答道。

“也就是说她还没有死是吧？那她之前去哪儿了呢？又是出了什么事呢？”

“她并没有死。当时泰可兹要抢她为妻。被人猿泰山赶在她还没受伤害之前从他手里救出来了。”

“人猿泰山在丛林里还没被打败过，丛林里没有谁能打得过人猿泰山，也没有谁能活着逃出他的手心。我就是人猿泰山——伟大的杀手。”

迪阿诺特写道：“她平安无事我就太高兴了，我现在写字还比较困难，就让我先休息会吧。”

“好的，你先休息会儿，等你好了我就送你回你的同胞那里。”泰山回答道。

床铺是由松软的蕨草铺成的，迪阿诺特在上面一躺就是好多天，并且从第二天开始就开始发烧，一定是伤口感染了，迪阿诺特心想，看来这次是非死不可了。

后来一个主意突然就冒出来了，他都奇怪自己开始为什么没想到这一点。

他将泰山喊过来并打手势说要写字，然后在泰山拿来的铅笔盒树皮上写道：

“可以麻烦你去把我的战友领到这里吗？你可以拿着我写的纸条去找他们，他们会跟着你来的。”

泰山摇了摇头，拿起铅笔写道：

“一开始我就想到了这一点，但是巨猿们经常会来这里的，我不敢离开这里，如果被他们知道只有你一个人身负重伤在这里，一定会杀死你的。”

迪阿诺特闭上眼睛翻了个身，是啊，他当然不想死，可是体温越来越高了，他都觉得自己快死去了，也就在这个夜里他失去了知觉。

他就这样持续昏迷了三天，泰山一直守护在他身边为他清洗伤口、用凉水擦拭头和手。

到了第四天，迪阿诺特的体温恢复正常了，来得突然去得也突然，但他整个人都已经瘦得不成人形了，身体还非常虚弱，必须要泰山扶着才能够起来去葫芦里喝点水。

实际上迪阿诺特发烧并非伤口感染引起的，而是得了一种白人在非洲常得的病，这种病的最终后果是要么死，要么就像迪阿诺特这样突然退烧。

迪阿诺特在两天之后就可以在小台子上蹒跚前行了，泰山害怕他摔倒，就用有力的胳膊搀扶着他。

他们坐在一棵大树下，泰山找到一块光溜溜的树皮，好用它来进行两个人的交流。

迪阿诺特先写："我要怎样才能报答你？"

"那就教我讲人类的语言吧。"泰山答道。

于是迪阿诺特马上就开始教他说话了，他会先指一指某个熟悉的东西并用法语重复几遍它的名称，由于他自己的法语学得最好，他就理所当然地认为教泰山法语是最容易的。

对于分不清法语和英语的泰山来说这当然都是无所谓的，因此，当他指着写在树皮上面的"男人"这个词时，迪阿诺特就教他念homme。他还学会了把"猿"念成法语的singe，arbre是"树"。

在学习方面泰山如饥似渴，才两天就学会了不少法语单词，像"那是一棵树""这是一株草""我饿了"之类的简单的话也可以勉强说出来了。但很快迪阿诺特就发现，鉴于泰山已有的英语基础，要想让他掌握法语的句法结构特别难。

这位法国人用英语写了一些简短的课文来让泰山用法语念，但逐字逐句直译出来的法语根本就不通，泰山也被搞得云里雾里。

迪阿诺特到了这个时候才意识到他犯了一个错误，但此时的泰山已经到了很快可以一起谈话的地步了，如果现在让他把已经学会的法语扔掉再重新学，实在是太难了，他只好决定将错就错了。

泰山写条子问迪阿诺特是不是已经恢复得可以让他背他回那座小屋，这是在迪阿诺特退烧后的第三天。泰山何尝不是一样渴望早点回去，他多希望可以再见到珍妮啊。

这几日因为对珍妮的思念，待在这位法国人身边多少有点度日如年的感觉，但泰山毫无自私自利之心，一直推到那天才说。我们可以说这几日泰山所表现出来的高尚品德，比冒险从木巴戛的险境中救出迪阿诺特的英雄行为还要光荣。

迪阿诺特太希望尽快回去了，“但你毕竟无法一路上背着我穿过茂密的丛林。”迪阿诺特写道。

泰山大笑起来。

来了一句“笑话。”从泰山嘴里说出的口头禅，让迪阿诺特也舒心地笑了起来。

他们出发了，与克莱顿和珍妮一样，迪阿诺特不得不震惊于这个猿人强大的力量和灵活性。

他们在下午三点左右就已经到了那片空地，因为对珍妮的期盼，泰山是怀着一颗激烈跳荡的心从最后一棵树上跳下来的。

奇怪的是小屋外面连一个人影也没有，令迪阿诺特更为困惑的是，巡洋舰和“阿罗号”居然都未停留在港湾里了。

荒凉寂寥笼罩着整个沙滩，在泰山和迪阿诺特向着小屋走去的时候，同样的感觉也充斥着他们的心。

此时两人谁也没有说话，不需要等到将那扇紧闭着的房门推开，便都知道了有什么在等待着他们。

泰山还是拉开门闩，将那扇沉重的门推开，小屋内空无一人，眼前出现的正是他们最怕看到的情景。

两个男人转过脸来相互凝视着对方。迪阿诺特清楚地知道一定是战友们以为他已经死了。可是泰山一心只想着那个曾经爱他、吻他的女人，认为珍妮是在他照顾他的一位同胞，才会从他身边溜走了。

他真想远远地离开这里，去到密林深处找寻他的部落，再也不想见到任何一个同类了，一种巨大的痛苦瞬间涌上心头。这间小屋也不想再回来了。同时也将他连同他在这里萌生的寻找同类来使自己成为他们当中一员的巨大希望也永远埋葬了。

至于这位法国人迪阿诺特又算得了什么！他可以像泰山那样去生活。泰山再也不想看见他了。他要从所有能让他想起珍妮的事物中走开！

就在泰山站在门槛儿旁边痛苦思索的时候，迪阿诺特走进小屋。他看见战友们在这里留下许多能够使生活聊以维持的东西。他认出巡洋舰上的许多东西：一套军用炉灶，一些炊具，一支步枪，许多弹药，罐头食品，毯子，两把椅子，一张帆布吊床，还有一些书和刊物，大多数是美国出版的。

“他们一定要回来。”迪阿诺特这么想着。

当他走到约翰·克莱顿许多年以前做的那张书桌跟前时，有两封留给人猿泰山的信摆在上面。

没有封口的那一封明显是出自男人遒劲有力的手笔，另一封自己娟秀且封了口，应为女人所写。

“人猿泰山这里有两封信是你的，”迪阿诺特一边向门口转脸一边喊叫着，但压根就找不到泰山的影子了。

迪阿诺特走到门口，探出脑袋向外四处张望还是没有看见泰山。他大声呼喊也没有人回答。

“我的天啊！”迪阿诺特惊慌失措大声尖叫道，“他居然把我一个人留在这儿离我而去，自己一个人跑回丛林里去了。”

他慢慢开始回忆起来，当时他们发现小屋内无人时泰山脸上的表情，正如猎人看到被蛮横打到的鹿眼睛里的神情一般。

迪阿诺特这才意识到泰山受到了严重的打击。但他却无法想象这打击从何而来。

经历了疾病严重侵扰的迪阿诺特身体本来就已经十分虚弱，现在向四周张望着，他的神经已经被寂寞和恐惧慢慢侵蚀。

一个人被孤零零地扔在这可怕的海滩上，永远听不见人的声音，看不见人的面孔，总是提心吊胆害怕野兽和更为可怕的野人的袭击——一句话，成了寂寥和失望吞噬的猎物，这实在太可怕了！

人猿泰山正从海滩东边穿过丛林的“中间地带”，飞速奔向他的部落，他感觉自己简直要从身体里飞出去了一般，像今天这般不顾一切地奔跑这还是头次，正如一只受惊的松鼠发疯似的穿过森林，渴望走出自己的思想禁锢，可是不管跑得多快，他还是无法逃脱思想的网罗。

他从一只动作舒缓而轻松的狮子身边掠过。这只母狮子跟他走的方向完全相反。泰山想，它一定是去小屋的。

如果山宝真去小屋的，迪阿诺特该如何是好？可能袭击他的还有大猩猩波尔加尼、公狮子努玛，或者凶残的猎豹希达，它们都会成为他致命的对手。

泰山马上停止飞荡。

“泰山，你到底算什么啊？”他对着自己大声吼叫，“到底是猿还是人？”

“要是猿的话，就大可按猿的原则办事，只要内心所想，就可以抛开一切闯荡四方，即使把自己的同胞丢在丛林里死去也无所谓。”

“如果你是作为人来存在的话，那就应该守护好同伴，决不能因为自己被抛弃了就去抛弃别人。”

迪阿诺特神情紧张的关上门。毋庸置疑，迪阿诺特非常勇敢，但也会因为孤立无援而产生害怕心理。

他将子弹压入一支步枪中，再放到随手可以取到的地方，然后走到书桌旁将那封写给泰山的没有封口的信拿起来。

也许信里会提到他的战友们只是暂时离开海滩，因此看一看或许算不上违犯道德。这样想着，迪阿诺特从将信纸从信封里抽出读了起来。

人猿泰山：

对您愿意将屋子借我们小住表示感谢，遗憾的是未能一睹尊容并且当面致谢，您的东西我们一件都没损坏，还给您留了诸多用具，他们在一点上还是可以帮助您让这座孤寂小屋的生活更具舒适性的。

还有一位奇怪的白人先生，如果您认识并能够和他谈话，请将我们的谢意转达于他，很多次他不计回报的救我们于危难当中，还给我们送来了大量的食物。

我们即将起航就再也不回来了，还是希望您和那位丛林朋友知道，对于您为登上这片海滩的陌生人所做的一切，我们将永远感激，如果有机会可以有报答二位的机会，我们一定会尽力回报的。

非常尊敬您的

威廉·塞西尔·克莱顿

“再也不回来了！”迪阿诺特面部朝下扑倒在那张吊床上，嘴里还在喃喃着。

一个小时以后，他突然站起来，紧张地谛听着。似乎有什么东西想进屋！

迪阿诺特抓过那支装了子弹的枪，平举起来。

暮色环绕下的小屋里面很暗。可是迪阿诺特看见门闩正被轻轻地拨开。

他吓得魂飞魄散。

门轻轻地打开了，从那条窄窄的门缝望出去，看见什么东西正站在门外。

迪阿诺特瞄准那条门缝，扣动了板机。

第二十四章　财宝失踪

尽管“搜救队”拼尽全力去营救迪阿诺特，但所有努力都石沉大海了。他们回到营地后，达弗林舰长表示要赶紧离开这里，大家都无异议，只有珍妮似乎很不情愿。

“不要，”她固执地说道，就算是你们所有人都走了，我也会一直坚守在这里。因为森林里还有我们的两个朋友。我相信总有那么一天，他们还会回到这儿，而且他们肯定特别希望我们依旧在等着他们的归来。

“达弗林舰长，他们俩，其中一个是你昔日的手下，还有位“森林之神”，这位神人曾经救过我父亲那些手下的性命。

“前天在丛林边，我们听到枪声，他为了去救我父亲和克莱顿先生，急急忙忙独自离开了，因为当时以为他们遇到了什么危险。后来他就再也没回来了，我想是因为迪阿诺特需要援助吧，这点您应该坚信不疑。”

“倘若他去迟了，没有能够救出迪阿诺特，如今早就应该赶回来了。我觉得他到现在还没有回来的理由只可能是因为中尉受了重伤，在途中耽误了些时间；另一种可能就是他必须要赶到很远的地方去，甚至要比士兵袭击的那个村庄还要远。”

“但不可否认的是我们已经在那个村庄，发现了迪阿诺特的制服和随身物品，波特小姐，别忽略重要的一点，”舰长反驳道，“只要我们一询问他的去处，俘虏们便不约而同地惶恐起来。”

“你说的这些都有道理，可那些人也并没有说他已经死了。至于那些衣物，落在他们身上也不足为奇。那些比黑人更文明的人事先不也是把俘虏身上的钱财搜刮干净，再去考虑是否留下他们的性命吗？就连我们南美军人也不例外吧，所以你说的都毫无依据的。”

“或许你口中那个怪人也落入了黑人之手，估计性命不保了吧。”达弗林舰长说。

珍妮憨笑着答道：“您对他还不够了解”。想到这是在表白内心的想法，喜悦和自豪之情溢于言表。

“坦白地说，这个超人还真是蛮值得我们期待的，我都迫不及待地想领略下他的风采了。”舰长微笑着说。

“我希望大家都留下来等等他们，亲爱的舰长。”珍妮焦急地说道。

若是眼前这位法国人能读懂珍妮这些话的深刻意义，不吓一跳就怪了。

他们沿着海岸一句交谈到小屋。屋旁大树下，军用小马扎上，三五个人正在攀谈着。

这一群人里有珍妮父亲、费兰德先生、克莱顿、卡朋特和其他两名军官。爱丝梅拉达则是在那些人背后踱来踱去，时不时凑过来大胆地评论几句，这架势怕是只有那些资格老以及被惯纵坏了的仆人才会有吧，瞧她那傲慢、自由的神情啊！

这些人瞧见舰长向这边走来，都站了起来行礼。克莱顿则让珍妮坐上了他的那个小马扎。

“我俩刚在谈论迪阿诺特。”舰长达弗林说，“波特小姐意见很明确，她觉得还没有充足的证据证明他已经死了。这点倒也有理。另外，她推测迪阿诺特现在仍然有可能非常需要援助，这就能解释你们那位超能的‘森林之神’迟迟不归的缘由了；另一种可能就是他现在还在某个更远的黑人村里当俘虏。”

“也有人觉得，”卡朋特大胆地说，“那人或许就是攻击我们的黑人部落中的成员。他也许是帮自己人去了。”

珍妮迅速地瞥了眼克莱顿。辩解道：“如果是这样的话，他会来攻打我们的。但在这里这么久，他总是尽心尽力地保护我们，还经常给我们送些粮食。”

“这些倒是不假。”克莱顿打断了珍妮的话，“但我们不要忘了，方圆几百英里，他是唯一一个白人，其他的都是些食人肉的野人。他的衣着打扮跟野人一模一样，这一点至少能够说明他们之间还是有着某种微妙的联系。而从他能够独自打败千千万万野人的现象表明，他们之间的关系还非常友好。”

“这样一来，他们之间不可能毫无瓜葛。”舰长说道，“也许克莱顿说的是对的。”

“如果是这样的话，他在森林里生活这么久就能够说得通了。”另一军官说道，“那人和这般野蛮的居民一同相处，并且还熟知各种森林常识，非洲人的武器也能运用自如。”

“先生们，这只是你们用自己的标准来衡量他。”姑娘说，“我敢这么说，一个像在场各位一样的普通白人，首先我澄清一下，我并不是特指你们中的某一位，换句话说，就是一位拥有超能力和高智慧的白人，是绝不可能独自一人光着身子在这热带森林里活过一年。但他的体能不但远远超出一般白人，甚至于那些经过长年累月训练的运动儿和大力士也望尘莫及。好比拿这些人的体能跟婴儿比较，意思是一样的。至于他在打斗中，呈现出的凶狠和勇敢，我看也不亚于任何一个野蛮人。”

“他真幸运，竟然得到波特小姐的忠诚拥护。”舰长笑着说道，“我敢担保，谁都愿意在最恐怖的死亡面前死一百次，哪怕得到的只是你一半的忠诚，或是漂亮的小姐一半的肯定。”

珍妮说：“假如你们亲眼目睹他为了救我，是如何同那毛茸茸的巨兽搏斗的，就会明白我为何会如此拥护他了。

“假如你们亲眼目睹他是如何像斗牛士一样攻击大灰熊，并朝它猛扑过去时所并表现出来英勇和果断的话，说他是超人，你们是绝对不会怀疑的。

“假如你们看到他那黑黝黝的皮肤下，隆起的小山丘样的肌肉时的情形，若是你们见识到了他如何用力挽狂澜之劲，躲开那可怕的獠牙的话，你们也会觉得他所向披靡。

“假如你们目睹他是如何怎么用他的绅士品格，来对待一个陌生种族姑娘的话，你们也会像我一样，无条件信任他的。”

“你的辩护获胜了，亲爱的辩手，”舰长大声说道，“现在我庭宣布‘被告’无罪。巡洋舰也会再等上几天的。在这几天，也许他能及时赶到，跟你这位神圣的波西亚（Portia）①致谢。”

“天啊！请看在上帝的面子上！亲爱的！”爱丝梅拉达

① 波西亚：莎士比亚名剧《威尼斯商人》中的女主角。——编者注

大喊道，“这么好的机会坐船逃离这鬼地方，你们这是脑袋发热了吗？这到处都是食人肉的野人！千万不要冲动，亲爱的小姐。”

“天啊，爱丝梅拉达，你脸皮怎么这么厚！”珍妮激动地说，“你就是这样回报曾经救过你两次性命的恩人？”

“珍妮小姐，你这话说的是有道理。但你想想看，这位‘森林之神’救我们，难道是是为了让我们在这里常住的吗？他肯定是想让我赶紧离开这里的。依我看，要是他知道我们这样做，白白放弃逃生的机会，他肯定要暴跳如雷了！

“还有，在那个破屋子多睡一夜，都会让我无法忍受的。你是不知道，只要天一黑，森林里各种孤寂悲凉的声音就会往耳朵里面钻。”

“爱丝梅拉达，我没有一丝埋怨你的意思。”克莱顿说，“你把森林里那些野兽的号叫声用孤寂悲凉来形容，真是太贴切了。你是不清楚，我以前一直想用个准确的词语来表达这种感受，苦于一直没有灵感，孤寂悲凉这个词真是绝。”

“你们俩最好是住到巡洋舰上去吧。”珍妮语气中带了点嘲讽。她说：“真的很难想象要是你们被困在这森林中，不得不像森林怪人那样在这里生活一辈子，天晓得你们会变成哪样呢。”

“我想我怕是要变成一个地道的野蛮人了。”克莱顿苦笑着说道，“这森林里的各种鸣叫声真真切切叫人不寒而栗。我必须承认这一点，这会让我冒虚汗的。可却又是千真万确，我无法抵赖。”

“你们说的我倒是没留意，在我脑袋里，害怕以及相关的字眼压根儿就未曾出现过，我也从没有想要弄清自己是懦夫还是勇士的念头。”卡朋特中尉说，“但可怜的迪阿诺特被俘虏的当天晚上，当这些野兽的号叫声围绕着我们此消彼长时，第一次让我深深地体会到了自己是个胆小鬼。巨大走兽的咆哮让你感觉到恐惧是自然而然的，可最令人惊悚的是那些鬼鬼祟祟向你靠近的声音。你会突然觉得身边有动静，可当你竖起耳朵仔细去体味的时候，声音又立即消失了。那令人迷糊的声音，宛若一头巨兽朝你鬼头鬼脸地走过来。你无法估摸它离你到底多远，消失之后还会不会再次传来？总而言之，这种声音，再加上野兽的眼神，估计得吓你个半死吧。

“天啊，那些黑暗中的，不管是看得见的，还是看不见能够感受到的眼睛，应该是最吓人的。”

说完现场都安静了下来，后来，珍妮又接着说道：“但是他还在森林之中。”可能是害怕的缘故吧，她的声音压低了下来。“也许今晚，你们的同伴迪阿诺特还处在被虎视眈眈的包围之中。你们难道就这么狠心，连多等几天的要求也不答应吗？你们真的忍心连这种简单的等待援助都不愿意配合吗？”

“哎呀！孩子！”波特先生说，“舰长刚才不是已经答应多留几天了吗？你父亲我，肯定双手赞成你的提议的。因为我向来都是不会拒绝你任何孩子气的怪主意的！”

“教授，我们明天正好还有充足的时间可以使用，可以去找找那个箱子。”费兰德建议说。

“好极了，真是好极了，费兰德先生，非常对。你不提醒我，我还差点就忘了箱子这一茬。”波特教授咆哮着，“我们或许能在舰长这儿借几个人帮帮忙，再带一个俘虏过来的船员去导航，指明箱子的具体方向。”

“完全没问题，尊敬的波特教授，我们随时恭候着听从你的差遣。”舰长说。

他们的计划是这样子的，即日，由卡朋特中尉带领十个水兵，派“阿罗号”其中一名叛徒做向导，起航去挖掘那箱珠宝，巡洋舰继续再在海上逗留一星期。一周时间一过，若迪阿诺特和“丛林怪人”还未见归来，就表明中尉确实丧生了，然而，那位丛林怪人则是不愿在这么多人面前露面的。最后，船只和全部人都离开海滨。

第二天，波特教授并未一同前去寻找箱子。快到中午的时候，寻宝的人失落地回来了。波特教授赶忙迎了出去，一改往日那漫不经心的样子，体态显得甚是慌张。

“箱子呢？”当寻宝的人离他还有百余英尺时，他便激动地大喊地询问克莱顿。

克莱顿情绪低落地摇了摇脑袋。

“没了。”一直走到教授跟前他才开口说话。

“没了？什么意思？这怎么可能！谁能拿得走它呢？”波特教授叫喊道。

“估计只有老天爷才知道究竟是怎么回事，教授。”克莱顿说，“我们完全可以怀疑是领路人欺骗了我们。可事实它不会说谎，当发现箱子没有在斯纳帕斯的尸体下面时，他那惊奇和害怕的脸孔叫人不得不相信他说的是实话。后来我们继续往下挖时，确实能够看出下面有埋过东西的痕迹。因为那底下本来还有一个坑的，现在却被新土填满了。”

“可谁又会拿走它的呢？”波特教授又问道。

“肯定会往巡洋舰水兵们的身上想，”卡朋特中尉说，“但杰维尔斯少尉（Sub-lieutenant Janviers）跟我发过誓，巡洋舰上从来没有人请假离开过这儿。换句话说，自打巡洋舰抛锚以来，除去一位带队执行任务的军官外，没有谁上过岸。我不敢肯定大家是否相信我们的为人，但令人高兴的是，目前已经没有可以让人去猜疑的依据了。”他用总结的口吻说。

“我就算是怀疑克莱顿先生和费兰德先生，也不存在怀疑到施给我们这么多恩惠的法国军人身上。”波特教授表情严肃地说道。

这番话把大家都逗笑了。这话一出来，他们心里的石头总算是落了下来。

“事实上，箱子早已被拿走了，”克莱顿接着说道，“那尸体我们一抬便散架了。种种迹象表明，不论谁偷走那箱子，应该都是尸体还没有腐烂风干之前盗的。因为我们最开始看见它时，它还是完好无缺的。”

这时候珍妮也走了过来，她说：“强盗肯定不止一个，你们还记得吧，那箱子要四个人才抬得动。”

“噢，”克莱顿恍然大悟，叫了起来，“是的，这肯定是几个黑人一起动的手脚。说不定水手们在埋箱子的时候，有人碰巧发现了这个秘密，于是便立马领着他的朋友将箱子偷走了。”

“现在多说什么都没有任何意义了。”波特教授难过地说道，“这下好了，箱子不知去哪儿了，也许再也不会回来了，或许再也没机会观看里面的内容了。”

这一切也许只有珍妮知道为什么，失去箱子对于他的父亲而言意味着什么，对于她来说，又是什么意义。

一周之后的前一天，舰长跟大家宣告，明天一早启程离开这里。

若非她自己开始接受她那位丛林爱人不会再回来的事实，珍妮肯定会再次乞求延迟船舰起航的时间。

猜疑和恐惧情不自禁地朝珍妮心里暗涌而来。尤其是当那些好心的法国军官开始有理有据的剖析，动摇了她内心的坚定和信念。

她坚决不相信他食人肉。但她心想，他被某个野蛮部落收养的可能性却非常大。

她拒绝相信他会死。因为她完全想象不出如此完美无缺、充满生气的身体，再也闪耀不出绚丽的生命色彩——除非永恒和不朽终究要成为一抔黄土。

珍妮脑海里一浮现出种种猜想，其他杂乱不堪的念头也接踵而至。

他若不属于某野蛮部落，也许会有野蛮人妻子——或许妻子还有好几个，还应该有一大群混血孩子。吱——珍妮不由自主地打了个寒战。所以，当被告知第二天就要起航离开这里的时候，她还是有点兴奋的。

不过她还是提议在屋里留些武器、弹药、粮食和另外能让日子过得舒服些的物品。表面上看上去是给那位曾出现的人猿泰山和万一幸存的迪阿诺特留的。可事实是留给她的“森林之神”的，即便是被告知，他只是个泥足巨人。

在走之前，她给他留了封信，希望这封信能到达她的“森林之神”手上。

她是最后一个离开屋子的。在大家都往小船走去时，她又编了个谎折了回去。

进屋后，她在那张陪伴她，度过了许多个日日夜夜的床边跪了下来，为她的爱人祈祷。柔润的嘴唇亲吻着他往日送的项链，嘴里呢喃着：

“我爱你，因为信任你，所以爱你。即便是我不再信任你，我也会一直爱你。倘若你为我又回到了这里，倘若我们走投无路，我愿意为你走进森林——永远！”

第二十五章　人间前哨

循着枪声，迪阿诺特看见门被突然打开，一个人影垂着头倒下了，躺在了小屋地板上。

这个法国人急忙伏在地上，慌乱之中举起了枪，准备再补一枪。然而，就在门敞开那一刻，借着昏暗的光线，迪阿诺特蓦地发现那是个白人，这才反应过来中枪的人正是他的朋友，也是他的保护神——人猿泰山。

他懊恼地大喊了一声，冲到他的朋友身边，跪了下来，伸手把泰山的头抱在怀里，大声喊着他的名字。

可是，泰山却不见有任何动静。迪阿诺特用耳朵贴近他的胸膛，检查心脏是否还在跳动。令他欣慰的是，胸膛内还有持续跳动的声音。

他小心翼翼地把泰山抬到行军床上，关上了门，又插上门闩，这才开灯，仔细检查他的伤口。

子弹打偏了，擦破了泰山的头颅。只是皮外伤看着有点骇人而已，头骨没发现有损伤。

迪阿诺特宽慰地舒了口气，接着开始为泰山清洗脸上的血迹。

清凉的水让泰山很快苏醒了，他睁开双眼。当看到迪阿诺特时，他一脸惊讶，目光里流露出探询。

后者已经用布条帮他包扎好了伤口。看到泰山苏醒过来后，迪阿诺特起身走到桌边，写了个字条递给泰山，上面解释了自己如何犯下了可怕的错误，以及看到泰山伤得还不算严重，让他深感宽慰。

看完字条后，泰山坐在沙发边上笑了起来。

“没事啊。”他用法语说道。接下来的话，他不会说了，于是他用英语写道：

你要是看到波尔加尼，还有柯察克跟泰可兹都对我干了什么，当然是在我杀死他们之前，你就该笑我怎么才擦伤这么一点儿了。

迪阿诺特递给泰山两封留给他的信件。

泰山读着第一封信，脸上渐渐呈现出悲伤的神色。第二封信他翻过来翻过去看了好几遍，不知道怎么打开——他还没见过这种密封的信件。最后只好把它还给迪阿诺特。

法国人在一边看着，知道这个信封把他难住了。对一个完全成熟的白人男子来说，一个信封竟然成了难解的谜，真是不可思议！迪阿诺特打开了信封，递给泰山。

泰山在一张折凳上坐下，展开信纸读了起来——

致人猿泰山：

在离开之前，请允许我同克莱顿先生一起，对您的好意表示衷心感谢，谢谢您准许我们使用您的小屋。

一直没有机会与您认识，并成为朋友，是我们的最大的遗憾。要知道如果能见到小屋的主人，并当面感谢他的话，我们将会非常高兴。

同时我也应对另外一人表示感谢，虽然他没有回来，但我无法相信他已经死了。

我不知道他叫什么名字，只知道他是个白人，块头很大，胸前戴着菱形挂坠盒。

如果您认识他，而且会说他的语言的话，请代我向他致谢，告诉他，我足足等了他七天。

另外告诉他，我家就在美国的巴尔的摩市，如果他愿意的话，随时欢迎他来玩。

在小屋旁边的树下，我在落叶里发现了一张您写给我的字条。我不知道您是如何爱上我的，因为您都没有跟我说过一句话。如果真是这样，我感到很抱歉，因为我的心已经完全给了另一个人。

但请相信，我永远是您的朋友。

珍妮·波特

泰山坐着，盯着地板发呆，约莫一个小时就这样过去了。从这些字条看来，他们还不知道他和人猿泰山是同一个人。

“我的心已经完全给了另一个人。”他喃喃地对自己重复着这句话，一遍又一遍。

这么说，难道她不爱他！那她为什么要假装在爱他呢，分明是把他的心捧至希望的巅峰，却又旋即弃至绝望的深谷中！

也许那一吻只是个友善的举动。可他怎么会知道，他还是个对人类的风俗习惯一无所知的人。

他突然站起身来，向迪阿诺特道了声晚安，这是他已经学会的礼节，然后倒在了珍妮·波特睡过的那张铺满蕨草的床上。

迪阿诺特把灯熄灭，在行军床上躺下了。

整整一个星期，他们几乎什么也不干，只是休息。迪阿诺特在教泰山法语。一个星期后，两个人就开始轻松地对话了。

一天夜里临睡前，两人正坐在小屋里时，泰山向迪阿诺特问道：

“美国在哪里？”

迪阿诺特指了指西北方向。

“大洋对面，隔着好几千英里呢，”他答道，“问这干吗？”

“我打算到那儿去。”

迪阿诺特摇了摇头。

“不可能的，伙计。”他说。

泰山站起来，走向其中一个橱柜，抽出一本经常翻阅的地理书，折了回来。

他翻到世界地图那一页，说道：

“我对这些一直看不明白，请给我讲讲吧。”

于是迪阿诺特告诉他，蓝色表示地球上的海洋，其他颜色的部分就代表了大陆和岛屿。泰山让他在地图上指出他们现在的位置。

迪阿诺特指给他看了。

“美国呢，又在哪里？”泰山问道。

迪阿诺特把手指放在北美的位置上，泰山笑了，把手掌平放在地图上，用手丈量着两大洲之间的大洋。

“你看还不算太远，”泰山说，“还没到我一个手掌距离呢。”

迪阿诺特大笑起来。怎样才能让眼前这个人明白呢？

他拿出一支铅笔，在非洲海岸画了一个小点。

“别看就小小的一点，”他说道，“在这张地图占的面积，就比这个小屋占地球的面积，要大许多倍呢。现在知道有多远了吧？”

泰山想了好一会儿，问道：

“那有白人生活在非洲吗？”

“有！”

“离我们最近的都住在哪里呢？”

迪阿诺特指了指北部海岸上的一点。

“这么近？”泰山惊讶地问。

“是的，”迪阿诺特说，“不过，其实也挺远的。”

“那他们有能跨越大洋的大船吗？”

“有的吧。”

“那我们明天就去！”泰山一本正经地宣布。

迪阿诺特又笑着摇了摇头。

“太远了。估计还没到那里，我们就会死的。”

“难道你想一直在这里待下去吗？”泰山问道。

“我没想过。”迪阿诺特答道。

“那我们就明天出发。我不喜欢这里，一点儿也不喜欢了。我宁可死，也不要在这里待着。”

“好吧，”迪阿诺特答道，耸了耸肩，“我也不知道，不过，我想我也是，宁可死也不想再待在这儿了。如果你想去，我跟你一起走。”

“那就这么定了，”泰山说，“明天我就要出发去美国。”

“你没有钱，怎么去得了美国呢？”迪阿诺特问道。

“什么是钱？”泰山一脸疑惑。

迪阿诺特又花了好些工夫，才让泰山勉强弄明白了钱是什么。

“人们怎么挣到钱呢？”他最后问道。

“工作可以挣钱。”

“那好，那我就去工作，挣钱。”

“不用了，伙计，”迪阿诺特答道，“别担心钱的事，你也不用去挣钱。钱我有很多呢，足够我们俩去美国了，就是二十个人去都够了。一个人多带点钱总是没坏处的。等我们到了那个文明世界，你想要什么都会有的。”

于是第二天，两人就朝着北部海岸的方向出发了。除了被褥，一些食物和炊具外，两人都各自背上了步枪和弹药。

炊具对泰山来说，简直就是无用的累赘，于是他把炊具丢在了一边。

“你必须学会吃熟食，我亲爱的朋友，”迪阿诺特提醒他，“文明人是不吃生肉的。”

“等到了那里再吃熟食也不迟。”泰山说，“我不喜欢熟食，简直糟蹋了鲜肉的味道。”

他们一路北上，走了一个月。能找着食物的时候，他们就尽量吃饱一些，然后就又一连好几天饿着肚子辛苦赶路。

还好路上既没看见土著，也没有野兽来打扰。一路平平安安，简直就是奇迹。

泰山问了很多问题，而且一学就会。迪阿诺特教给他许多文明社会的优雅举止，他甚至学会了如何使用刀叉，不过，有时泰山还是会一脸厌恶地扔掉它们，用他褐色的大手一把抓起食物，跟野兽一样用臼齿撕开就吃。

这时迪阿诺特便会在一旁劝告说，“泰山，这样吃东西像个野蛮人。不行，这个习惯必须改掉！我要让你做个绅士。我的上帝！绅士绝不会这样，看上去太可怕了。”

泰山咧嘴一笑，不好意思地又拿起了刀叉。其实在他内心深处，他还是没法喜欢它们。

一路上他告诉迪阿诺特，他亲眼所见水手埋了一口大箱子的故事，说他是如何把它挖出来，扛到人猿的集会所那里把它埋起来的。

“那一定是波特教授的财宝箱，”迪阿诺特说，“那太可惜了，不过，你当然不会明白是怎么回事。”

接着泰山回想起珍写给她的朋友的那封信——那封他们第一次来小屋时他偷走的信，现在他才明白过来箱子里装的是什么，以及那些东西对珍来说有什么意义。

“明天我们就回去找这个箱子。”他再次向迪阿诺特郑重宣布。

“回去？”迪阿诺特不禁惊叫起来，“天，我亲爱的，我们已经赶了三个月路了。返回去又要三个月。那些珠宝又那么沉，不是你说还要四个水手来抬吗，那样的话，再回到现在这里，就得花上好几个月时间了。”

“可我们必须这样做，我的朋友，”泰山很坚决，“你可以先去那个文明社会，不过我得回去找那些珍宝。我一个人走的话，可以快得多。”

“我有个更棒的计划，泰山，”迪阿诺特大声喊道，“我们可以一起去最近的居留地，在那里包一艘小船，再沿着海岸倒回来装珠宝，这样运输也方便了，而且更安全快捷，还也不需要分开行动了。这个计划你觉得怎样？”

“简直太棒了，”泰山回答道，“珠宝什么时候去拿都行。要是我现在一个人去，可能要花一两个月时间才能赶上你。我得一路跟你做伴，这样你才会感觉更安心。迪阿诺特，每次看到你孤立无援的样子，我都纳闷。你说人类这些年是怎么生存下来而不致灭亡的呢！ 你看，要是一对一，一个山宝能灭掉一千个像你这样的人。”

迪阿诺特大笑起来。“等你看到我们的陆军和海军，还有那些壮丽的城市，恢宏的工程后，你就会对这个种族赞叹不已了。那时你就明白了，是精神力量，而不是肌肉力量，让人类如此强大。这力量比你所熟悉的丛林里的所有猛兽的力量要强大得多。

一个手无寸铁的人绝不是任何大型动物的对手；但是如果十个人联手，他们可以结合集体智慧与力量，对抗所有劲敌。可那些野兽呢，由于不会动脑筋思考，永远也做不到联手反抗人类。要不然，人猿泰山，你还想在丛林里待多久呢?”

“你说得太对了，迪阿诺特，”泰山答道，“要是在‘哒姆—哒姆’狂欢节那天晚上，柯察克过来帮图布拉特一把的话，我早就没命了。不过柯察克他可能永远也想不到利用这样的机会。就连我的母亲卡拉，她也不会提前计划事情。她只在感觉饿了的时候才吃东西。如果找不到东西吃，哪怕看到好多食物，可以饱餐好几顿，也绝不会把它们攒起来留着。

我还记得，上次外出时我多背了一些食物，她就觉得我是个蠢货。结果咧，那会儿没有东西吃的时候，她还很乐意和我一起享用呢。”

“这么说你还记得你的母亲，泰山？”迪阿诺特惊喜地问道。

“是啊， 她是个猿猴，个子高大，非常健壮，体型比我还大，体重是我的一倍。”

“那你的父亲呢？”迪阿诺特问道。

“我没见过他。卡拉以前跟我讲过，说他是个白猿，跟我一样全身没有毛。现在我知道了，他一定是个白人。”

迪阿诺特专注地端详着他的同伴。

半晌，他终于说道：“泰山，那只猿猴卡拉，它不可能是你的母亲。如果你的母亲是猿猴——这点我是不太相信的——那你多少都会继承一些猿类的特征，可是，在你身上找不到这些特征，所以你完完全全是人类，而且，你的父母智商很高，还很有修养。对小时候的事情，你真的一无所知吗？”

“是的，一无所知。”泰山回答。

“在小屋里没有以前住过的人留下的记录吗？”

“除了一本书外，屋里的每样东西我都读过。现在我知道那本书不是用英语写的。也许你能看懂呢。”

泰山从箭袋最里面掏出一个黑色封皮的日记本，将它递给了同伴。

迪阿诺特翻了一下日记本的扉页，说道：

“这是约翰·克莱顿的日记，格雷斯托克勋爵，一位英国贵族。这本日记是用法语写的。”

迪阿诺特接着读了起来。那是一本二十年前写的日记，记录了一些我们已经知晓的情节——约翰·克莱顿，和他的妻子爱丽丝的经历。日记的记叙从他们离开英国开始，到约翰·克莱顿被柯察克打死前的一个小时结束，整个经过充满着探险、苦难和悲伤。

迪阿诺特大声朗读起来。他几度哽咽，那些令人同情、带着绝望语气的字句，让他几乎读不下去。

他偶尔瞟了一眼泰山，人猿却只是默默蹲在那里，仿佛雕像一般，目光直直地盯着地面。

日记的语气只在提及一个婴孩的时候，才开始有了变化。自他们上岸后的头两个月后，那种令人沮丧的情绪仿佛渐渐消失了。

接下来的几段带着欢乐的气息，但又属于那种被压抑着的欢乐，比起后来的情节，读来更觉伤感。

其中有一段可以看出，作者当时心中还是充满着希望的。

今天我们的小男孩就满六个月了。他正坐在爱丽丝的腿上，我在旁边的桌上写字——他是一个快活、健康、完美的生命。

不知何故，就算有一千个理由反对，我也仿佛看见他长大成人的样子，继承了他的父亲在这个世界的位置——约翰·克莱顿二世，他将给格雷斯托克家族带来新的荣耀。

现在，小家伙竟然用他圆嘟嘟的拳头抓住了我的笔，用被墨水玷污的指头在这一页上按下了他的小手印，仿佛想在我的预言上签名，表示支持似的。

在这一页的空白处，的确有四个残留的模糊指印，旁边还有半个拇指的印记。

迪阿诺特读完了日记后，两个人默默地坐了几分钟，没有说话。

“好了，人猿泰山，在想什么？”迪阿诺特问道，“难道这本日记还没有解释清楚你的身世之谜吗？”

“嘿，你可是格雷斯托克勋爵。”

“这本日记只是提到了有个孩子，”泰山终于答道，“自我住进小屋那天起，就看见那个骨瘦如柴的小家伙饿死在摇篮里。波特教授一伙人来把他埋葬了，连同他的父母的尸体一道，葬在小屋的旁边。这本日记里讲的婴孩就是他。我最近一直在想，可能我就是在那间小屋出生的。现在这个谜更复杂了，恐怕卡拉说的才是真相。”他神色黯然地总结道。

迪阿诺特摇了摇头。这些事实说服不了他。他暗暗下定决心，要证明他的观点才是正确的。他已发现了，只有这个关键线索才能解开这个身世之谜，不然，恐怕事实真相就会永远沉入深海，再无水落石出之日了。

一个星期后，两个人偶然来到林中一片空地上。

在远处，可以望见几栋围着坚固栅栏的房屋。房屋与围栏之间，是一片耕地，一些黑人在里面做工。

两人在丛林边上站住了。

泰山给他的弓装上一支毒箭，然而迪阿诺特伸出手来制止了他。

“你要干什么，泰山？”他问道。

泰山答道：“如果他们看见我们的话，会杀了我们的。还不如先下手为强。”

“那万一他们是朋友呢？”迪阿诺特说。

“他们是黑人。”泰山简短地答道。

再一次拉开了弓。

“泰山，不可以这样！”迪阿诺特喊道，“白人不可肆意杀人。我的上帝！你需要学习的东西太多了。我的野蛮人，我若领你去巴黎，我必怜悯跟你作对的无赖。断头台之下，我会用双手保护你的脖子。”

泰山放下了他的弓，笑了。

“在我的丛林里可以杀死黑人，但在这里就不行，我不明白这是为什么。就比如公狮子努玛如果朝我们扑过来的话，我是不是应该说：‘早上好，努玛先生？努玛太太还好吗？’是这样？”

“你得等到那些黑人攻击你的时候，你才可以杀死他们。”迪阿诺特答道，“除非有足够的证据，不然不可以草木皆兵，把所有人都当成敌人。”

“来吧，”泰山说道，“那我们走吧，试试看会不会被杀死。”撂下这句话，泰山开始横穿过田野。他高昂着头颅，光滑的褐色皮肤在热带阳光的照耀下闪闪发亮。

迪阿诺特跟在他后面走着，他穿着克莱顿弃置在小屋里的外套，法国巡洋舰军官还送了他一些更像样的衣服。

很快，一个黑人抬起头来，他看见了泰山，转身尖叫着跑向栅栏。

刹那间，工人们吓得四散逃跑，到处传来惊悸的呼喊。但很快，一个白人从围栏那里出来了，他提着枪，在察看骚动的起因。

当他看到泰山和迪阿诺特时，便举起了枪。要不是迪阿诺特朝着那个正要瞄准的人大喊了一声，泰山早就脑子一热，冲了出去。

“不要开枪！我们是朋友！”

“站住别动！”那人回答道。

“停下别动，泰山。”迪阿诺特喊道，“他把我们当成敌人了。”

泰山放慢了速度，跟着迪阿诺特向站在门边的白人走去。后者注视着他们，流露出困惑不解的神情。

“你们是什么人？”他用法语问道。

“白人，”迪阿诺特答道，“我们迷路了，在丛林里走了很长时间了。”

那名男子放下了枪，伸出一只手走了过来。

“我是这儿的法国教会的康斯坦丁神父，”他说，“很高兴欢迎你们来。”

“这位是泰山先生，康斯坦丁神父。”迪阿诺特指了指泰山说。神父伸出手来跟泰山握手时，迪阿诺特又补充说："我是保罗·迪阿诺特，来自法国海军。"

泰山学着康斯坦丁神父的样子和他握了握手，虽只是匆匆一瞥，泰山却敏锐地注意到神父不仅体格魁梧，而且仪表堂堂。

就这样，人猿泰山来到了文明社会的前哨站。

他们在神父那里待了一个星期。观察力敏锐的猿人在这里学会了很多人类的行为方式；在这期间，这里的黑人妇女还为他和迪阿诺特各缝制了一身白色帆布外套，这样他们就可以像模像样地继续旅行了。

第二十六章　文明之巅

又过了一个月，他们来到了一条宽阔的大河河口，岸边立着一些房屋。泰山看到了好多船只，好多人。在众人的注视下，这个来自原始丛林的猿人心中充满了胆怯。

渐渐地，他对文明社会中这些奇怪的嘈杂声和古怪的生活方式开始习以为常。到目前为止，还没有人能看出来，眼前这个穿着一尘不染的白色帆布外套，在人群中说笑着聊天的帅气法国小伙，在两个月以前还是个赤裸着上身游荡在原始森林中，扑食弱小动物当做野味果腹的野人。

一个月之前，泰山还只是把刀叉轻蔑地丢在一旁，现在他已经能和文雅的迪阿诺特一样，熟练自如且不失优雅地使用它们。

他是如此聪明好学，以至于迪阿诺特要不辞辛苦地把所有相关礼仪和言谈举止巨细无遗地教给他，好让人猿泰山彻底变成文雅的绅士。

“你的内心是位绅士，这是上帝的杰作，我亲爱的朋友，”迪阿诺特对他说，“但我们希望这样的作品也能展示给大家看。”

等他们到了小海港，迪阿诺特就给他的祖国发了电报报平安，并请了三个月假，政府批准了他的假期。

他也给银行拍了电报申请汇款，结果被告知要等一个月。这个消息让两个人都很恼火，因为这样的话，他们就无法早点租船回到泰山的丛林寻找珠宝了。

在海边小镇逗留期间，镇上的人们不管白人黑人都对“泰山先生”的事迹啧啧称奇，虽然这些事情对泰山来说，都是不足道的小事。

有一次，镇上有个大块头黑人仗着酒后疯，在镇上乱砍乱杀，众人都惊惶失措；直到此人命里的灾星引他闯进了一家酒店，遇到一位黑发法国大汉才制服了他，当时这位法国人正靠在酒店阳台上休息。

黑人迈着大步，挥舞着刀子向四位围坐在桌边品尝苦艾酒的客人冲去。

四个人吓得大叫，赶紧拔腿就跑，紧接着醉汉的目光落在了泰山身上。

随着一声大吼，醉汉向人猿冲了过去，眼看这位可怜的法国人就被黑人给宰了，当时还有好几十双眼睛躲在酒店的窗户和门口那里观战。

泰山保持着久经沙场的斗士的一贯风度，微笑地迎接了这场袭击。

黑人冲上来的时候，泰山伸出铁掌，一把抓牢黑人拿着刀的手腕，只飞快地一扳，就把他的手腕弄折了。黑人的手无力地垂了下来。

剧痛令黑人酒意顿消，大为惊愕，却见泰山从容不迫地回座，黑人只得忍痛哭喊着，转身朝他的村子狂奔而去。

又有一回，泰山和迪阿诺特与几个白人共进晚餐，几个人说起了狮子和猎狮的话题。

在讨论百兽之王的胆量时，大家的意见开始出现分歧——有些人坚持认为狮子是彻头彻尾的胆小鬼，但所有人都一致认为，夜晚时分，当森林之王在营地外咆哮时，还是紧紧抓住自己的高速猎枪更有安全感。

泰山已跟迪阿诺特约定，对他的故事守口如瓶，因此除了这位法国军官外，没有人知道猿人对丛林里的野兽了如指掌。

“泰山先生还没发表意见呢，”其中一个人说道，“据我所知，我们的大力士泰山先生在非洲住过一阵子吧，想必一定跟狮子打过交道，对吧？”

“有过几次，”泰山敷衍地答道，“我只知道，诸位对狮子脾性的结论都有道理——当然，那只是你们遇到过的狮子。不过，人们有时因为上星期看到一个横行的黑鬼，就对所有的黑人妄加评论，又或是认识了一个胆小的白人，都认为白人都是胆小鬼。

“即使在动物界，个体特征也可能差异很大，就跟我们人类一样。我们现在就可以走到丛林里去，找到一头最胆小的狮子，在我们面前他会吓得逃走。明天我们可能就遇见了他的叔叔，或是孪生兄弟，然后我们的朋友该纳闷了，怎么还不见人活着回来呢。对我来说，我一直觉得狮子是凶猛的动物，所以，在它们面前我从不放松警惕。”

最先提出这个话题的人反驳说：“如果连猎捕的对象都畏惧的话，狩猎还有什么乐趣呢？”

迪阿诺特笑了：泰山才不会怕呢！

“我不太明白你说的畏惧是指什么，”泰山说，“畏惧的定义因人而异，狮子也是这样。但对我来说，捕猎的唯一乐趣就是，我知道我有足够的力量杀死我的猎物，同时它也有足够的力量伤害我。如果我外出猎狮时还要带上一对步枪，一名炮手，二三十个围猎的助手，那样我的胜算就太大了，所以，越是感觉安全，我打猎的乐趣反而随之下降了。”

“这么说，泰山先生情愿赤着身走进丛林，只带上一把折叠小刀去猎杀百兽之王了。”那人好脾气地笑起来，却透着一丝嘲讽意味。

“再带上一根绳子。”泰山补充道。

就在这时，远处的丛林中传来了狮子的低吼声，像是向人类挑战，看哪个敢跟它较量一般。

“瞧，机会来了，泰山先生。”有个法国人戏谑地说。

“我还不饿。”泰山淡淡地说。

其他人都哈哈大笑起来，只有迪阿诺特没笑， 也只有他才明白，猿人道出的是野兽世界的真理。

“其实你是害怕了，跟我们一样，根本不敢赤着身，带上一根绳子、一把小刀去猎狮，对吧，”那个取笑他的法国人接着说。

“当然不是，傻瓜才会去干没有理由的事情。”

“五千法郎可以算个理由吧，”另一个人说，“要是你能按刚才说好的条件——赤着身，只带上一把小刀和一根绳子从丛林中猎捕一头狮子回来，我出五千法郎。”

泰山瞥了一眼迪阿诺特，接着点头同意了。

“赌一万法郎！”迪阿诺特说。

“好。”那人回答道。

泰山站了起来。

“我得把衣服留在镇郊边上，这样要是天亮后才能回来的话，在大街上我得有衣服穿呀。”

“你不是要现在去吧？”跟他打赌的人惊呼道，“你要晚上去？”

“为什么不呢？”泰山问道，“公狮子晚上才会出来到处走动，晚上去才更容易发现它呢。”

“不行，”那人说，“我可不想双手沾满你的血。大白天这样去猎狮就够鲁莽的了。”

“我这就出发了。”泰山说完，就回他的房间拿小刀和绳子去了。

人们陪他走到丛林边上，他把衣服脱下，放在一间小仓库里。

他就要闯进这片黑暗丛林了，人们却还在试图劝阻他，那个跟他打赌的人更是极力劝他放弃愚蠢的冒险。

“我认输了，”他说，“一万法郎这就归你了。别去了吧，你这简直就是去送死。”

泰山笑了起来，眨眼间，他的身影便在丛林中消失了。

人们呆呆地站在那里看了一会儿，然后转身向酒店阳台慢慢走去。

一走进丛林，泰山便跳到了树上，这是多年习惯使然。他重获自由般在树林里穿行，心中好一阵狂喜。

这才是生活！他是多么热爱它！文明世界哪有这般广阔，更何况还被各种条条框框与老一套禁锢着，连衣服都是个累赘，令人生厌。

终于自由了，他这才意识到，自己以前过的是囚徒一般的生活。

从这里绕回海岸，向南走，回到他的丛林和小屋，对他来说太容易了。

就在这时，他嗅到了公狮子努玛的气味，因为它正迎着风前进。他灵敏的耳朵马上听见了它熟悉的，垫着爪子踏在地上发出的声音，还有它皮毛光滑的庞大身躯穿过灌木丛发出的细枝晃动声。

泰山悄悄地来到毫无防备的努玛上方，跟着它悄无声息地走，直到它走到林间一小片月光溶溶的空隙间。

说时迟那时快，泰山对准了努玛黄褐色的喉部，迅速扔下绳索套住，收紧，正如过去的千百次一样，泰山把绳索的另一头在粗树干上捆紧，趁努玛挣扎反抗的当儿，从树上跳下，降落在它身后的地上，接着纵身一跃，跳到努玛的背上，照着它的心窝连捅了十几刀。

紧接着，泰山踩在努玛的尸体上，发出胜利的呼喊，那是来自野蛮部落的声音，听来令人敬畏。

有那么一会儿，泰山呆立着，两种感情——对迪阿诺特的忠诚和对丛林自由生活的执着向往——在他心中激烈交战，他踌躇不定了。最后，还是那位姑娘的美丽面庞，还有她温暖的一吻带来的回忆消融了一切，他对丛林生活的向往渐渐隐去了。

猿人将努玛温热的尸体扛在肩上，又一次跳上了树，穿梭在树林间。

人们在阳台上坐了有一小时了，大家都陷入尴尬的沉默中。

他们试着聊点别的话题，却总是进行不下去；这块压在心头的大石，让所有交谈都兴味索然。

“我的上帝，”那个打赌的人最后说，“我再也忍受不下去了。我要带上枪去丛林，把那个疯子找回来。”

“我跟你一起去。”另一个人附和道。

“我也去”，“我也去”——众人齐声说道。

仿佛这个建议打破了某个可怕的暗夜咒语一般，众人急忙回到各自的房间，全副武装好后，便朝着丛林出发了。

“天！那是什么声音？”其中一个英国人叫道，这时众人依稀听见了泰山来自野蛮部落的呼喊声。

“我以前听过这样的声音。”一个比利时人说，“那时我在一个大猩猩出没的乡下，我的脚夫跟我说，一种巨型公猿在猎杀成功后，就会发出那种叫声。”

迪阿诺特想起克莱顿曾说过，泰山会发出可怕的叫声宣布他杀死了猎物，不由在心里暗暗发笑。不过，想到这恐怖的声音竟是从他的朋友嘴里发出的，心中又不免有一些恐惧。

一行人终于走到了丛林边上，正在讨论怎么分配人马最合适时，被不远处一阵低沉的笑声吓了一跳。大伙儿转过头，便看见一个大个子扛着一头死狮朝他们大步走来。

连迪阿诺特都错愕不已——要在这么短时间内用如此简单的武器杀死狮子，又或是扛着这么庞大的尸体穿过藤蔓交缠的森林，在他看来任何人都很难做到。

众人围着泰山七嘴八舌地问着问题，可他只是爽朗地笑笑，表示这样的壮举不算什么。

对泰山来说，这些人就像是在赞美一位勇敢的屠夫杀死了一头牛一样滑稽；以前他为了获取食物或是自卫，不知杀了多少野兽，这样的事儿对他来说实在不足为奇。但在这些惯于围猎的人们看来，他的确称得上是英雄。

另外，他还赢得了一万法郎。迪阿诺特一定要他全部自己保管。

对泰山来说，这笔钱很重要。他才刚开始认识到这些金属片和纸片背后隐藏的权力，原来人类坐车、吃饭、睡觉、买衣服、喝酒、工作、游玩、或是想找个避雨、避寒或是不晒太阳的地方时，都要用到这些东西交换呢。

泰山已经清楚得认识到，没有钱就只有死路一条。迪阿诺特曾跟他说过，他现在的钱供两个人用绰绰有余，可猿人已经懂得了好些规则，其中一条就是：如果你接受了别人给的钱，却不能同等回报的话，你就会被人瞧不起。

猎狮事件过后不久，迪阿诺特总算顺利地租到了一艘古式帆船，准备沿着海岸线行驶，寻找泰山所说的内陆港。

当小船起锚，在海上航行时，两个人都觉得这真是一个愉快的早晨。

一路顺利抵达海滩，平安无事。他们在去小屋的港湾抛下锚。第二天一早，泰山又恢复了他的丛林装扮，扛着一把铲子，独自去猿群部落那里找他的宝藏去了。

第二天晚些时候，他回来了，肩上扛着一个大箱子。等太阳再升起的时候，小船已驶出港口，开始向北航行。

三个星期后，泰山和迪阿诺特登上了一艘开往里昂的法国轮船，在里昂待上几天后，迪阿诺特又把泰山带去巴黎。

泰山急于径直去美国，迪阿诺特却一定要泰山先跟他去巴黎，至于原因，他却秘而不宣。

到了巴黎后，迪阿诺特办的第一件事就是带着泰山拜访警察局的一位高官，也是他的老朋友。

迪阿诺特很巧妙地把话题一步步引导到时下各种逮捕和鉴定罪犯的方法上，那位警官向饶有兴趣的泰山解释起来。

泰山最感兴趣的是这门神奇的科学对指纹的解释。

他问道：“比方说，几年以后，手上的老皮磨掉后长出了新皮，指纹也完全变化了的话，原来的指纹还有什么价值么?”

“指纹是永远不变的，”警官回答，“一个人从出生直到衰老，他的指纹只有大小在变化，除非是受到外伤，会让环纹和螺纹稍有变化。但如果一个人的双手十指都留下指纹的话，他几乎不可能逃脱身份鉴定，除非他的手没有了。”

“真是太不可思议了，”迪阿诺特惊呼，“真不知道我的指纹会是什么样子。”

“马上就可以看到了。”警官说完，就按铃叫来一个助手，吩咐了几句。

那人退出去后，不一会儿拿着一个硬木盒子进来，放在警官的桌上。

“好了，”警官说，“用不了一秒钟，你就可以看见你的指纹了。”

他从盒子里拿出一块方形玻璃板，一小管油墨，一个橡皮辊子和几张雪白的纸片。

他在玻璃上挤了一滴墨水，拿橡皮辊子来回滚动，把墨水铺开，直到整块玻璃上面都均匀地铺上了薄薄一层墨水。

“把右手的四个手指像这样放在玻璃上，”他对迪阿诺特说，“拇指也放上去，好，就是这样。现在把手放在纸片上，保持方向不变。往右挪一点，给大拇指和左手手指留出地方。对，就是这样。好了，左手再来一遍。”

“过来，泰山，”迪阿诺特叫道，“让我们看看你的螺纹什么样。”

泰山欣然照做了，中间还问了警官很多问题。

“指纹会有种族特征吗？”泰山问道，“比如说，单从指纹能看出这个人是黑人还是白人吗？”

“看不出来。”警官回答。

“那能把猿的指纹和人的指纹区别开吗？”

“很有可能，因为猿的指纹会比人类的指纹简单得多。”

“那如果猿与人交配，生下的后代会体现父母双方的特征吗？”泰山接着问道。

“是的，我想很有可能，”警官回答，“不过科学还没有发展到这地步，无法在这类问题上进行准确判断。我认为用指纹来鉴定个体就够了，它是绝对可靠的。世界上还没有发现有指纹完全相同的两个人。究竟单个手指的指纹能不能由其他手指复制出完全相同的指纹，现在还不太确定。”

“指纹鉴定花时间多么？是不是很麻烦？”迪阿诺特问道。

“如果纹路清晰的话，一般用不了多长时间。”

迪阿诺特从口袋里掏出来一个黑皮日记本，开始一页页翻起来。

泰山惊讶地望着，他的书什么时候落到了迪阿诺特手里呢？

迪阿诺特翻到了有五个小小墨渍那一页，把日记本摊开给警官看。

“你看下，这些手印跟我的指纹一样，还是跟泰山先生的一样？”警官从桌上拿起一片高倍放大镜，仔细观察着三个样本，又在一本便笺上写下各种记号。

泰山现在明白了迪阿诺特带他来的用意。

原来他的身世之谜就藏在这几个小小手印里。

他坐在椅子上，身体前倾着，看上去十分紧张。突然间，他又放松下来，微笑着靠在椅子背上。

迪阿诺特惊讶地看着他。

“你忘了，按下这些手印的孩子已经死了，他的尸体在他父亲的小屋里放了二十年，我每次走进小屋，都看见他躺在那里。”泰山不无悲伤地说。

警察抬起头惊讶地看着他俩。

“您继续鉴别吧，警长，”迪阿诺特说，“以后再告诉您这个故事——如果泰山先生同意的话。”

泰山点了点头表示同意。

“可你简直是疯了，亲爱的迪阿诺特，”他坚持说，“这些小手印的主人早就埋在非洲的西海岸了。”

“我不用知道这些，泰山，”迪阿诺特回答，“也许有这种可能。但是，如果你不是约翰·克莱顿的儿子，看在上帝的分上，你是怎么跑进那片被上帝遗弃的丛林去的呢？想想吧，除了约翰·克莱顿，再没有白人去过那里呢。”

“你忘了，还有卡拉。”泰山说。

“我压根儿没考虑她。”迪阿诺特回答。

两人一边交谈，一边走到俯瞰大街的落地窗边。他们站在那里，望着来来往往的人群，各自在想着自己的心事。

“看来鉴别指纹还需要一点儿时间。”迪阿诺特心想，回过头来看了看警官。

令他有些吃惊的是，警官正靠在椅背上，匆匆浏览日记本的内容。

迪阿诺特咳嗽了一声。警官抬起头来，注意到了迪阿诺特的目光，举起一个手指，示意他别出声。迪阿诺特又向窗外望去，不一会儿，警官开口说话了。

“先生们。”他说。

泰山和迪阿诺特都转身看着他。

“这事看来还比较棘手，鉴定结果的准确无误关系很大。因此，请你们二位，把这些证物都留在我这里，等过几天我们的专家德斯库克先生回来后再做定论。”

“我希望马上知道结果，”迪阿诺特说，“泰山先生明天就要启程去美国了。”

“我向你们保证，两个星期后你可以拍电报告诉他结果，”警官答道，“但结果会是如何我现在还不敢说。是有相似之处，可是……这个么，最好还是留给德斯库克先生来解决吧。”

第二十七章　又见巨人

一辆计程车在巴尔的摩市郊的一幢旧式住宅前停下了。

一位男子下了车，付了钱打发司机离开。他看上去四十岁左右，长得身型魁梧，相貌堂堂。

片刻之后，他走进了这间住宅的书房。

“啊，是康勒先生！”一位老人高声叫道，站起身来迎接他。

“晚上好，亲爱的教授。”那人大声说，亲切地伸出手来。

“是谁接你进来的？”教授问。

“爱丝梅拉达。”

“那她该告诉珍妮你来了。”老人说道。

“不用了，教授。”康勒回答，“我这次来主要是来看您的。”

“哈，是我的荣幸。”波特教授说道。

“教授，”罗伯特·康勒放慢了语速，像是在认真权衡每个字，“我今晚来，是想跟您说说珍妮的事情。我的心思您都知道。我的这个请求您也应准了，我很感激您的好意。”

阿基米德·波特教授开始在扶手椅上坐立不安起来。也不知道是为什么，这个话题总是让他不那么舒服。康勒倒的确是个不错的结婚对象。

“但是珍妮呢，”康勒接着说，“我无法理解她的行为。她一次次让我烦恼。我总觉得，每次和她说再见后，她都像是松了一口气。”

“啧，啧，”波特教授叹道，“啧，啧，康勒先生。珍妮是很听话的，我让她做什么她都会听我的。”

“那您还是支持我的了？”康勒如释重负地问道。

“当然了，先生，当然支持你，”波特教授大声说，“这点你怎么能怀疑呢！”

“你知道，有一位年轻的克莱顿先生，”康勒话中有话，“他在这里待了好几个月了。我不知道珍妮喜不喜欢他；但从他的头衔来看，据说他从父亲那里继承了一笔非常可观的遗产，很有可能就此赢得珍妮的芳心，除非……”说到这，康勒停住了。

“啧，啧，康勒先生，除非是什么？”

“除非您决定了，让珍妮和我马上结婚。”康勒用轻缓的语调，咬字清晰地说。

“我已经跟珍妮提过了，现在结婚最好不过，”波特教授语带悲伤，“我们快要负担不起这个房子的费用了，也不能如她所愿地生活了。”

“那她怎么回答您的？”康勒问道。

“她说她还没准备好嫁给任何人，”波特教授回答，“还说我们可以搬到威斯康星州的农场里住，那个农场是她妈妈留给她的。”

“在那里生活比自给自足还要强一点，佃农的日子都过得下去，还能每年给珍妮送点东西呢。这件事她计划有一个星期了。费兰德和克莱顿先生已经去那里为我们打点了。”

“克莱顿先生已经去那里了吗？”康勒惊呼道，明显看出他很懊恼。“为什么没告诉我？我好去看看那边是否一切都安排妥当了。”

“珍妮觉得我们欠你的情已经太多了，康勒先生。”波特教授说道。

康勒正要回答，外面的客厅传来了脚步声，珍妮推门走了进来。

“噢，请原谅！”她大声说，在门口站住了。“我还以为就您自己在书房呢，爸爸。”

“是我，珍妮！”康勒说着站起身来，“你不进来加入家庭聚会吗？我们刚好说到你了呢。”

珍妮道了声谢，进了门在康勒为她摆好的椅子上坐下。“爸爸，我只是想告诉您，托比明天要从学校回来收拾他的书。最好您能告诉我，今年秋天哪些书您用不上。拜托别再把书都搬走了。上次去非洲，要不是我坚决反对，您差点把书都搬上船了。”

“托比今天来了？”波特教授问道。

“是的，我刚碰到他了。现在他正和爱丝梅拉达大谈宗教信仰呢，就在门廊后面。”

“啧，啧，我一定要见他！”教授叫道，“请稍等，孩子们，我去去就来。”说完老人就匆匆走出了房间。

康勒等老人一走远，便转过脸来对着珍妮。

“听我说，珍妮，”他开门见山地说，“这件事你还要拖多长时间？你不拒绝跟我结婚，但你也还没答应我。我想明天就去领证，这样我们可以在你去威斯康星州之前悄悄把婚结了。这事我不喜欢大操大办，我相信你也是的。”

珍妮禁不住打个冷战，但她还是勇敢地昂起了头。

“你该明白，这也是你爸爸的希望。”康勒又补充了一句。

“是的，我知道。”

她用勉强听得见的声音回答。

“你不觉得你在拿钱买我吗，康勒先生？”她终于冷冷地开口说话了，语调平静。“拿几个臭钱就想把我买下来吗？ 你当然心里明白，罗伯特·康勒。你在当初借钱给我的父亲，让他做出那个草率的决定时，不就是抱着这种侥幸心理吗？要不是当中出现了一些不可思议的波折，我们的探险本来会获得惊人的成功！

但是你，本应是其中最惊讶的人。因为你从来没想过这次冒险会成功。在这方面，你真是精明至极。你还会借钱让人去寻找埋在地下的珍宝，换句话说，给别人借钱还不需要担保，你真是个好心肠的买卖人，还是你背后另有自己的打算呢？

你很清楚没有保证人比有保证人对你更有利，因为这样等于掌握了波特家族的荣誉。你知道这是逼我跟你结婚的最好办法，还可以做到天衣无缝，无人知晓。

我们欠你的那笔钱，你甚至连提都没提。要是换个人，我可能还会认为他品格高尚、为人大度。可是你，罗伯特·康勒先生，你太高深莫测了。我对你的了解，显然比你对我的了解要多得多。

如果走投无路，我当然要嫁给你，不过，还是先让我们来彻彻底底地相互了解一下吧。”

珍妮说这番话的时候，罗伯特·康勒的脸一阵红，一阵白。待她说完，他站起身，玩世不恭地笑着，却又带着强势的口吻说道：

“珍妮，你今天让我大吃一惊。我还以为你会很自制，也很骄傲。你的话当然不错，我现在是在买你，这点你知，我也知。但我还以为你情愿装做不知道。我早就该想到，你会出于自尊心和波特家族的骄傲回避这个问题，即使是对你自己，你应该也不想承认——你就是一个买来的女人。现在，姑娘，随你的便吧，”他又淡淡地加上一句，“我一定要娶你，我只对这件事感兴趣。”

珍妮一言不发，转身离开了书房。

珍妮到底没有跟康勒先生结婚。她跟着父亲，还有爱丝梅拉达去了威斯康星州的小农场。火车已经缓缓启动了，她冷冷地向罗伯特·康勒先生道别，而后者大声地对她喊着，说他过一两个星期就去找他们。

到了目的地，克莱顿和费兰德先生开着克莱顿先生的大型游览车来接他们。很快，他们便穿过了背面茂密的树林，朝着小农场飞驰而去。自打童年后，珍妮就再也没来过这里。

农场的房子建在一块高地上，距离佃农的房子有几百码远。克莱顿和费兰德花了三个星期时间，把几个房间里里外外彻底整修了一遍。

克莱顿还从挺远的城里雇来了一批木匠、泥水匠、水管工和油漆工。这些人把三个星期前还是破旧的危房改成了舒适的两层别墅，房间里还装上了各式各样的现代设施，可谓应有尽有。

“啊，克莱顿先生，你都做了些什么呀？”珍妮·波特惊讶地大声说。她意识到了克莱顿先生一定花了不少钱，心下不由得一沉。

“嘘——”克莱顿急忙说，“别让你父亲猜出来是怎么回事。只要你不告诉他，他永远不会注意到。我和费兰德刚来的时候看见这屋子又脏又破，简直没法想象里面怎么住人，所以就简单翻修了一下。珍妮，我乐意为你们效劳的事情还远远不止这些呢。为了你的父亲，拜托别再提这事了，好吗？”

“可是你知道，我们还不起你这笔钱，”珍妮叫道，“为什么你要让我欠你的情，陷入这样不安的处境呢？”

“别这么说，珍妮，”克莱顿哀怜地说，“如果只是因为你，相信我，我不会这么做。我从一开始就知道，这么做只会有损我在你心目中的形象。但我不能让那位可敬的老人住在那样一个破地方。请相信这一切只是为了他而做的，让我给你哪怕是些微末细小的幸福。”

“我相信你，克莱顿先生，”珍妮说道，“你的高尚与慷慨足以做出这样的事情。噢，塞西尔，我真心希望我能报答你……如你所愿。”

“为什么不能呢，珍妮？”

“因为我爱着另外一个人。”

“是康勒？”

“不是。”

“可你不是要跟他结婚了吗？在我离开巴尔的摩之前，他就这样跟我说。”

珍不由得战栗了一下。

“我不爱他，”她几乎是骄傲地宣布。

“是因为欠了他的钱吗，珍妮？”

姑娘点了点头。

“那么，难道我就连康勒都不如吗？我有钱，还多得是！你想要什么我就有什么，”他伤心地说。

“我不爱你，塞西尔，”她说，“但我尊敬你。如果我必须让自己蒙羞，和一个男人做这样的交易，我宁愿选择一个我瞧不起的人。我讨厌那个没得到我的爱情却把我买走的男人，不论他是谁。”

“你还会更幸福的，”她总结说，“虽然单身，却赢得了我的尊敬与友情，总比跟一个鄙视你的人结婚好呀。”

他没有再说下去。过了一个星期后，当罗伯特·康勒开着他的豪华轿车，趾高气昂地停在农场旁边时，威廉·塞西尔·克莱顿，格雷斯托克勋爵心里真恨不得杀了他。

一个星期过去了；对威斯康星小农场里的每个人来说，都是紧张的、太平无事却又令人不安的一个星期。

康勒还在坚持，让珍妮马上跟他结婚。

因为对他可恨的、没完没了的纠缠实在腻烦了，她终于屈服了。

最后说定，第二天康勒就开车进城去把证书领了，再接回一个主持婚礼的牧师。

这个计划一经宣布，克莱顿就打算尽快离开那里，但是看到姑娘疲惫又绝望的目光，他决定还是留下来了。他不能扔下她不管。

也许还会发生什么变故，他试图这样安慰自己，但内心深处他知道，只消有点点由头，就能点燃他的仇恨之火，他就会和康勒决一死战。

第二天一早，康勒就驱车进了城。

在农场东面，可以看见森林上空还在冒着烟，那里的火灾已经持续一个星期了，虽然离农场不远，但因为一直刮着西风，所以对农场的威胁不大。

中午时分，珍妮外出散步。她不让克莱顿陪她，只想独自走走，克莱顿只好尊重她的意思。

波特教授和费兰德先生在房间里热烈讨论着什么重大科学难题。爱丝梅拉达在厨房里打盹儿。克莱顿昨晚彻夜未眠，这时也觉得眼皮子发沉。他倒在客厅的沙发里，不一会儿就时断时续地睡着了。

农场东面，团团黑烟比以往升得更高了；突然烟雾开始回旋着，向西边飞快地飘来。

烟雾离农场越来越近。因为那天是赶集日，佃农们都去赶集了，没人在家，也没人看见凶猛的火势正朝着农场渐渐逼近。

很快，大火烧到了通往南面的道路，切断了康勒回家的路。一阵气流波动掀起了狂风，把森林之火也引到了农场北面，然后风向突然倒转，大火定在原地熊熊燃烧起来，仿佛被魔法师的大手施了定身法一般。

突然，在东北方向的公路上，有辆黑色轿车一路摇晃着飞驰而来。

轿车在小农场别墅前猛地刹车，一个黑头发大个子从车里跳出来，飞也似的向门廊跑去。他直接跑进了客厅。克莱顿还在沙发上睡觉。大个子看见他时，似乎吃了一惊，然后就立刻冲到了他身边。

他一面粗暴地摇晃着克莱顿的肩，一面喊着：

“天哪，克莱顿，你们都疯了吗？外面大火都快把你们包围了，波特小姐呢？”

克莱顿一跃而起。他没认出大个子是谁，只是听明白了他的话。他一个箭步冲到了走廊上。

“斯各特！”他大喊一声，又重回屋子，“珍妮！珍妮！你在哪儿？”

转眼间，爱丝梅拉达，波特教授和费兰德先生都跑来了。

“珍妮小姐在哪里？”克莱顿喊着，抓住爱丝梅拉达的肩膀使劲摇晃。

“啊！克莱顿先生，她不是去散步了吗？”

“她还没有回来吗？”没等爱丝梅拉达回答，克莱顿便冲到院子里，其他人也跟着他跑了出来。“她走的是哪条路？”大个子向爱丝梅拉达问道。

“那边！”吓坏了的妇人哭喊道，指了指南面。在那里，咆哮着的烈焰筑起一道火墙，挡住了人们的视线。

“其他人都上那辆车，”陌生人朝着克莱顿喊道，“我刚才过来时看见还有一辆，你把他们送出去，从北面那条路走。”

“把我的车就留在这儿，要是找着珍妮小姐就还用得着；如果找不到，也没有人需要它了。照我说的去做。”克莱顿还在犹豫的当儿，只见大个子身手敏捷地跃过空地，从西北面钻进森林，火势还没有蔓延到那里。

他每向前一步，压在大伙肩头的责任感似乎就卸掉一分；这感觉无法解释，大伙不约而同地对这个陌生人产生了信任，觉得只要珍妮还有救，他就一定能救她出来。

“他是谁？”波特教授问。

“我也不认识，”克莱顿回答，“他喊了我的名字，还认识珍妮。他还叫得出爱丝梅拉达的名字。”

“看他好像很眼熟，”费兰德先生大声说，“可是，上帝！我敢肯定，这个人我从来没见过。”

“啧啧，啧啧！”波特教授叫道，“太奇怪了！他会是谁呢？为什么他一去找珍妮，我就感觉很放心了呢？”

“我也说不清，教授，”克莱顿冷静地说，“不过，我也有这种不可思议的感觉。”

“上车吧，”他喊道，“我们必须尽快逃出去，不然就要被困在这里了！”听了他的话，人们赶紧朝着克莱顿的车跑去。

珍妮正准备原路返回的时候，才惊恐地发现森林大火升起的黑烟离她那么近。她加快了脚步，只见奔腾的火焰已经很快逼近了她与农场之间的小路，她不由惊惶失措起来。

无奈之下，她只好钻进茂密的灌木丛，企图闯出一条路来，再绕过大火，从西面回家。

很快她就发现这么干显然徒劳无益。她只好寄希望于折回大路上，向南跑，朝着小镇的方向逃生。

她花了二十分钟才走上大路，这二十分钟，大火足以切断她的退路了，就像之前大火切断了她的前路一样。

她没跑几步路就惊恐地站住了，眼前又出现了一道火墙。大火已经自发源地向南迅速伸出足有半英里长的“手臂”，将这一小段路无情地握在手心。

珍妮明白，再次从灌木丛中开路已是徒劳无益。

因为已经试过了，那样行不通。她开始意识到，只消几分钟，南面和北面的大火就会汇合，把这里连成一片火海。

可怜的姑娘在大路上镇静地跪下来，并开始祈求上帝赐予她力量，好让她有勇气面对这可怕的命运，祈求父亲和她的朋友们都能平安脱险。

意外地，她听见森林里有人在大声呼喊她的名字：

“珍妮！珍妮·波特！”那是一个陌生的声音，但清楚而有力。

“我在这儿！”她大声喊道，“在这儿！大路上！”

接着，她看见大树的枝叶间，有一个身影像松鼠一般灵活地穿过。

这时风向改变，刮来一团浓烟，把他们都罩在里面。那个飞也似的身影也从她眼前消失了。忽然一只强有力的胳膊抱住了她，把她举了起来。接着，她感觉热风迎面而来，时不时还有枝叶擦身而过。

她睁开了双眼。

她的下方是低矮的灌木丛与坚实的土地。四周则是森林里波浪起伏的树叶。

一个巨人般的男人正背着她，在树木间穿行。在珍妮看来，她仿佛旧梦重温，遥远的非洲丛林中曾经历的一切又鲜活了。

啊！真希望他就是那天扛着她敏捷地穿过藤蔓缠绕的丛林的男子啊！但，那是多么不可能！可是在这个世上，谁还会有如此大的力气，外加这么敏捷的身手做这事呢？

她朝那张紧挨着她的脸偷偷望去，不由倒抽一口气。原来真的是他！

“我的‘森林之神’！”她喃喃而语，“不，我一定神智不清了。”

“没错，正是你的‘森林之神’，珍妮·波特。你野蛮的原始人朋友为了找到他的爱人走出了非洲丛林，而这个女人，竟然离他而去。”泰山几乎是愤怒地补充说。

“我没有想要离你而去，”她轻声说，“大伙儿等了你一个星期也不见踪影，最后我才同意跟他们一起离开的。”

他们已经冲出了火海，泰山带着珍妮向空地走去。

他们肩并肩地走向小别墅。风向再一次改变，火势开始往后退下——如果持续这样下去，再过一个小时这场火就该熄灭了。

“你为什么没有回来呢？”珍妮问道。

“我要照顾迪阿诺特，他伤得很重。”

“啊！我就知道！”她大声说，“他们说你跑去和黑人待一块儿了，还说他们都是你的人。”

泰山大笑起来。

“不过你不信他们的话，对吗，珍妮？”

“当然不信了。我该怎样称呼你呢？”珍妮问道。“你叫什么名字？”

“我是人猿泰山，刚认识的时候你就该知道。”泰山回答。

“人猿泰山！”珍叫道，“那我离开小屋时回复的字条，原来是你写的？”

“是的，你以为会是谁写的呢？”

“我哪里知道，只知道不可能是你写的。因为人猿泰山能写英文，而你好像对哪种语言都一窍不通。”

泰山又大笑起来。

“说来话长，我不会说英文，但的确是我写的。不过，现在更糟的是，迪阿诺特教我学会了讲法语，而不是英语。”

“快！”他补充说，“上车吧，我们必须追上你父亲，他们就在前面，走得还不太远。”

等坐上了车，泰山一面驾着车一面问道：

“你在给人猿泰山的信里说，你爱着另外一个人，这个人指的是我吗？”

“是的。”她回答得很干脆。

“但是在巴尔的摩——唉!我找你找得好苦！——他们告

诉我说你可能已经嫁人了。有个叫康勒的人已经过来跟你求婚了。是真的吗？”

“是的。”

“你爱他吗？”

“不。”

“你爱我吗？”

她用双手掩住了脸。

“我已经答应了别人。我没法回答这个问题，人猿泰山。”她哭着说。

“你已经回答了。告诉我吧，你为什么要跟一个你不爱的人结婚？”

“我的父亲欠了他的钱。”

泰山忽然回忆起了他曾读过的那封信——上面有罗伯特·康勒的名字。难怪信中暗示的麻烦事，他一直没看懂。

他笑了笑。

“如果你的父亲没丢那箱财宝，你就不用非得跟那个叫康勒的人结婚了吧？”

“我可以请求他让我走。”

“他万一拒绝呢？”

“不好办，我已经答应人家了。”

他沉默了片刻。汽车沿着颠簸的大路不顾一切地向前冲着。大火已经烧到了他们的右方，只要风向一变，熊熊烈焰就会猛扑过来，切断他们逃生的路。

他们总算冲出了危险区，泰山放慢了车速。

“如果我去请求他呢？”泰山大着胆子问。

“他几乎不可能答应一个陌生人的请求，”珍妮回答，“再说他自己还想得到我呢。”

“泰可兹当年不也一样，”泰山一脸大无畏地说道。

珍妮战栗了，抬起头有些畏惧地看着泰山，她明白他说的是那只巨猿，泰山把它杀了，就是为了保护她。

“这里可不是非洲丛林，”她说道，“你也不再是野蛮人了，你现在是一位绅士了，绅士不会残酷无情地杀人。”

“内心深处我依旧是个野蛮人。”他低声回答，像是自言自语。

他们又沉默了半晌。

“珍妮，”泰山终于说，“如果你自由了，会跟我结婚吗？”

她没有马上作答，他耐心地等待着。

珍妮试图理清自己烦乱的思绪。

坐在她身边的陌生人，她都了解了多少？他又了解自己吗？他到底是谁？父母亲又是谁？

唔，他神秘的身世和野蛮的生活，正好和他特别的名字对应。

他其实是没有名字的。和这个丛林里长大的流浪儿一起生活，她会幸福吗？ 他一直生活在非洲原野的树梢上，他和凶猛的类人猿嬉戏打斗，从刚杀死的猎物还在颤动的肚皮上撕扯食物；他会用有力的牙齿咬住生肉，在同伴号叫着你争我抢时，撕扯下自己的一份勉强离去；和这样的人结为夫妇，能找到什么共同语言？

他能应对她的交际圈吗？她能“降格”接受他的圈子吗？一桩并非良配的婚姻，会有人幸福吗？

“你不回答，”他说道，“是不是怕我伤心？”

“我不知道回答什么，”珍妮悲伤地说，“我脑子里很乱。”

“你不爱我了，是吗？”他语调平静地问道。

“别问我。没有我，你会更幸福的。文明社会的种种限制与清规戒律你永远不会适应的，它们只会令你厌烦。用不了多久，你就会渴望回到过去自由自在的生活——那样的生活，我却完全适应不了，就像你无法适应我的生活一样。”

“我想我明白你的意思了，”他平静地说，“我不会强迫你的，因为我情愿看到你幸福，也不要只是我幸福。我知道你是不会幸福的……和一只猿生活在一起的话。”

他话音里有几分淡淡的悲伤。

“不是，”她抗议道，“别这样说。你不会理解。”

她话还没说完，汽车在大路上来了个急转弯，停在了一个小村庄里。

克莱顿就停在那里，所有从农庄逃出来的人都围了过来。

第二十八章　并非皆大欢喜

见到珍妮，大家才长舒一口气，欢呼雀跃起来。泰山把车停在克莱顿的车旁边，波特教授紧紧抱住了女儿。

有那么一会儿，谁也没注意到泰山，他静静地坐在车里。

克莱顿最先想了起来，他转脸向泰山伸出手。

“我们怎么感谢你才好呢？”他激动地说，“你救了我们大家，你在农庄里喊我名字的时候，我当时没有想起你叫什么，总觉得有点似曾相识，应该在很久以前，我们在某个特别的地方见过。”

泰山笑着握住了他伸过来的手。

“太对了，克莱顿先生，”他用法语说，“请原谅我不能跟你说英语，我还正在学习当中，听懂没问题，说起来还很困难。”

“那么，你到底是谁？”克莱顿追问道，这次用了法语。

“人猿泰山。”

克莱顿吃惊地后退了几步。

“天哪！”他感叹道。“这是真的？”

波特教授和费兰德先生也赶过来，向泰山殷勤致谢。大家异口同声地说，能再次见到远道而来的丛林老朋友，真是欣喜万分。

接着，大家走进了一家不起眼的小客栈，克莱顿很快就安排好了一切。

他们刚在又窄又闷的休息室里坐下，就听见远处响起了汽车的马达声，声音越来越近。

费兰德就坐在窗户边，他看到了一辆车开了过来，最后停在了他们的车旁边。

“天哪！”费兰德先生有些懊恼地叫道，“康勒先生来了。我还希望……呃……我以为还是……呃……原来他也脱险了，可真让我们高兴，”他吞吞吐吐地结束了发言。

“啧，啧！费兰德先生，”波特教授说，“啧，啧！我常告诫我的学生在说话前，要先数到十。如果我是你，费兰德先生，我就起码要数到一千，这样才算做到了谨言慎行。”

“上帝保佑！你说的对。”费兰德只好赞同，“不过康勒旁边那位是谁呢？看上去像个牧师。”

珍妮的脸色一下子变得苍白了。

克莱顿坐在椅子上，有些坐立不安。

波特教授神色紧张地摘下眼镜，对着哈了一口气，擦也没擦就又戴上了。

总爱满堂转的爱丝梅拉达这时哼了一声。

只有泰山不解其意。

这时，罗伯特·康勒破门而入。

“感谢上帝！”他喊道。“我一路担心得要命，还好看到了你的车，克莱顿。南面那条路走不通了，我只有绕回城里，从东面上了这条路。我还以为我们再也回不去小农庄了呢。”

一时间似乎没人愿意搭理他。泰山盯着罗伯特·康勒看，就好像山宝盯着猎物一样。

珍妮瞥了他一眼，吓得紧张地咳嗽起来。

“康勒先生，”她说，“这位是泰山先生，我们的老朋友。”

康勒转过脸，向泰山伸出了手。泰山站起身彬彬有礼地向康勒鞠了一躬，因为迪阿诺特只教了他这样做才算绅士，似乎没看见康勒伸出来的手。

康勒似乎也没注意到这个“粗心大意的举动”。

“这位是图斯力牧师，珍妮，”康勒介绍道，转身向站在他后面的牧师说，“图斯力（Tousley）先生，波特小姐。”

图斯力先生微笑着鞠了一躬。

康勒又将牧师介绍给了其他人。

“我们可以马上举行婚礼了，珍妮。”康勒说道，“然后，我们就可以搭午夜列车到城里去了。”

泰山马上明白了这个计划的意思。他没有动弹，只是眯着眼偷瞟了一下珍妮。

珍妮在犹豫着。众人的神经都紧绷着，屋里空气一下紧张了不少。

所有的目光都移向珍妮，等着她的回答。

“我们不能再等几天吗？”珍妮问道，“今天经历了太多事情了，全身跟散了架似的。”

康勒感觉到了所有人对他的敌意，令他很是气恼。

“我们等的时间够长了，我不想再等了，珍妮，”他急急地说，“你已经答应了跟我结婚。我不会再被你们耍弄下去。证书我拿来了，牧师也在场。图斯力先生，珍妮，你们都过来。这儿还有足够的证婚人——绰绰有余。”他补充道，话里带着不自然的味道，他挽住珍妮的胳膊，准备拖着她走到牧师旁边去。

等康勒迈开步子，他的胳膊已被一双大手死死地抓住。

泰山的另一只手掐住了他的喉咙。转眼间泰山已把他举得老高，就好像猫儿玩弄老鼠一样。

珍妮一脸惊恐地望着泰山。

她又看见了泰山前额上那道深红色的伤疤。还在遥远的非洲时，在人猿泰山与巨猿泰可兹决一死战那天，她就看见过这条疤。

她清楚在泰山野性的心中暗含的杀机。她怕得叫了起来，扑上前去想恳求人猿住手。比起康勒，她当然更在乎泰山。她知道，杀人犯会受到严惩。

没等她扑上去，克莱顿就先她一步跳到泰山身边，试图从泰山的铁腕中把康勒拽出来。

泰山有力的胳膊只轻轻一挥，可怜的英国人就被甩到了屋子另一头。紧接着，珍妮用她白皙的手紧紧抓着泰山的手腕，抬起头看着他的眼睛。

“看在我的份上。”她乞求道。

掐在康勒喉咙上的那只手松了一点儿。

泰山低下头，望着眼前这张美丽的脸。

“你希望他活下去吗？”他感到有些意外。

“我不希望他死在你手里，我的朋友，”她答道，“我不希望你变成杀人犯。”

泰山松开了手。

“你同意和她解除婚约吗？”泰山问道，“以你的生命为代价。”

康勒大口喘着气，点了点头。

“你能从这里消失，永远别来骚扰她吗？”

康勒再次点了点头，刚跟近在咫尺的死神打了照面，他吓得脸都扭曲了。

泰山放开了他，康勒跌跌撞撞向门口跑去，眨眼间便消失了踪影，那个受了惊吓的牧师也跟他一起跑了。

泰山转向珍妮。

“我可以和你单独说几句话吗？”他问道。

姑娘点了点头，朝着通往小旅馆的狭窄游廊的门走去。她先出去等着泰山，所以没听到屋子里的谈话。

泰山正要跟着出去，波特教授大声喊道：“等一下！”

刚才的一幕情节发展之快，让老教授看得目瞪口呆。

“在下一步探讨之前，先生，我希望你能对刚发生的事情做出解释。你有什么权利干涉我女儿和康勒先生的婚事？我已经答应了他的求婚，不管我们喜欢他，还是讨厌他，先生，我必须信守诺言。”

“波特教授，”泰山答道，“我干涉了，是因为你的女儿不爱康勒先生，而且也不愿意跟他结婚。我认为这些解释就足够了。”

“你知道你都做了什么吗？”波特教授说，“现在，毫无疑问，他肯定会拒绝跟她结婚了。”

“他当然会的。”泰山跟着强调。

“而且，”他补充道，“您也不必担心自尊受损了，波特教授，因为您一到家，就可以还清欠康勒的钱了。”

“啧，啧，先生！”波特教授惊呼，“这话是什么意思，先生？”

“您的财宝已经找到了。”泰山说道。

“什么……你说什么？”教授叫道，“你疯了吗？小伙子，不可能的吧。”

“是真的。箱子是我偷走的，那时我不知道它的价值，也不知道它是谁的。我看见水手把它埋了，就‘猴子学样’，把它挖出来换个地方埋下了。后来迪阿诺特告诉我箱子里的东西对您意味着什么，我才回到丛林把它挖出来。这个箱子造成了这么多罪恶、苦难和悲伤，所以迪阿诺特认为最好不要带到这里来，我也这么想，所以我只给您带来了一份信用证。”

“给您看看，波特教授，”泰山从口袋里掏出一个信封，递给了一脸惊讶的教授，“一共是二十四万美金。财宝已经过专家的认真鉴定。怕您有什么疑虑，所以迪阿诺特把它买了下来，为您暂且先保管着。如果您愿意，可以把财宝先存在他那里。”

“先生，我们受了你这么大的恩惠，欠你的已经太多了。”教授用颤抖的声音说，“这一切帮了我们的大忙，现在有了挽救名誉的办法了。”

克莱顿在康勒走了后也出去了一会儿，现在刚回来。

“恕我冒昧”，他说道，“我想我们最好在天黑之前赶到城里，坐第一班火车离开林区。刚才有个本地人从北面过来，他说火势顺着我们的方向蔓延过来了。”

谈话就此中断，所有人赶紧出了小旅店，向停在外面的汽车赶去。

克莱顿、珍妮、波特教授和爱丝梅拉达坐上了克莱顿的车；泰山开着另一辆，载着费兰德先生。

等泰山的车跟上克莱顿的车时，费兰德先生大声说道：“我的上帝，谁能料到还有今天！上次见你的时候，你还是不折不扣的野人，在非洲热带森林里面跳来跳去，现在的你，开着法国车载着我奔驰在威斯康星的乡间小路上！天！不过，还真是不简单！”

“是么，”泰山附和着，顿了顿接着问道，“费兰德先生，你还能回忆起在非洲丛林的小屋那里，你发现和埋葬那三具骷髅的每个细节吗？”

“当然记得，先生，记得很清楚。”费兰德先生回答。

“那几具骷髅有什么特别之处没有？”

费兰德先生眯缝起眼睛，看着泰山。

“为什么问起这个？”

“这个问题对我来说意义重大，”泰山回答，“你的回答可以澄清一个疑团。解开这个疑团，好歹比留下未解之谜强一点。最近两个月，我一直在想着这些骷髅的事儿。有个问题我想请你认真作答——你们埋葬的那三具骷髅都是人的骨架吗？”

“不是，”费兰德说，“最小的那一具，也就是摇篮里发现的那具，是类人猿的骨骼。”

“谢谢你。”泰山说。

此时坐在前一辆车里的珍妮在飞快地思考着。她已大概猜到了泰山为什么想单独谈话，知道自己必须做好心理准备；可能，很快就要给他一个答复了。

他可不是那种能搪塞过去的人。不知何故，这样的想法让她也搞不清，到底自己是不是真的不怕他。

一个自己害怕的人能去爱吗？

她意识到，遥远的非洲丛林深处确有一种神奇的魔力，那种魔力曾镇住了她；可是现在，在这个沉闷的威斯康星州，那种魔力已经全然消失。

眼前这个完美无瑕的法国青年呢，他对她内心深处那个原始女人的吸引力，也还不如那位魁梧的森林之神。

她爱过他吗？现在她还不知道。

她用眼角余光，瞟了一眼旁边的克莱顿。难道这个男人不是和她受过相同的教育？——他的社会地位和修养，这些不正符合社会一直教导她的，考虑是否情投意合的基本要素吗？

按正常的逻辑，这位年轻的英国贵族，难道不是她的最佳选择？难道她还不明白，他的爱，不正是像她这样受过教育的女人所渴望的吗？

她能爱克莱顿吗？她看不出有什么理由不能和他相爱。就本性而言，珍妮不是个工于心计的女人。但此时她所受的教育、周围的环境和父母的遗传都联合起来，教导她在心中理智权衡这件事。

在遥远的非洲丛林里，她曾被这位年轻的森林巨人腾空抱起；这样的事，今天又在威斯康星州的树林里重演。她把这些仅解释为暂时的精神回归——不过是原始男人对原始女人的内在吸引力罢了。

她琢磨着，如果不再有身体接触的话，应该就没有这种吸引力了吧。这么说，她也不曾爱过他。一切不过是一时错觉而已——年轻人的兴奋过度加上身体接触，才惹出了这场爱恋。

即使兴奋，也不代表未来可以长久幸福。一旦结婚，身体接触的魔力会随着两人越来越熟悉，变得索然无味。

她又瞟了一眼克莱顿。他非常英俊，真是地地道道的绅士。要有这样一位丈夫，她肯定非常骄傲。

这时，克莱顿说话了——早一分钟，或迟一些只是一念之差，却可能让三个人的人生轨迹从此改变——机会就这样来了，他当然要捷足先登。

“现在你自由了，珍妮，”克莱顿说道。“如果我说，我会倾我一生，让你幸福，你会说你愿意吗？”

“我愿意。”她低声地说。

那天晚上在火车站的小候车室里，泰山抓住机会，和珍妮单独说了一会话。

“现在你自由了，珍妮，”他说道，“我从昏暗遥远的过去跳到了现在，从原始的兽穴跳出来找到了你——为了你，我把自己变成了一个文明人——为了你，我已经跨越了大洋和大洲——为了你，我可以变成任何你想要的样子。我会让你幸福，珍妮！我要让你过上最称心如意的生活。你愿意嫁给我吗？”

第一次，她意识到泰山对他的爱有多深。在这么短的时间里他所做出的全部，原来都是出于对她的爱。她转过头，把头埋进了手臂里。

她都干了些什么呀？就因为害怕自己屈从于他的请求，就干脆给自己断了退路——就因为没来由地担心会犯错，反而犯下了更严重的错误。

于是，她便向他全盘托出，将心里话一字不落地告诉了他，既不包庇自己，也不为自己开脱。

“我们该怎么办呢？”泰山问道，“你已经承认了是爱我的，你也清楚我爱你；可我却理解不了那些支配着你的伦理道德。决定权留给你，珍妮。因为我知道，只有自己才最清楚什么是最想要的幸福。”

“我不能告诉他，泰山，”珍妮说道，“他也爱着我，而且，他是个很好的人。再把对他说的话也收回的话，我今后也无颜面对你，又或是任何一个诚实的人了。我必须信守诺言，哪怕是个包袱也得承担。你一定要帮我这个忙，尽管过了今晚后，我们可能无缘再见了。”

这时，其他人也走进了这间候车室，泰山转过脸，向小小的窗户望去。

不过外面什么也没有——在他的心中，他看见了一方草原，美丽的热带植物和花朵在周围疯长着，在头顶上，参天大树浩浩荡荡地摇曳着枝叶，再往上，可以见到赤道独有的湛蓝色天空。

在草原的中心，一位年轻的姑娘坐在土丘上，她的旁边立着一位高大的青年。他们快活地大嚼着水果，微笑着，彼此温柔地对视。他们如此幸福，世界好像安静得只剩下他们俩。

泰山的思绪被一位车站站长打断了。他走进来问里面有没有一位叫泰山的先生。

“我就是泰山先生。”猿人说道。

“这有一封您的电报，从巴黎拍到了巴尔的摩，又从那儿转来的。”

泰山接过信封，撕开信封口。消息是迪阿诺特发来的。

上面写着：

指纹证明你属于格雷斯托克家族。向你道喜！

迪阿诺特

泰山刚读完，克莱顿走进了候车室，走过来跟他握手。

就是这个人，拥有了泰山的爵位，继承了泰山的遗产，马上还要娶泰山倾心爱恋，并且也爱着泰山的女人为妻。只要泰山说出一句话，就可以让他的生活翻天覆地。

他的爵位、土地和城堡，都会随之消失，而且，同时珍·波特也会失去这一切。“我说，老朋友，”克莱顿大声说，“我还一直没能好好感谢你呢。无论是在非洲，还是在这里，你简直就是为拯救我们而生的！”

“我非常高兴你能来这里，我们一定要多认识认识。你知道吗，我经常想起你来，还有你周围那简直不可思议的丛林。”

“恕我再问下，你真的是怎么跑去那个野蛮丛林的呢？”

“我就在那里出生，”泰山平静地说，“我的妈妈是个猿猴。关于我的身世，她当然没法告诉我多少。我的父亲是谁，也就永远不可能知道了。”